Als Geschäftsführer der Senioren-Residenz GmbH hatte er einen ebenso ruhigen wie einträglichen Posten, wie er das nach jahrelangem Engagement in der Parteiarbeit seiner Stadt und im Landkreis erwarten durfte. Ein Einfamilienhaus in Blasbach, eine kinderlose Ehe, eine kleine Büroliebelei und immer noch ein wenig Kommunalpolitik bildeten die Eckpunkte seines ereignisarmen Alltags. Doch an einem regnerischen Freitagabend, während eines Spaziergangs im Blasbacher Buchenhardt, wird der 60-Jährige mit einem Knüppel erschlagen.

Leo Trinkaus, als Kriminalhauptkommissar gerade von Frankfurt nach Wetzlar versetzt, muss sich bereits wenige Stunden nach Dienstantritt in der Polizeistation mit einem Mord befassen, bei dem er zunächst zum Motiv ebenso wie zum möglichen Täterumfeld völlig im Dunkeln tappt. Bis unmittelbar nach der Beerdigung des Ermordeten ein zweiter Todesfall geschieht, und wieder ist es ein Kommunalpolitiker ...

Der Autor Wolfgang Borchers, *in Wetzlar als Rechtsanwalt, grüner Stadtverordneter und zweimaliger Oberbürgermeisterkandidat kein Unbekannter, legt hier seinen ersten Kriminalroman vor, in dem er spekuliert, wie* mörderisch *Kommunalpolitik sein kann.*

Lahn-Dill-Krimi

Wolfgang Borchers

Mord in Blasbach

Hauptkommissar Leo Trinkaus' erster Fall

Roman

JONI VERLAG

Die Handlung dieses Romans und die darin agierenden Personen sind frei erfunden. Ähnlichkeiten mit real existierenden Personen sind rein zufällig. Dies gilt jedoch nicht für die namentlich genannten Wirte der beschriebenen Restaurants, denn diese sind tatsächlich diejenigen, die zum Zeitpunkt der Fertigstellung des Manuskripts diese Lokale führten. Das subjektive Empfinden von Leserinnen und Lesern, man würde diesen oder jenen hinter einer Romanfigur oder bestimmte Handlungsabläufe wiedererkennen, ist für den Autor nachvollziehbar, sind doch der Fantasie keine Grenzen gesetzt. Aber es ist eben Fantasie.

2. Aufl. – Dezember 2003
1. Aufl. – November 2003

Lektorat und Layout: Thomas Le Blanc
Umschlag: Graphic Design Studio Flemming, Wetzlar
Druck: Lahnau Druck GmbH, Lahnau-Atzbach

Joni Verlag Wolfgang Borchers
Wetzlar
www.mordskrimi.de

ISBN 3-937543-00-7

How many roads must a man walk down,
before you call him a man?

– Bob Dylan

Feinde, Erzfeinde, Parteifreunde.

– Politische Steigerungsformel

1.

Es war Freitag, früher Nachmittag in Wetzlar. Als sie vom Busbahnhof nach rechts zum Bahnhofsvorplatz einbogen, musste er sich auf den Verkehr konzentrieren. Vom Bahnhof her näherte sich ein Taxi, außerdem sprangen vor ihnen ein paar Fußgänger über die Straße, die noch ihren Bus erreichen wollten. Von links näherte sich ein Bus in der Anfahrt zum Busbahnhof.

Er blickte kurz zu seiner Frau auf dem Beifahrersitz. »Na, dann wünsche ich euch viel Spaß!«

»Darauf kannst du Gift nehmen«, antwortete sie schmallippig und sah auch schon vor der Bahnhofsgaststätte die übrigen Damen ihres Kränzchens stehen. Die Wartenden winkten und johlten.

Er fuhr noch die Ehrenrunde am Bahnhofsvorplatz, hielt an, beugte sich zu seiner Frau mit einer Bewegung hinüber, als wolle er ihr einen Kuss auf die Stirn drücken, hielt aber kurz davor inne.

»Dann mach's gut. Ich hole dich am Sonntagabend hier ab«, brummte er bloß.

»Tschüs, Gerhard, pass auf dich auf.«

Sie stieg aus, nahm von dem Rücksitz ihren Koffer und den Beauty-Case und ging zu den Damen. Er winkte etwas gequält in deren Richtung und fuhr wieder an. Als er an der nächsten Ampel kurz halten musste, spürte er aber schon, wie sich sein Körper entspannte. Er summte seine Lieblingsmelodie von den Kastelruther Spatzen vor sich hin und freute sich auf ein entspannendes Wochenende für sich und seinen Dackel Willi. Es standen schließlich keine Termine an.

Auf dem Heimweg nach Blasbach stellte er sich die »Damen« im Zug vor, das Kegelkränzchen »Volle Neun«: Vierzehn Frauen, inzwischen Endvierzigerinnen bis Endfünfzigerinnen, die einmal in der Woche dieses Ventil betätigten, um den Überdruck des Alltags – was immer das auch für jede Einzelne bedeutete – abzulassen. Inzwischen war es Tradition, am letzten Wochenende im März einen Kegelausflug zu veranstalten. Schließlich musste ja die Kegelkasse einem guten Vereinszweck zugeführt werden. Dieses Jahr fuhren sie an den Bodensee.

Willi bellte hinter der Haustür in freudiger Erwartung seines Herrchens, als dieser in die Garageneinfahrt einbog. Jetzt waren sie schon an Gießen vorbei in Richtung Süden, dachte er, die Likörflasche würde schon geöffnet sein.

In Blasbach, dem kleinsten der acht um die Wetzlarer Kernstadt herum gelegenen Stadtteile, hatten sie Anfang der achtziger Jahre nach der Erbschaft seiner Frau dieses schmucke Häuschen im alpenländischen Touch gebaut, was sie an die früheren Sommerurlaube im österreichischen Biberwier erinnern sollte.

2.

Stadtauswärts linker Hand am Berg befand sich in der Frankfurter Straße in Wetzlar die Polizeistation, eingerahmt unterhalb vom Finanzamt, oberhalb von dem großen Komplex der Alten- und Pflegeheime des Königsberger Diakonissen-Mutterhauses.

Diese Polizeistation erfüllte ihre Aufgaben in Wetzlar mit circa 120 Mitarbeiterinnen und Mitarbeitern, davon waren ungefähr 105 Personen in den vier Dienstgruppen der Schutzpolizei und den sieben Ermittlungsgruppen der Kriminalpolizei aktiv. Lassen wir es hier bei den allseits bekannten Begriffen für die beiden Polizeisparten, auch wenn sie offiziell nicht mehr verwendet werden. Aus der Schutzpolizei war inzwischen die Organisationseinheit »Sicherheits- und Ordnungsdienst« geworden, während sich die Kriminalpolizei jetzt als die Organisationseinheiten »Kriminalitätsbekämpfung« und »Dezentrale Kriminalitätsbekämpfung« darstellte. Die nächste landesweite Polizeistrukturreform kündigte sich aber schon an und sollte zügig umgesetzt werden; dann würden – wie es sich für eine ordentliche Reform gehört – sicher wieder neue Begrifflichkeiten gefunden werden. Schutz- und Kriminalpolizei sollten auch wieder organisatorisch getrennt werden.

Vom Eingangsportal der Polizeistation konnte man über die Straße hinweg auf den alten Wetzlarer Friedhof schauen. Zur äußeren Eingangstür des Gebäudes führte eine breite Treppe. Am Treppengeländer war ein Behindertenaufzug installiert, die Eingangstüren waren sehr breit und ließen sich automatisch öffnen. In der Schleuse zwischen der äußeren und der inneren Tür gab sich die Polizeistation ein besucherfreundliches Bild, um überkommene Vorurteile abzubauen; dort standen mehrere Stühle und kleine Tische.

Kriminalhauptkommissar Leo Trinkaus war an diesem Freitagnachmittag dabei seinem neuen Dienststellenleiter, dem Ersten Kriminalhauptkommissar Jobst Assmann, seinen »Antrittsbesuch« abzustatten. Er hatte sich telefonisch angemeldet. Leo wandte sich nach links zur Polizeiwache, die gleichzeitig die Anmeldung darstellte. Er machte sich mit den dort befindlichen neuen Kollegen bekannt und wurde von einem Kollegen in den ersten Stock begleitet, dann rechts um die Treppe herum zum Dienstzimmer des Leiters.

»Wir freuen uns alle, dass du jetzt bei uns bist, Leo«, wurde er von Jobst Assmann begrüßt.

»Gleichfalls«, bekräftigte Leo diese Einschätzung, und beide drückten sich die Hand. Sie kannten sich oberflächlich von hessischen Polizeitagungen, ihre letzte Begegnung musste aber schon Jahre zurückliegen. Sie prosteten sich mit den Kaffeetassen zu, sagten fast im Chor: »Dann auf gute Zusammenarbeit!« und mussten herzlich lachen.

Assmann war mindestens zehn Jahre älter als Trinkaus, hatte aber immer noch eine durchtrainierte Figur. Seine dunklen Haare waren links gescheitelt, wobei ein Teil seiner Geheimratsecken überdeckt wurde. Sein freundliches, offenes Gesicht blickte zu Trinkaus hinüber.

»Was macht deine Gesundheit? Der Polizeipräsident hat mir gesagt, du solltest und wolltest noch kürzer treten. Trotzdem wäre der Wiedereinstieg in die Praxis die beste Therapie für dich.«

»Hm«, antwortete Trinkaus, »ich glaube, inzwischen geht es gar nicht mehr um meinen Darm, sondern um meinen Kopf.

Solange ich nur rumhänge, bekomme ich die Scheiß-Geschichten nicht besser auf die Reihe. Lass mich was tun, soweit ich kann, das hilft mir und euch.«

Er war dankbar für diesen warmen Empfang, da konnte das Betriebsklima eigentlich nicht so schlecht sein.

»Du kommst zur Ermittlungsgruppe 1 – Zweiter Stock links. Wir können dir gegenwärtig aber nicht mit einem Einzelzimmer dienen, vielleicht ist es aber auch für den Anfang gut, mit einem Kollegen zusammenzusitzen, der nur zu gut weiß, wie der Hase hier läuft. Es ist Dirk Roß, unser Kleiner. Ihr kommt sicher gut miteinander aus.«

Am Montag sollte es also hier in Wetzlar losgehen. In Leos Gedanken hinein fragte Assmann, wie sich seine Wohnungssuche entwickelt hätte.

»Ach, Jobst, ich habe mächtig Dusel gehabt. Hier unten in der Frankfurter Straße kurz vor der Kurve. Ein schönes Haus, gut geschnittene Wohnung – zwar etwas laut zur Straße hin, dafür bin ich zu Fuß schnell hier. Ich bin zufrieden. Bis auf ein Zimmer bin ich eigentlich mit der Renovierung fertig.«

»Okay! Dann mach dich nach Hause. Ein schönes Wochenende! Wir sehen uns dann Montag und haben demnächst noch genug Zeit, um zu reden. Ich muss jetzt auch gehen, ich bin mit meiner Frau zum Essen verabredet.«

An dieser Stelle legte Assmann eine kurze, verlegene Pause ein und fuhr erklärend fort: »Wir haben heute Hochzeitstag. Entschuldige.«

Er hob etwas die Schultern, reichte Leo aber freundlich die Hand.

Als Leo die Treppen vor der Polizeistation in den Hof hinunter ging, musste er seinem neuen Chef Respekt zollen, hatte der doch genau gemerkt, dass er mit »Hochzeitstag« einen wunden Punkt bei ihm getroffen hatte. Leos Ehe war während seiner Krankheit in die Brüche gegangen.

Er schaute zum Himmel und sah die aufziehende Regenwand.

3.

In Limburg – 45 Kilometer westlich von Wetzlar gelegen – regnete es zu diesem Zeitpunkt bereits. Für einen Neu-Limburger war es an der Zeit, sich gen Osten über Wetzlar hinaus nach Gießen zum freitäglichen Kinobesuch aufzumachen. Der Freitag erschien ihm der beste Wochentag für das Ausstellen seiner ersten »Quittung« zu sein. Freitags gab es im Regelfall keine Sitzungen mehr, da wurde das Wochenende zu Hause eingeläutet. Nach dieser Festlegung als Ergebnis seiner umfänglichen Ermittlungen musste er sich schließlich schon Gedanken über ein passendes Alibi machen.

Mehr durch Zufall war er auf die Kinobesuche gekommen. Er hatte vor etwa drei bis vier Monaten zweimal hintereinander freitags das Kinocenter in Gießen aus tatsächlichem Interesse an den Filmen besucht. Hierher war er auch bereits in seiner Wetzlarer Zeit gern gegangen, obwohl er sich die Filme genau so gut in Wetzlar hätte anschauen können. Aber es war müßig, jetzt noch zu analysieren, was ihn damals eher nach Gießen gezogen hatte.

Beim zweiten Mal erkannte er die Kassiererin von der Vorwoche wieder, da sprach er sie an. Es stellte sich heraus, dass es sich um eine Aushilfe – oh pardon, eine »geringfügig Beschäftigte« – handelte, die lediglich an jedem Freitagabend Dienst hatte. Ein Glücksfall, man kam ins Gespräch, und schon nach ein paar Wochen war es auch für die Kassiererin zur Gewohnheit geworden, dass dieser Mann jeden Freitag eine Abendvorstellung besuchte.

Auch heute löste er bei ihr seine Eintrittskarte, plauschte ein paar belanglose Worte, lenkte dann aber ganz bewusst das Gespräch – in aller Kürze natürlich – auf die Trennung des Hauptdarstellers des Filmes von seiner Partnerin, die gerade heute in der Presse breitgetreten worden war. Das sollte ihr eigentlich genug Anhalt geben, sich an seinen heutigen Kinobesuch zu erinnern, falls die Polizei nachfragen sollte.

Er nahm seine Karte, wünschte noch ein schönes Wochenende und drängelte sich durch die Schlange in den Vorraum zurück. Von dort verschwand er dann ins Freie.

4.

Gerhard stieg in den Weinkeller hinab und holte sich eine Flasche seines geliebten südsteiermärkischen Welschrieslings, bevor er das Fernsehgerät einschaltete. Wenn er nicht mit Renate zusammensein konnte, wollte er sich gemütlich vor dem Fernsehschirm langlegen. Nach einer ganzen Weile musste er aber doch die »Goldenen Hits der Volksmusik« unterbrechen. Er stellte sein Weinglas auf den Couchtisch und ging missmutig zum Wohnzimmerfenster.

Der Regen trommelte heftig, und er sah dem verhangenen Himmel an, dass er wohl oder übel die letzte Hunderunde des Tages im strömenden Regen absolvieren musste. In der Hoffnung auf besseres Wetter hatte er den Spaziergang hinausgeschoben. Nun war es aber schon dunkel geworden, und Willis Quengelei konnte er auch verstehen, der war schon »über die Zeit«. Den Hund heute einfach in den Garten zu lassen, war gegen Gerhards Art. Erstens war er nun einmal für die Abschlussrunde zuständig, und zweitens müsste er ansonsten morgen den Hundekot vom Rasen entfernen. Wehe, seine Frau würde Hundehaufen im Garten finden! Nein, er war schließlich ein Mann mit Prinzipien. Also zog er die Gummistiefel und die Wachstuchjacke an – auch wenn dies in gewisser Weise den Genuss des ersten Abends des Kegelausfluges seiner Frau schmälerte. Dabei fiel ihm auf, dass der frisch-fruchtige Welschriesling auch schon Wirkung zeigte.

Es war immer derselbe Weg: Vom Haus rechts die Straße hoch, dann wieder rechts auf den landwirtschaftlichen Weg am Wald entlang und schließlich links in den Wald. Er stapfte so vor sich hin, den Schirm gegen den Regen gerichtet. Willi machte das Wetter nichts aus, er ging seiner Wege. Glücklicherweise hatte er das ganze Hick-Hack um die Kampfhundeverordnung nicht mitmachen müssen. Seinen Willi würde er auch nicht anleinen, so ein Tier brauchte schließlich seinen Auslauf.

Als Willi zu bellen anfing, schob er den Schirm zurück und erkannte überrascht, dass bei dem Sauwetter noch ein Spaziergänger unterwegs war, ebenfalls mit Regenjacke, Stiefeln und dazu einem überdimensionalen Spazierknüppel – aber ohne Hund.

Erst als sie sich fast gegenüberstanden, erkannte er die Gestalt und fragte ungläubig: »Was machst du denn hier?«

Ehe er die Antwort »Ich bringe dir die Quittung« gedanklich noch verarbeiten konnte, sah er den Knüppel auf sich zusausen. Mit dem Knacken und dem Geräusch splitternder Knochen kam tiefe Nacht über ihn.

So endete das Leben des Geschäftsführers Gerhard Wühler am Freitag, dem 29. März auf dem tiefen Boden des Blasbacher Buchenhardts und kurz danach auch das von Willi nach erfolglosem Versuch, seinem Herrchen beizustehen.

Bevor der Täter den Tatort verließ, holte er noch ein Plastiktütchen aus seiner Jackentasche. Darin befanden sich zwei Zigarettenkippen mit goldenem Mundstück. Eine davon ließ er aus der Plastiktüte heraus auf den Boden fallen. Er war heute noch stolz darauf, wie er Anfang der Woche in einer Kneipe den Aschenbecher hatte räubern können, ohne von dem Raucher bemerkt zu werden.

Der Neu-Limburger war übrigens rechtzeitig zum Ende des Films wieder im Gießener Kinocenter, um aus der Menschenmenge heraus »seiner« Kassiererin noch einmal zuzuwinken.

5.

Als Leo Trinkaus die Polizeistation verließ, hatte er noch keine Lust auf sein neues Zuhause. Er wollte noch etwas »Wetzlar atmen«, wie er es nannte: Sich in einer neuen Umgebung zurechtfinden, die Stadt und die Menschen sehen, Schwingungen aufnehmen. Das hatte ihm auch früher in Fritzlar und dann in

Frankfurt geholfen, sich in einem neuen Koordinatensystem zu platzieren. Nicht umsonst war er schließlich gerade in Frankfurt einer der Cracks der Mordkommission gewesen, bis – ja bis ihm seine verflixte Krankheit und das sich daraus entwickelnde familiäre Desaster für lange Zeit aus der Bahn geworfen hatten.

Außerdem bedeutete ihm sein Magen, dass er wieder etwas zu sich nehmen musste. Aber nur eine Kleinigkeit, vielleicht etwas Salatiges. Er schlenderte also mit erneutem Blick zum Himmel die Frankfurter Straße hinunter und war froh, seinen Schirm mitgenommen zu haben. Am Goldfischteich vorbei ging er zum Kornmarkt hinunter.

Er blieb stehen, schaute sich um und bestätigte sich insgeheim, diese Altstadt in den letzten drei Wochen seit seiner Ankunft in Wetzlar schon liebgewonnen zu haben, auch wenn dieser Platz es verdient hätte, umgestaltet zu werden. Als reiner Parkplatz war er eigentlich zu schade. Hier war für seinen Geschmack zuviel Fläche für Autos. Er wünschte sich größere Außenflächen für die Geschäfte und Restaurants. Das würde in den Sommermonaten sicher ein gemütliches Altstadttreiben fördern – aber auch so hatte der Platz schon seinen Reiz.

Trinkaus war mit dem Ergebnis seines bisher »Geatmeten« zufrieden. Sein Blick fiel auf das Restaurant »Am Römischen Kaiser«. Er hatte es in den letzten Tagen bereits besucht und war sehr angetan, insbesondere von der »Sülze im Topf« und dem sehr schmackhaften Milchkaffee. Heute aber gab er dem Hause einen Korb und entschied sich für das »Bistro am Dom«, falls er dort um diese Zeit einen Platz finden sollte.

Als er am Buchladen vorbei in die enge Schmiedgasse in Richtung Domplatz einbog, öffnete der Himmel seine Schleusen. Er, der für sportliche Betätigung eigentlich nichts übrig hatte, beschleunigte nun seinen Schritt erheblich. Der Regen spritzte ihm von dem Kopfsteinpflaster schon entgegen, da half auch sein Schirm nichts. Das Wetter ließ ihm keine Zeit für einen Blick auf die unterschiedlichen Baustile des Wetzlarer Domes, er wollte nur ins Trockene.

Glücklicherweise bekam er im Bistro einen Platz, die Thekenbank war noch frei. Er bestellte einen Marktsalat mit Putenbruststreifen sowie einen Milchkaffee und holte sich von der Ablage die Tageszeitung. Man musste in der neuen Umgebung ja nicht nur wissen, was so abging, sondern auch, was die örtliche Presse für veröffentlichungswürdig hielt. Die Lokalredaktion der Zeitung druckte heute die Replik auf die Replik der Replik, mit welcher der neue Landrat die Anwürfe seiner Opposition, insbesondere eines Landtagsabgeordneten anderer Couleur, zum derzeitigen Müllkonzept zurückwies. Trinkaus blickte kurz auf; seit mindestens zwei Wochen las er jeden Tag etwas zu diesem Thema. Die Qualität der veröffentlichten Auseinandersetzung war aber derart, dass er sich eingestehen musste, nicht zu wissen, welche inhaltlichen Differenzen überhaupt bestanden. Die Begrifflichkeiten waren toll: »Müll« hieß jetzt »Wertstoff«, der nicht etwa »verbrannt«, sondern »thermisch verwertet« werden sollte. Wieder einmal wurde er in seiner Meinung bestärkt, der »Grüne Punkt« habe nur dazu geführt, den Leuten einzureden, sie könnten ruhigen Gewissens noch mehr Verpackungsabfall produzieren, weil die »Verwertung« ja jetzt eine gute Sache sei. Trinkaus glaubte inzwischen ohnehin, politisch sei nicht mehr die Abfallvermeidung, sondern die Frage vorrangig, wie man am besten Geld mit dieser »Wertstoffverwertung« machen konnte.

Er überflog die nächste Seite. Ein Wetzlarer Stadtrat widerrief seine Aussagen von gestern, er sei wohl falsch interpretiert worden. Keineswegs wolle er den Parlamentariern Informationen zu einer Baumaßnahme vorenthalten, aber die Stadtverordneten hätten doch alles für sie Wichtige dazu in der Zeitung lesen können. Eine Stadtverordnete seiner Partei sprang ihm bei und erklärte der Leserschaft, es müsse endlich Schluss sein mit den ewigen Vorwürfen an die hauptamtlichen Magistratsmitglieder, sie würden die Gremien nicht informieren. »Schließlich haben die Fraktionen – wenn sie clever genug sind – ausreichend Möglichkeiten, sich Informationen zu beschaffen«, las Leo und schüttelte den Kopf. Irgendwie kam es ihm vor, als hätte er in den letzten Tagen von diesem Stadtrat schon mehrfach zu anderen Themen solche Dementis gelesen – und keine einzige Glosse dazu in dieser Zeitung.

Er legte die Zeitung weg und wandte sich dem Salat zu, der

ihm mit einem »Guten Appetit« über die Theke gereicht wurde. Von wegen eine »Kleinigkeit« – der Salat war eine ordentliche Portion und auch für das Auge bestens angerichtet. Nachdem er zwei Drittel davon mit großem Appetit verputzt hatte, musste er kapitulieren, nichts ging mehr.

Der Raum füllte sich noch mehr mit Regenflüchtlingen, der Geräuschpegel wurde ihm heute zu hoch. Obwohl ihm auch der Milchkaffee gut gemundet hatte und die Bedienung freundlich war, verzichtete er auf ein weiteres Getränk und ging schnellen Schrittes tief unter seinen Schirm gebeugt nach Hause.

6.

Das Wochenende verbrachte Leo Trinkaus mit dem Tapezieren des letzten Zimmers, dem Installieren seiner HiFi-Anlage und dem Einräumen der Bücher, der CDs und der alten LPs. Küche, Wohnzimmer und Schlafzimmer waren jetzt so gut wie fertig. Seine Single-Küche war noch nicht vollständig bestückt, er zog aber ohnehin den Gaststättenbesuch vor. Was nun mit dem letzten Zimmer werden sollte, wusste er selbst noch nicht. Sollte er nicht auf jeden Fall ein »Notlager« für seinen Sohn einrichten?

Jetzt saß er am Sonntagabend im Wohnzimmer und hatte Musik aufgelegt, Lowell George sang sein »Willin'« und sein »Sailin' Shoes« und Trinkaus hing seinen Gedanken nach. Die Abstände wurden immer größer, aber heute war es wieder soweit. Ihm fehlte die kriminalistische Arbeit, da holte ihn die Vergangenheit wieder ein. Aber nicht etwa wehmütig, sondern durchaus optimistisch. Ja, es war gut, dass vieles so gekommen war. Auf jeden Fall waren die Voraussetzungen für einen ehrlichen Neuanfang am morgigen Montag gegeben.

Knapp drei Jahre waren jetzt seit seiner Einlieferung in die Klinik vergangen. Eine niederschmetternde Diagnose: Darmkrebs! Operation, Chemotherapie und anschließende Reha-Maßnahme. Alles ließ sich gut an, er hatte wohl noch einmal großes Glück gehabt.

Doch dann, relativ früh zu Beginn der Reha-Maßnahme, offerierte ihm seine Frau die Trennung. Das hatte ihn umgehauen und erst richtig aus der Bahn geworfen. Heute wusste er, dass es nicht die Tatsache des Scheiterns der Ehe, sondern der Umstand war, wie er als erfahrener Analytiker jahrelang dieses Auseinanderleben nicht wahrgenommen hatte.

Er nippte an seinem Glas und dachte, Heike solle eben glücklich werden. Nur Stephan, seinen Sohn, wollte er nicht ganz verlieren. Daran musste er arbeiten.

7.

Am Montag, dem 1. April, war Leo Trinkaus zeitig in die Polizeistation gekommen. Er hatte tief geschlafen, war aber voller Tatendrang früh aufgewacht. Nach einem ausgiebigen Frühstückskaffee war er dann die paar Schritte die Frankfurter Straße hinaufgegangen.

Sein Chef Jobst Assmann machte ihn mit den Kollegen der Ermittlungsgruppe 1 und insbesondere mit seinem neuen Zimmergenossen bekannt. Kriminaloberkommissar Dirk Roß war ein Hüne von Mensch, über zwei Meter groß, und überragte Trinkaus damit fast um Kopfeslänge. Er war rothaarig mit Vollbart und schätzungsweise zehn Jahre jünger als er selbst. Sein offenes, hellwaches Gesicht gefiel Trinkaus auf Anhieb, und über die leichte Einfärbung in der Sprache musste er schmunzeln. Zum Team gehöre noch eine dritte Person, erfuhr Leo – eine junge Kollegin, die derzeit noch im Urlaub weile.

Nachdem Assmann die beiden allein gelassen hatte, schaute sich Leo in seinem neuen Arbeitszimmer um und sagte anerkennend: »Ihr seid gut ausgerüstet.« Dabei nickte er mit dem Kopf in Richtung der beiden Rechner auf den Schreibtischen.

»Das Land drückt sich, es sind Geschenke des Vereins PRO POLIZEI«, erwiderte Roß.

»Und was ist die Gegenleistung?«

»Nee, nee, gegwanggeld wird nidd«, kam es von Roß wie aus der Pistole geschossen zurück, womit er ausdrücken wollte, damit wären nicht etwa irgendwelche krummen Geschäfte verbunden.

Da war sich Trinkaus sicher und konnte das Erkennungsritual beginnen: »Schbrejje moh's Wöchdchen!«

Dirk Roß grinste über das ganze Gesicht und wusste, was er zu antworten hatte: »Ich well däh was schissen un Schäß schbrejjen!«

Die »Eingeborenen« der nordhessischen Metropole pflegten sich mit diesem Ritual, der Frage nach dem »Kasseler Wörtchen«, in der Fremde zu erkennen zu geben. Auf die Frage, ins Hochdeutsche übersetzt, »Spreche einmal das Wörtchen!« hat der Angesprochene zu antworten: »Ich will dir etwas schissen und ›Schiss‹ sprechen!« Das war der Beginn einer neuen Männerfreundschaft zweier Nordhessen, die ihr Beruf in Mittelhessen zusammenführte.

Schnell hatten die beiden ausgetauscht, wo sie geboren und aufgewachsen waren. Leo Trinkaus war eine echte Kasseläner »Schlagge«, hatte also in Kassel das Licht der Welt erblickt, genauer gesagt in der Naumburger Straße im Stadtteil Rothenditmold. Da seine Familie schon seit Generationen dort lebte, war er eben Kasseläner und nicht nur Kasselaner (die in erster Generation dort Geborenen) oder »bloß« Kasseler (die Zugezogenen). Nachdem Dirk Roß bei der Frage nach seiner Kasseler Herkunft verneinend den Kopf geschüttelt hatte, war er allerdings doch erstaunt, als Trinkaus mit seinem alternativen Tipp auf Kaufungen, einem Kasseler Vorort, richtig lag. »Ja, weißt du, Dirk, ich habe an Schang Roß gedacht, hieß nicht so ein früherer Bürgermeister?«

»Kompliment«, erwiderte Roß, »auch wenn ich mit Schang nicht verwandt bin.«

Was da »Schang« ausgesprochen wurde, hatte man »Jean« zu schreiben. Die zugewanderten Hugenotten haben bis heute Spuren in und um Kassel hinterlassen. So pflegt man in Kassel zum Beispiel nicht auf dem Gehweg, sondern auf dem »Dreddewar« zu gehen.

Für dich, mein lieber Dirk, fällt mir gerade ein gutes Geburtstagsgeschenk ein, dachte Leo. Bei einem seiner letzten Besuche in Kassel hatte er durch Zufall eine CD von Karl Garff erstanden: »Täuschend echt wie ts' Leben«. Der Kasseler Mundart-Kabarettist müsste dem Kollegen eigentlich mit seinen Beiträgen zur Milchverschüttungsleistungsprämie oder zum nordhessischen Quetschlaut gefallen und bei ihm heimatliche Gefühle wecken.

8.

Es schien für den Arbeitsanfang ein ruhiger, amüsanter Tag zu werden. Leo Trinkaus packte seine erste – gesundheitlich notwendige – Zwischenmahlzeit aus. Es lag auch für Dirk Roß nichts Gravierendes an; solche Tage musste es auch einmal geben. Er klärte derweil seinen neuen Kollegen über PRO POLIZEI auf: In der Bevölkerung, zumindest aber in der sogenannten kritischen Öffentlichkeit, gab es noch viele Vorbehalte gegen diesen Verein, der aus Spendenmitteln und Mitgliedsbeiträgen technische Geräte anschaffte und der Polizeistation zur Verfügung stellte, die dort dringend benötigt wurden. Eigentlich war es die verdammte Pflicht und Schuldigkeit des Landes Hessen, diese Geräte zu beschaffen. Wer auf dem Gewaltmonopol des Staates beharrt – und dies zu Recht und in einem demokratischen Rechtsstaat eine Selbstverständlichkeit – hat gefälligst aus Steuermitteln die Polizeibehörden auch entsprechend auszustatten.

Nun bestand aber die verständliche Befürchtung, dass im Gegenzug die Mitglieder dieses Vereins oder zumindest dessen Vorstandsmitglieder dafür »etwas gut hätten«. Dirk aber versicherte hoch und heilig, dass dem tatsächlich nicht so sei. Er konnte jedoch nicht ausschließen, dass sich Personen gerade wegen dieser Erwartung in den Vereinsvorstand hätten wählen lassen. Dirk beendete seinen Vortrag zu diesem Thema mit dem Satz: »Wenn du mir nicht glaubst, frag doch Jobst, der wird dir das sicher bestätigen.«

Da es, wie gesagt, ein ruhiger Arbeitsanfang zu werden schien, war es jetzt Zeit, mit Dirk einen Rundgang durch das Haus zu beginnen. Doch da ging die Tür einen Spalt auf, ein uniformierter Kollege hielt seinen Kopf hinein und sagte: »Dirk, der Senioren-Wühler wird vermisst! Seine Frau hat gerade angerufen, sie ist zu Hause. Kümmerst du dich darum?«

Und schon war der Kollege wieder verschwunden, ohne die langsame vertikale Kopfbewegung von Roß abzuwarten.

Mit einem »Auf geht's, Leo« stemmte sich der Hüne mit beiden Armen von der Schreibtischplatte nach oben. »Dann wollen wir mal. Willkommen in den Wetzlarer Dienstgeschäften, dein erster Fall – und dann gleich 'ne Vermisstenmeldung!« Dirk Roß grinste.

Nominell war er im Vergleich zu Trinkaus »nur« Oberkommissar, dazu noch ein sogenannter Übergeleiteter. Im hessischen Polizeidienst war der dreistufige Aufbau abgeschafft worden. Es sollte für die Beamten nur noch den gehobenen und den höheren Dienst geben. Alle Neuanfänger würden also nach bestandener Fachhochschulausbildung als Kommissare ihren Dienst beginnen, mit der entsprechend höheren Besoldung, die den Dienst attraktiver machen sollte. Nun musste es aber Übergangsregelungen für die vielen im Dienst bereits befindlichen Obermeister und Hauptmeister geben. So wurde aus dem Kriminalobermeister Roß ein Kriminaloberkommissar, nachdem er noch die Fachhochschulbank gedrückt hatte.

Doch diese Aufforderung von Roß an den Hauptkommissar ging schon in Ordnung. Schließlich waren sie Teil eines Teams, in dem jeder Sachbearbeiter unabhängig von seinem Dienstgrad gleiche Arbeiten zu verrichten hatte, und im Moment hatte der Jüngere dem Älteren auch noch einiges an Kenntnissen über das Wetzlarer Lokalkolorit voraus. Der gemeinsame Ausritt würde eine gute Einführung sein. Sie gingen also zum Parkplatz, den Weg nutzte Trinkaus zum Verzehr seiner restlichen Stulle.

Der Hüne Roß zwängte sich auf den Fahrersitz des Vectra und stöhnte: »Fernsehkommissar müsste man sein. Dann könnten wir es uns jetzt vielleicht in einem 7er-BMW bequem machen. Aber wer denkt schon an uns.«

»Du hast Sorgen«, antwortete Trinkaus, »aber du müsstest dann auch schon mal den Wagen holen.«

»Aber vielleicht musizieren wir einmal gemeinsam wie Brocki und Stoever, ich blase den Kamm zu deinen Sangeskünsten«, war die passende Reaktion des rothaarigen Riesen.

Die Fahrt durch die Stadt nutzte Roß, um Trinkaus in Stichpunkten über das aufzuklären, was er ad hoc zu der Person wusste, die der Kollege als »Senioren-Wühler« bezeichnet hatte. Gerhard Wühler, ein Wetzlarer Bub' so Anfang 60, war Geschäftsführer der Wetzlarer Senioren-Residenz GmbH, und zwar schon etliche Jahre. Früher hatte die Stadt in eigener Regie ein Altenheim konventioneller Art geführt, inzwischen war die Senioren-Residenz in mehreren Sparten tätig und sollte mächtig »brummen«. Vor seiner Zeit als Geschäftsführer sei Wühler in Wetzlar auch im kommunalpolitischen Geschäft tätig gewesen; genaueres wusste Roß aber nicht auf Anhieb.

Der Karl-Kellner-Ring war schon um diese Tageszeit wieder verstopft, mindestens zwei anliefernde Lkws belegten zum Entladen die rechte Fahrspur. Zwei Omnibusse hingen auch noch dazwischen fest, so dass Leo seinen Kollegen unterbrach und fragte, warum man hier nicht eine saubere Einbahnstraßenregelung mit einer gesonderten Busspur zu Wege gebracht hätte. »Du bist eben in Wetzlar!«, warf Dirk ein.

Wegen des stockenden Verkehrs war Roß schon mit seiner Kurzschilderung zur Person Wühler fertig, als sie über den Buderusplatz in die Gloëlstraße einbogen. Nachdem sie die große Brücke hinter sich gelassen hatten, die sich über die Eisenbahngleise spannte, erreichten sie den Stadtteil Niedergirmes – nominell noch zur Kernstadt Wetzlar gehörend, aber eben durch die Bahn abgeteilt.

Industriebetriebe hatten Niedergirmes über 150 Jahre geprägt. Auf nicht wenigen Häusern lag die graue Patina der vielfältigen Emissionen.

»Herzlich willkommen in Klein-Istanbul!« Dirk sprach damit etwas an, was Leo auch schon aufgefallen war. Schon am Vormittag war an den Fußgängern zu erkennen, dass hier vermehrt Nichtdeutsche lebten, außerdem sah man dies deutlich an den Namen der Geschäfte und Betriebe und den Döner-Imbissen. »Hier hätte man von Seiten der Stadt viel früher aufmerksam werden müssen. Ein alter Arbeiterstadtteil ging schleichend in türkische Hand über, vertrieb quasi Deutsche, mit allen Problemen – gerade für uns.«

»Kenn ich«, antwortete Trinkaus, »in Ghettos gibt es kein gutes Miteinander. Warum kapieren das eigentlich Stadtväter und Stadtmütter so selten! Ich kenne das doch auch aus Frankfurt. Nur dort, wo verschiedene Nationalitäten auch persönliche Nachbarn sind, die ihre Alltäglichkeiten miteinander erleben und austauschen, erfahren sie sich auch als Menschen wie du und ich. Da dürfte dann die Nationalität genau so wenig eine Rolle spielen wie die Haar- oder Augenfarbe oder sonst irgendwas!«

Dirk nickte und brummte seine Zustimmung vor sich hin.

»Das ist doch sicher auch eine Gegend mit erhöhter Kriminalität, oder?«

Diese Frage konnte Dirk allerdings mit einem schlagenden Argument verneinen. »Quatsch, Leo, hier kann es gar keine Kriminalität geben!« Als Leo verständnislos zu ihm hinüberschaute, ergänzte Dirk: »Wir haben in Wetzlar doch eine Präventionskommission! Jobst ist dort auch Mitglied. Für die Polizei. Diese Kommission wird es über kurz oder lang erreichen, dass sogar in ganz Wetzlar das Verbrechen keine Chance mehr hat!«

»Auf so eine Sitzung wird sich Jobst aber freuen. Solche Kommissionen kenne ich von Frankfurt, der reine Selbstzweck. Zu viele Politiker dabei!«, war Leos Kurzkommentar.

»Aber es wird dort so schön gesprochen«, erwiderte Dirk. »Warte mal, wie zitiert Jobst immer einen hochgestellten Kommunalpolitiker: Wir werden heute ein Stück weit eine Präventionssitzung mit ins Werk setzen, damit eine bessere Koordination aller Präventionskräfte mit Platz greifen kann.«

»Die schwätzen ein dummes Zeug – und die Fachleute müssen da auch noch ihre Zeit absitzen!«

Da Niedergirmes nahtlos in den nächsten Stadtteil überging, fuhren sie bereits durch Hermannstein, nachdem sie an der Ampel nach rechts in Richtung Blasbach abgebogen waren. Am Ortsausgang konnte man den Eindruck gewinnen, Wetzlar endgültig hinter sich gelassen zu haben. Jetzt gab es erst einmal viel Gegend zu sehen.

Leo fragte seinen Kollegen: »Was gibt's zu Blasbach zu sagen?«

Dirk zuckte nur mit den Schultern. »Eben Blasbach: Klein und weit weg von Wetzlar ...«

Er machte eine kurze Pause, seine Überlegungen führten aber nur zu einem weiteren Schulterzucken.

Anfang der siebziger Jahre des letzten Jahrhunderts begann unter dem Schlagwort der Gebietsreform das heftige Bemühen der politisch Verantwortlichen zur Bildung größerer Verwaltungseinheiten. Dies geschah zunächst durch Drängen zu freiwilliger Verbindung und dann – falls dies nicht ausreichen sollte – durch gesetzlichen Zwang. In Blasbach reichte zunächst das Drängen aus: Zum 1. Januar 1972 wurde Blasbach durch einen »freiwilligen Grenzänderungsvertrag« in die Nachbargemeinde Hermannstein eingegliedert. Man glaubte in Blasbach und Hermannstein, so einer größeren Arrondierung nach Wetzlar entgehen zu können. Doch es kam noch schlimmer. 1977 fanden sich die Einwohner Blasbachs und Hermannsteins zusammen mit den Wetzlarern, den Gießenern und den Bewohnern vieler anderer umliegenden Gemeinden in einer Stadt mit dem Kunstnamen »Stadt Lahn« wieder. Von Politikern erdacht, der Bevölkerung nicht vermittelt und von dieser so auch nicht gewollt, musste die Politik einen Rückzieher machen. Mitte 1979 war das Intermezzo des Gebildes »Stadt Lahn« beendet, es gab wieder Gießen und Wetzlar und neue kleinere Zusammenschlüsse im Umland. Dadurch waren sowohl Blasbach als auch Hermannstein Wetzlarer Stadtteile geworden.

9.

In Blasbach fingerte Roß nach seinem Merkzettel, auf den er die Adresse gekritzelt hatte, orientierte sich kurz und bog richtig ab. Nach einem Stück bergauf und einigen Kurven nickte Roß in die Richtung des alpenländischen Domizils.

»Da ist es!« Er schaute kurz zu Trinkaus und musste schmunzeln, als er sah, wie sich dessen Gesicht verzog. »Gugge moh, wie 'e gigged«, murmelte Dirk.

»Wie uff'z Mull geschlahn«, antwortete Trinkaus, »nu ja, jeder nach sinner Fassong!«

Es war schon lustig, wie sie in Idiome aus ihrer Heimat verfielen, etwas Verschüttetes aufdeckten. Ansonsten hatten sie in den Jahren in der Fremde nur diese leichte Einfärbung der Sprache behalten.

Über dem Klingelknopf war ein verziertes Holzschild angebracht, in welches der Name »Wühler« eingebrannt war. Nicht, dass Leo irgendwelchen Klischees verhaftet gewesen wäre, aber er stellte sich nun auf eine Frau ein, die in ein Dirndl gewandet war und die Haare zu einem Knoten gebunden hatte.

Dies bewahrheitete sich allerdings nicht. Eine Frau Ende fünfzig, Anfang sechzig öffnete ihnen die Tür. Sie trug ein gedecktes Wollkostüm und eine graue Bluse. Das Haar war nicht kurz, aber auch noch nicht mittellang und streng nach hinten gekämmt, die Haut im Gesicht noch straff, ungeschminkt, die Haare inzwischen graumeliert, ursprünglich wohl schwarz. Offensichtlich hatte sie dem jetzigen Look nachgeholfen, wie der Blauschimmer anzeigte. Die Dame machte einen sehr gefassten Eindruck, wenn man es höflich ausdrücken wollte.

»Sind Sie Frau Wühler?«

»Ja, ich bin Petra Wühler.«

Die beiden Kriminalbeamten stellten sich vor. Frau Wühler streckte ihnen nicht die Hand zum Gruß entgegen. Ins Wohnzimmer geführt, wusste Trinkaus nicht, ob ihn die Spießigkeit des Interieurs oder die Kälte, die sowohl Heim als auch Hausherrin ausstrahlten, mehr zu schaffen machte. Roß stellte ein paar Fragen, und es wurde ihnen schnell klar, warum sich Frau Wühler von gestern Abend bis heute Zeit ließ, die Polizei zu verständigen.

Sie erzählte von ihrer Kegeltour, wie jedes Jahr hatte sie sich zwischendurch nicht zu Hause gemeldet. Als sie am Vorabend nicht vom Bahnhof abgeholt worden war, dachte sie, es sei etwas dazwischen gekommen. Nichts Besonderes bei ihrem Gerhard. Der Ehemann einer Kegelschwester hatte sie zu Hause abgesetzt.

Die Tatsache, dass Dackel Willi auch nicht zu Hause war, bedeutete für sie nur, dass Gerhard ihn mitgenommen hatte. Zwischen ihren Worten war herauszuhören, dass Frau Wühler zum einen noch in der Hochstimmung ihrer Kegeltour gewesen war, zum anderen mit ihrem Mann eine Beziehung pflegte, in der sich beide miteinander arrangiert hatten.

Am Morgen war sie dann doch unruhig geworden, als sie sein Schlafzimmer unberührt vorfand. Ein Anruf bei seiner Arbeitsstelle ergab auch keinen Aufschluss, also rief sie schließlich doch die Polizei an.

»Wie könnte der Tagesablauf Ihres Mannes am Wochenende ausgesehen haben?«, fragte Roß.

»Eines weiß ich sicher: Dreimal am Tag mit Willi Gassi gehen! Willi«, fügte sie erklärend hinzu, »das ist unser Dackel. Er geht dann immer hoch zum Scheid oder in den Hag.«

Sie musste die fragenden Augen des Polizisten bemerkt haben, denn sie fuhr fort: »So nennen wir das Waldgebiet um den Buchenhardt hier oben. Ansonsten kann ich nichts sicher sagen. In die Seniorenresidenz geht er eigentlich, soviel ich weiß, am Wochenende nie. Ob Parteitermine waren, weiß ich auch nicht. Wir haben unsere Bereiche getrennt. Arbeit und Partei sind eben seine Bereiche, da beschäftige ich mich nicht mit.«

Trinkaus wollte das Gespräch abbrechen. »Vielen Dank, Frau Wühler, wir beginnen mit unserer Arbeit und melden uns wieder. Sollte sich Ihr Mann inzwischen melden, so rufen sie uns gleich an.« Er suchte noch nach einem trostreichen Satz, obwohl sie nicht so aussah, als brauche sie einen solchen und entschied sich für: »Es wird sich alles aufklären.«

Beim Verlassen des Wohnzimmers fiel ihm neben dem Schreibtisch ein besonderer Wandschmuck auf: Da hing eine Urkunde für vierzigjährige treue Parteimitgliedschaft, daneben ein älteres und ein jüngeres Bild, welches jeweils ein und dieselbe Person – offensichtlich Wühler – mit jeweils einem prominenten Politiker zeigte. Die Prominenten waren Ministerpräsidenten, beide allerdings inzwischen Ex-Ministerpräsidenten, nachdem die Wähler sie mehrheitlich in Pension geschickt hatten.

An der Haustür entließ Frau Wühler die beiden Polizisten mit den Worten: »Ich bitte vorerst um Diskretion! Sie wissen, wie schnell hier geredet wird.«

Trinkaus und Roß stiegen wieder in ihren Pkw und fuhren nach Wetzlar zurück.

10.

Am Ortseingang von Hermanstein meldete sich Leos Magen.

»Ich brauch' eine Kleinigkeit zu essen, Dirk, und einen Kaffee könnte ich auch vertragen.«

Ob Kaffee, wenn auch mit viel Milch, für Leo wirklich so verträglich war, stand auf einem anderen Blatt. Aber er mochte einfach nicht davon lassen.

Sie hielten an einer Bäckerei mit Stehcafé an und genehmigten sich ein belegtes Brötchen und einen Kaffee. Während sie ihre Kaffeepötte zu einem freien Stehtisch balancierten, bemerkten sie mit einem Blick durch das Schaufenster, dass draußen gerade uniformierte Kollegen mit einem Streifenwagen in Richtung Blasbach vorbeifuhren. Die waren wohl im Dienst; Leo und Dirk würden aber erst einmal Pause machen. Kauend tauschten sie ihre ersten Einschätzungen über Wühlers Verschwinden aus.

»Wenn's nach mir geht, Dirk, sollten wir noch bis morgen warten. Dann können wir immer noch mit den Suchmaßnahmen beginnen.«

»Mein ich auch.« Dirk legte eine Pause ein, um einen Schluck Kaffee zu schlürfen. »So, wie Wühlers zusammenleben, stehen die Chancen nicht schlecht, dass der gute Mann mit seinem Wuffi wohlbehalten wieder auftaucht. Sollen wir etwa jetzt schon nach den vagen Angaben den Buchenhardt durchstöbern?«

Leo nickte. Sie tranken ihren Kaffee aus und machten sich auf den Rückweg zur Polizeistation, um dort zumindest schon einmal vorsorglich die »kleine Vermisstenroutine« anlaufen zu lassen. Hoffentlich war das Ganze nur ein schlechter Aprilscherz.

11.

Zurück in der Polizeistation trennten sich ihre Wege. Dirk wollte mit dem Dienstgruppenleiter der Schutzpolizei sprechen, während Leo bei Assmann vorbeischaute. Eigentlich strebte Leo vorrangig zu der sogenannten Vorzimmerdame seines Chefs, Birgit Allendörfer. Bei ihr hatte er schon heute morgen auf Anhieb die blubbernde Kaffeemaschine, die danebenstehende Plätzchendose und die Pralinenschale registriert.

Die zierliche blonde Mitdreißigerin hatte eben nicht nur für das leibliche Wohl ihres Chefs zu sorgen, auch die anderen Kolleginnen und Kollegen schauten gern einmal kurz vorbei, um einen »Rollgriff« in die Plätzchendose anzusetzen. Sie wurde von allen nur »B.A.« genannt, ihren Anfangsbuchstaben, aber eben englisch ausgesprochen. Diesen Spitznamen hatte sie sich wahrscheinlich auch wegen ihrer dem »Helden« einer amerikanischen Fernsehserie diametral entgegenstehenden körperlichen Erscheinung eingehandelt.

Nach einem kleinen Plausch mit ihr begab sich Leo dann lutschend und kauend in das Chefzimmer. Er hatte sich kaum gesetzt, als Assmanns Telefon klingelte. Es schien ernst zu sein, Assmanns Gesicht verfinsterte sich, er hörte längere Zeit zu und beendete das Gespräch mit: »So 'ne Scheiße, danke!«

»Er ist schon gefunden geworden – Wühler. Eine Schulklasse hat bei Blasbach eine Waldwanderung gemacht. Die Lehrerin hat uns über Handy verständigt, ein Streifenwagen ist schon dort. Der Kollege Thorsten Helmer hat ihn eindeutig identifiziert, er kennt ihn. Es sieht alles danach aus, dass er erschlagen worden ist. Die Spurensicherung ist schon los. Dirk weiß Bescheid, macht euch auf! Ihr macht das erstmal zusammen; ob wir eine Soko brauchen, klären wir später.«

Hat sich wohl mit langsam angehen lassen, dachte Leo. Es war also doch kein Aprilscherz! Am ersten Tag der erste Tote, so hatte er sich das nicht vorgestellt. Auf der anderen Seite spürte er das Kribbeln in sich, sein Motor schnurrte wieder, allerdings konnte er das stärkste Drehmoment noch nicht erreichen. Es war eine gute Therapie für ihn, wenn auch der Vorfall für Gerhard Wühler sehr ungesund geendet hatte.

Auf der Treppe nach unten traf er Roß, der ihm mitteilte, er habe noch einen Streifenwagen hinterher geschickt. »Ich kann mir schon vorstellen, wie uns die Gaffer inzwischen das Gelände zertrampeln und uns auf den Füßen stehen werden.«

»Das wird eh nichts bringen«, antwortete Leo. »Denk an die Schulklasse. Und wenn es schon Freitag oder Samstag passiert ist, haben wir noch schlechtere Karten. Es hat doch mächtig geschüttet.«

12.

So war es dann auch. Die Kollegen der Spurensicherung hatten ihre Arbeit bereits beendet – oder besser gesagt: abgebrochen. Leo war sich schon darüber im Klaren gewesen, als sie die befestigte Straße verlassen hatten und auf den landwirtschaftlichen Weg eingebogen waren. Nicht ohne Grund stand hier das Zusatzschild »Bei Nässe nicht befahrbar«. Die Räder hatten sich durch den Schlamm gewühlt. »So eine Sauerei!«, rief Dirk. »Welcher Blödian bringt denn bei einem solchen Scheißwetter gerade hier jemand um? Denkt denn keiner an uns?« Die schon vor Ort befindlichen Polizeifahrzeuge hatten dem Weg ihr Übriges gegeben.

Die beiden Beamten setzten fast zeitgleich ihre Füße in den Matsch, als sie ausstiegen. Ihre Gesichter sagten alles.

»Und?« Dirk Roß hob kurz fragend den Kopf in Richtung eines kleineren drahtigen Kollegen.

»Das kannst du vergessen. Was soll ich hier Verwertbares finden? Scheißwetter seit Freitag, und dann trampelt noch eine Horde Kinder durch die Landschaft. Einen gelben Sack mit dem grünen Punkt hätte ich gebrauchen können. Mindestens zehn Umhüllungen von Schokoriegeln und anderen Süßigkeiten, aber die konnten wir alle schon der Schulklasse zuordnen. Die Kinder haben halt vor Aufregung Nervennahrung gebraucht und den Müll nicht eingesteckt. Außerdem war da nur noch eine Filterzigarettenkippe mit einem schönen goldenen Mundstück.«

Er fasste in seine Jackentasche und holte ein Plastiktütchen hervor, welches er den beiden Kollegen entgegenstreckte. »Wer weiß, von wem die Kippe ist. Der Mörder wird wohl nicht gerade hier noch eine gequalmt haben.«

Als die beiden nickten, steckte der kleine Drahtige das Tütchen wieder ein.

Weil dieser Kollege in seiner Enttäuschung so losgesprudelt hatte, kam Dirk erst jetzt dazu, Leo mit dem kriminaltechnischen Angestellten, dem KTA, bekannt zu machen. Wegen der Vermisstenmeldung, die sich inzwischen zu einem Todesfall ausgeweitet hatte, war ja Leos obligatorische Begrüßungs- und Vorstellungstour durch die Polizeistation erst einmal aufgeschoben worden.

»Also, Udo, nun komm mal einen Moment wieder runter.« Dirk versuchte, den Kriminaltechniker zu beruhigen. »Das ist Leo Trinkaus, unser neuer Kollege.« Und zu Leo gewandt ergänzte er: »Und das ist Udo Kempf, unser Trüffelschwein!« Dabei grinste er über das ganze Gesicht.

»Einer muss ja schließlich für euch die Drecksarbeit machen, sonst nützen euch eure grauen Zellen auch nichts! Hallo, Leo, ich freue mich!«

Leo merkte an dieser Begrüßung, dass wohl fast alle Kollegen über sein Kommen und in groben Zügen auch über seine Person Bescheid wussten. Auch hier war der Handschlag herzlich, der neue Kollege wurde sofort einbezogen. Kempf war als KTA mit dem Ermittlungsdienst in die Ermittlungsgruppe 4 eingebunden. Er war der Spurensicherer – und er zumindest hatte vorgesorgt: Seine Gummistiefel waren immer an Bord.

Der Rest der Informationen war schnell ausgetauscht. Wühler war offensichtlich mit einem Knüppel erschlagen worden, wie auch der Hund, beide waren abseits des Weges im Wald notdürftig verscharrt worden. Verwertbare Spuren gab es bis auf die Kippe nicht. Das Wochenendwetter hatte alle möglichen Spuren verwischt oder vernichtet. Da war es letztlich egal, dass auch noch eine Schulklasse durch dieses Waldstück auf den Weg getrampelt war. Immerhin stellte sich unter diesen Umständen die Schulklasse noch als Glücksfall dar, sonst hätte es noch lange dauern können, bis die Leiche gefunden worden wäre.

»Der Doc war auch schon hier«, schloss Kempf seine resignierenden Betrachtungen. »Todeszeitpunkt wohl zwischen Freitagabend und Samstagmorgen. Genaueres später. Ihr dürft jetzt aber noch die Witwe informieren.«

Leo und Dirk waren sich einig, dass sie zum Ablauf des Geschehens keine brauchbaren Anhaltspunkte mehr bekommen würden.

Warum mussten sich auch der oder die Täter gerade so ein Regenwochenende aussuchen – das war richtiggehend unfair! Also hieß es, sich um das Motiv zu kümmern und dazu die Person des Opfers auszuloten.

»Einer von uns redet noch einmal mit der Frau Gattin, der andere kümmert sich um das berufliche Umfeld. Wer macht was?« Trinkaus schaute seinen Kollegen fragend an.

Der rothaarige Bär zog seinen Mund, so breit er konnte, und antwortete: »Du bist ja noch soo frisch bei uns! Deshalb sprich du mit der Frau Gemahlin, ich fahre mit den Kollegen hier zurück und schnuppere mal in die Senioren-Residenz.«

»Na, wenn's denn sein soll!«

Leo blieb am Waldrand stehen, schaute zunächst auf seine schlammbedeckten Schuhe und seine bespritzten Hosenbeine, dann nahm er den geheimnisvollen Blick von hier oben über Blasbach hinweg wahr.

Die Landschaft dampfte nach dem vielen Regen am Wochenende immer noch mächtig. Es sah aus, als wäre am gegenüberliegenden Hang viel nasses Heu verbrannt worden, das jetzt noch vor sich hinschwelte. Er erkannte auf der anderen Seite des Tales schemenhaft eine kleine Kirche oder Kapelle, da dürfte auch der Friedhof nicht weit sein.

Dorthin würde Wühler bald umziehen.

13.

Leo Trinkaus hatte also nach langer Zeit wieder eine unangenehme berufliche Aufgabe vor sich. Wie oft er auch im Laufe seiner Dienstzeit schon die Nachricht vom Tod eines Angehörigen überbracht hatte, Routine war es trotzdem nie geworden.

Heute hatte er ein zwiespältiges Gefühl: Einerseits war da die recht kalte Atmosphäre des Vormittagsgespräches, die zu Nachfragen reizte. Andererseits sagte ihm sein kriminalistisches Gespür, dass er über die Witwe dem Motiv wohl nicht näher kommen würde. Aber mit dem Gespür war das so eine Sache.

Die Fahrt mit dem Wagen zurück zum alpenländischen Domizil gestaltete sich gar nicht so einfach. An ein Wenden im Gras war nicht zu denken, also orgelte er mit Mühen rückwärts den Weg zurück. Die Antriebsräder drehten immer wieder durch und schleuderten jede Menge Schlamm auf. Alle anderen Fahrzeuge mussten auf sein Manöver warten, ehe auch sie wegfahren konnten. Schließlich waren Dirk und er als letzte gekommen und standen deshalb am Ende der Schlange.

Als er vor Wühlers Anwesen ausstieg, überlegte er, wie er die Befragung beginnen sollte – doch wohl nicht mit dem saublöden Satz: Hatte Ihr Mann Feinde? In der Überzeugung, mit dieser Petra Wühler wohl nie warm werden zu können, betätigte er den Klingelknopf an der Haustür.

Konsterniert musterte Frau Wühler Trinkaus, aber nicht etwa in Erwartung seiner Nachricht. Vielmehr schaute sie an seiner Hose hinunter auf seine Schuhe. Dieser Blick war ein Befehl. Leo fühlte sich ertappt wie ein kleiner Junge ob dieses Blickes, murmelte mit rotem Kopf eine Entschuldigung und zog seine Schuhe aus, ehe er ihr ins Haus folgte.

Auf dem Couchtisch standen eine Flasche Marillenlikör und ein halbvolles Glas. Er brauchte nicht viel zu erläutern. Sie hatte sich schon ihren Teil gedacht, als zur Mittagszeit an diesem Montag so ungewöhnlich viel Verkehr herrschte und mehrere Streifenwagen durch die Straße zum Wald fuhren.

Umgehauen hat es sie nicht, dachte Trinkaus. Ihre Einschätzung der Tatsache, dass ihr Ehemann getötet worden war, könnte man wohl in einem Wort ausdrücken, nämlich: Schade! So jedenfalls Leos Gefühl, und dies war schließlich die konsequente Fortsetzung seines Eindruckes aus ihrem Vormittagsgespräch.

»Ich muss mir ein genaues Bild von Ihrem Mann machen, um mich über ein mögliches Motiv an den oder die Täter heranzuarbeiten.« Sie nickte. »Erzählen Sie mir von ihm.«

»Nächstes Jahr wären wir fünfunddreißig Jahre verheiratet. Wir kennen uns schon aus der Grundschule, waren irgendwie Nachbarskinder.«

Sie erzählte nun frei heraus, hatte sich nichts vorzuwerfen und stand auch nicht im Verdacht, irgendetwas mit dem Tod ihres Mannes zu tun zu haben. Außerdem erklärte sich Trinkaus ihre jetzige Redebereitschaft im Vergleich zu der morgendlichen Verklemmtheit mit der Endgültigkeit des Todes. Sie redeten eben nicht mehr über einen Vermissten, der genauso schnell wieder auftauchen und dann plötzlich vor Fremden bloßgestellt sein konnte – und mit ihm natürlich auch seine Ehefrau und ihrer beider Beziehung.

»Entschuldigen Sie, Frau Wühler, wenn ich nach Ihrer Beziehung frage; die Antwort soll nur mein Bild über Ihren Mann abrunden. Versuchen Sie, Ihr Verhältnis zu beschreiben.«

Sie musste nicht lange überlegen und sagte: »Wir haben uns gegenseitig respektiert.«

Obwohl diese Antwort eindeutig war, hob Trinkaus fragend die Augenbrauen.

Sie fuhr fort: »Sehen Sie, unsere Jugendliebe war eben nur eine solche – oder was man dafür hält. Es dauerte eine Weile, bis uns dies bewusst geworden ist, aber eine Trennung kam nicht in Frage. Das war nicht unser Stil. Wie hätte das denn ausgesehen? Außerdem war ich von zu Hause aus finanziell abgesichert, und bei meinem Mann lief es zumindest später dann auch ganz gut, als er Geschäftsführer geworden war. 1980 oder 1981 haben wir uns aber schon arrangiert und Gütertrennung vereinbart, wollten jedoch zusammen bleiben. Wir haben uns eigentlich nicht gestritten, hatten auch noch Berührungspunkte im Zusammenleben, sind gern gemeinsam verreist. Deswegen sage ich, dass wir uns respektiert haben. Es war eben keine – ja, wie soll ich das ausdrücken – körperliche Liebe mehr, aber doch Kameradschaft.«

So wie diese Frau die beiden Worte »körperliche Liebe« aussprach, konnte man meinen, es handele sich dabei um eine lästige Angelegenheit.

»Hatte Ihr Mann eine intime Beziehung?« Bei dieser Frage versuchte Trinkaus so einfühlsam wie möglich zu wirken.

»Ich habe nie danach gefragt und wollte es auch nicht wissen. Nein, ich habe keine Ahnung. Aber ich will Ihnen auch gleich eine noch nicht gestellte Frage beantworten: Ich habe auch keine Beziehung. Erstens ist eine Liebschaft nicht meine Art, und zweitens brauche ich es auch nicht.«

Trinkaus versuchte schließlich noch etwas über die berufliche Tätigkeit des Opfers zu erfahren. Es stellte sich jedoch heraus, dass die Angaben von Frau Wühler bei ihrem ersten Zusammentreffen schon fast abschließend gewesen waren. Seine berufliche Tätigkeit und auch seine parteipolitische Arbeit waren seine Bereiche gewesen.

Den ersten konnte sie nur so beschreiben, wie man sich den Manager eines Altenzentrums vorstellt. Den zweiten charakterisierte sie auf ihre Art: »Na ja, wie das eben so ist mit den Männern auf dem Dorf oder in der Kleinstadt: Man ist halt in allen möglichen Vereinen und auch in der Partei.«

Dies hatte sie eigentlich nie wirklich interessiert. Das macht auch nichts, dachte sich Trinkaus, das gehen wir auf unseren Wegen an. Sie war in Gedanken noch bei der Partei und murmelte ergänzend: »Außerdem hat es Gerhard ja auch nicht geschadet.« Für den Bruchteil einer Sekunde ging Leo ein »Hoffentlich« durch den Kopf.

Letztlich hatte sich das Gespräch doch sehr lange hingezogen. Petra Wühler hatte sich während der Zeit zwar noch zweimal ihr Gläschen nachgefüllt, ihm aber noch nicht einmal einen Kaffee angeboten. Er hob vor der Haustür seine Schuhe von der Fußmatte auf, behielt sie aber in der Hand und ging auf Socken zum Fahrzeug. Scheißtag – Scheißwetter – na ja und dann noch diese Frau.

Als Trinkaus in seinen Wagen einstieg, knurrte ihm außerdem der Magen, es war ihm aber nicht nach einem Schnellimbiss. Ist doch gar nicht so eng, der Vectra, fiel es ihm auf der Fahrt ein, was der Dirk nur hat.

14.

Auf der Rückfahrt zur Polizeistation überlegte Trinkaus, ob er Roß anrufen und nachfragen sollte, was dieser inzwischen herausgefunden hatte. Er entschied aber dann, sich zunächst etwas Ruhe zu gönnen, und fuhr langsam in Richtung Stadt. Das konzentrierte Gespräch hatte ihn ermüdet.

In der Polizeistation stattete er seinem Chef einen Besuch ab, um ihm seine bisherigen Erkenntnisse zu berichten. Dort gab es Kaffee! Genüsslich trank er zwei Tassen – B.A. hatte ihm ein paar Plätzchen dazu auf die Untertasse gelegt – und er bekam sogar noch ein Handtuch gereicht, um seine nassen und kalten Füße zu trocknen. Diese Frau war einfach fantastisch. Sie wusste ohne viele Worte, was die Herren der Schöpfung brauchten, und erledigte das entsprechend.

In dem Gespräch mit seinem Chef erfuhr Leo, dass auch Dirk Roß schon zum Kurzbericht dagewesen war. Ihr Gespräch endete mit Assmanns Rat: »Gut, Leo, bei der Sachlage werdet ihr Zeit brauchen. Fangt nicht an zu hetzen, macht's lieber gründlich. Die Staatsanwaltschaft ist schon informiert, zuständig ist Staatsanwalt Zimmermann.« Er nannte dessen dienstliche Durchwahl und private Telefonnummer. »Nächste Woche ist Hanne wieder da, das wird euch weiterhelfen.«

Assmann bemerkte den verständnislosen Gesichtsausdruck seines Gegenübers und fügte erläuternd hinzu: »Hanne Ziegler ist die aus eurem Team, die im Moment noch Urlaub hat.« Jetzt erinnerte sich Leo an den kurzen Hinweis anlässlich seiner Einführung am Morgen.

Er traf Dirk in ihrem gemeinsamen Zimmer. Dirk hatte einen

Wust von Papieren vor sich liegen und konnte noch nichts Abschließendes sagen. »Ein Stündchen werde ich noch brauchen für einen Überblick.«

»Sag mal, Dirk, darüber haben wir heute Morgen noch gar nicht sprechen können.« Die kurze Erwähnung Hanne Zieglers brachte Leo auf diese Nachfrage. »Bist du beweibt, hast du Familie?«

»Nein, ich bin solo, warum?«

»Also wartet niemand auf dich. Was hältst du davon, wenn wir heute Abend ein gemeinsames Arbeitsessen veranstalten, da können wir auch gleich unsere Informationen austauschen?«

»Ich weiß zwar nicht, wie du auf die Idee kommst, logischerweise würde niemand auf mich warten, weil ich nicht beweibt bin. Aber es stimmt. Gute Idee, das mit dem Essengehen! Wann und wo?«

»Sagen wir in zwei Stunden, den Ort bestimmst du, denn du kennst dich besser aus.«

»Okay, dann schlage ich die Ratsschänke am Fischmarkt vor, schräg unterhalb vom Domplatz.«

Trinkaus musste nur kurz überlegen: Domplatz runter, linker Hand Bistro, dahinter links um die Ecke. »Prima, ich freue mich. Dann bis nachher!«

Er ging die paar Schritte zu seiner neuen Wohnung, stellte den Wecker und legte sich auf seine Wohnzimmercouch. Wühlers eingeschlagener Schädel, die unnatürliche Haltung des Dackels und Frau Wühler mit ihrem Likörglas zogen an ihm vorbei. In der Erinnerung an den Blick auf Wühlers Ehrenurkunde war er schon weggedämmert.

15.

»Mensch, sind wir pünktlich!« Roß und Trinkaus trafen auf dem Fischmarkt aufeinander, als Roß gerade seinen Wagen abschloss. Das muss Dirk sein, war es Leo sogleich durch den Kopf gegangen, als er den Wagen vorfahren sah oder besser: herannageln hörte. Dirk hatte ein von der Bereitschaftspolizei ausgemustertes Gefährt, einen Kleinbus, erworben. Dem Geräusch nach hatte der Dieselmotor schon einiges auf dem Buckel. Wer nur oberflächlich hinschaute, konnte meinen, es handele sich immer noch um einen Dienstwagen.

Dirk bemerkte das Mienenspiel seines Kollegen und murmelte lapidar: »Er war halt billig und ich hab' endlich Platz.«

Sie betraten die »Ratsschänke«. Im unteren Gastraum waren schon zwei Tische belegt, sie gingen also über die Treppe auf die Empore, hier saßen sie etwas geschützter und konnten ungestört reden. Schließlich sollte zumindest der dienstliche Teil ihres Gespräches nicht an fremde Ohren dringen. Die dezente Lokalmusik, die über die Anlage zu hören war, erkannte Leo sofort. Es war die Ferb-Heinzer-Band mit Interpretationen von Dylan-Titeln, die alte Scheibe »Butter bei die Fisch!«, die es nur in einer Mini-Auflage gegeben hatte. Eben spielte »Knockin' On Heaven's Door« mit der Ferb-Heinzerschen deutschen Abwandlung des Eingangsgespräches zwischen Mutter und Sohn nach Sohnemanns Rückkehr aus dem Manöver.

»Die Musik passt doch ganz gut zu unserem Thema, was, Dirk? Den ersten gemeinsamen Toten haben wir schon.«

»Hmm«, brummte Dirk, der auf den Text nicht geachtet hatte, aber die Originalmelodie natürlich kannte. »Und du bist als Pat Garrett hinter Billy The Kid her«, antwortete er. »Aber schauen wir erst einmal in die Speisekarte.«

Thomas, der freundliche Wirt, brachte ihnen jeweils ein Bier. Dirk nutzte die Gelegenheit, seinen neuen Kollegen mit dem Wirt bekannt zu machen und erläuterte, dass man sich demnächst wohl häufiger sehen werde. Trinkaus entschied sich für die »Kartoffeltaschen gefüllt mit Frischkäse und Broccoli auf Frankfurter Grüner Soße und Streifen von Räucherlachs«. Dirk nahm das »Holzfällersteak auf Sauerkrautsockel mit gebratenem Speck, Würstchen und Bratkartoffeln«. Außerdem genehmigte er sich auf die Schnelle noch ein zweites Bier, ehe er – als Autofahrer – auf Mineralwasser umstieg.

Dirk ließ seine Aufzeichnungen über die Senioren-Residenz erst einmal in der Aktentasche. Das Speisen wollte er nicht durch eine dienstliche Unterhaltung gestört wissen. Schließlich gab es für sie beide auch persönlich noch viel kennen zu lernen. Zwischen »Masters Of War« und »Like A Rolling Stone« wurde ihr Essen serviert. Leo summte locker mit.

Sie nahmen das Thema anlässlich ihrer Verabredung zu diesem Arbeitsessen wieder auf. Dirk Roß war also unbeweibt. Sein Beruf hatte ihn nach mehreren Versuchen, eine feste Beziehung aufzubauen, zu der Erkenntnis gebracht, es sei besser, auf eine Ehe zu verzichten. Gerade in seinen Sturm-und-Drang-Jahren war er so mit Feuer und Flamme Kriminalbeamter gewesen, dass Dienstzeit und Freizeit völlig verschwammen. Da gab es mit der jeweiligen Partnerin heftige Probleme, was er inzwischen auch gut nachvollziehen konnte. Er hatte dann letztlich seiner beruflichen Passion den Vorrang gegeben und begnügte sich jetzt damit, mal hier und mal da eine lose Beziehung zu pflegen.

»Wohnst du auch hier in Wetzlar?«

»Nein«, antwortete Dirk, »ich wohne in Tiefenbach. Das ist ein Stadtteil von Braunfels. Da musst du die B 49 Richtung Limburg rausfahren. Das Dorf – also ich meine Tiefenbach – liegt ganz schön abgelegen in einem Bachtal und ist von der B 49 nicht zu sehen. Ich hab' mal gehört, Tiefenbach sei erst gar nicht befreit worden. Als die Amerikaner Ende März 1945 im Lahntal auf der damaligen Landesstraße von Biskirchen kommend über Leun nach Wetzlar vorgedrungen sind, hätten sie Tiefenbach übersehen. Wahrscheinlich ist das nur Gerede. Es ist zwar etwas weiter weg, aber ich habe damals dort eine günstige Einliegerwohnung bekommen. Und jetzt habe ich mich daran gewöhnt.«

Dann war Leo an der Reihe, erzählte von seiner Scheidung und von seinem Sohn, dem Oberschüler, der jetzt noch bei Mama in Frankfurt wohnte.

Leo verspeiste genüsslich den letzten Löffel der heißen Himbeeren auf Vanilleeis. Sie waren wirklich noch heiß, denn die Himbeersoße war auf einem Stövchen serviert worden.

»Da wir nun schon beim Thema Frauen sind, mein Lieber, erzähl mir doch mal was über Hanne Ziegler.«

»Die ist ein Pfundskumpel, lieber Leo, mehr will ich jetzt gar nicht sagen. Du kannst dir gefälligst erst einmal selbst ein Bild von deiner unmittelbaren Teamkollegin machen – Capito?«

Recht hatte Dirk, also war dieses Thema für heute erledigt.

Bei »Forever Young« räumte der Wirt ab, sie bestellten sich jeder einen Cappuccino, und Dirk öffnete seine Aktentasche.

»Leo, was ich dir heute morgen in Kurzfassung von Wühlers Tätigkeit bei einer Senioren-Residenz gesagt habe, war wirklich sehr oberflächlich. Die Firmenstruktur ist viel verzwickter: Früher unterhielt die Stadt Wetzlar ein Alten- und Pflegeheim. Das war wohl ein mächtiger Zuschussbetrieb und in dem starren Korsett einer öffentlichen Verwaltung nicht gut zu führen. Deshalb wurde der Betrieb 1985 ausgelagert und in einer GmbH weitergeführt. An dieser GmbH hielt zunächst die Stadt Wetzlar alle Anteile, Wühler wurde Geschäftsführer. Seine Partei hatte damals die absolute Mehrheit und wollte einen verdienten Parteifreund unterbringen.«

Dirk legte eine Kunstpause ein, ehe er den Satz beendete: »Was natürlich eine böswillige Unterstellung ist.«

Dirk blieb ganz ernst dabei, trotzdem musste Leo Trinkaus schmunzeln. Er nickte ganz gewichtig mit dem Kopf dazu.

»Später wurde die Stadt dann nur noch Minderheitsgesellschafter und gab schließlich alle Anteile ab. Entweder lief der Betrieb immer im Minus, oder es war eine weitere Wohltat für Wühler.«

Ab und zu musste Roß auf seine Notizen schauen, aber er war gut vorbereitet. Wieder einmal fühlte sich Trinkaus darin bestätigt, dass sie beide auf ein und derselben oder doch wenigstens einer verwandten Wellenlänge lagen.

Ob dies auch für den Wirt galt oder war es Zufall? Trinkaus wurde kurz durch die Musik abgelenkt. Das war nicht mehr die Ferb-Heinzer-Band, aber immer noch ein Dylan-Titel: »When The Ship Comes In«.

»Wir haben heute einen Dylan-Abend, Dirk.« Dieser schaute ihn verständnislos an. »Entschuldige, ich habe mit einem halben Ohr zur Musik gelauscht.« Mit den Interpreten war er sich noch nicht sicher.

»Nun lass mich doch erst einmal zu Ende erzählen, Leo, es wird noch besser.«

»Klar, mach weiter im Text.«

»Also, die Stadt hat ihre Hände nicht mehr drin. Inzwischen gibt es drei Sparten – wohl auch eine Reaktion auf die Einführung der Pflegeversicherung – und es ist nicht mit einer Senioren-Residenz GmbH getan, von der ich heute morgen gesprochen habe. Dieses ehemalige Altenzentrum läuft nun als Senio-Altenzentrum Wetzlar GmbH & Co. KG. Außerdem gibt es ein Edelheim für Gutbetuchte, die Senio-Residenz Wetzlar GmbH & Co. KG und noch eine Senio-Ambulant-Pflegeservice Wetzlar GmbH & Co. KG.«

»Klingt doch bombastisch und stinkt vielleicht eine Spur«, warf Trinkaus ein. »Und wer steckt dahinter? Nun raus damit!«

»Die persönlich haftende Gesellschafterin ist – wie bei der GmbH & Co. KG üblich – eben keine Privatperson, sondern eine GmbH, nämlich die Senio-Verwaltungs GmbH. Und deren Geschäftsführer ist Wühler gewesen. Gesellschafter dieser Verwaltungs GmbH sind Wühler zu 25,1 % und ein Hans-Joachim Schaffer zu 74,9 %.«

»Aha, da haben wir wohl den potenten Geldgeber?«

Als er dies sagte, fiel es Leo Trinkaus wie Schuppen von den Augen: Es waren die Hollies. Jetzt interpretierten sie gerade »I'll Be Your Baby Tonight«, da hatte Leo sie erkannt. Mensch, dachte er, die Scheibe musste noch aus den Endsechzigern sein, oder gab es die jetzt auch auf CD? Er ließ sich aber nichts anmerken und war wieder voll im Gespräch.

»Wer ist Schaffer?«

»Auch das kann ich dir schon sagen, lieber Leo. Ich habe Beziehungen spielen lassen und gehört, dass Schaffer der Geschäftsführer und alleinige Gesellschafter in der Senio-Tec GmbH in Hildesheim ist. Die Firma ist die Branchenführerin für die technische Ausrüstung und die Pflegematerialien in Altenheimen. Außerdem sind Schaffer und Wühler Kommanditisten der drei Senio-KGs hier in Wetzlar.«

»Na prima! Den Laden schauen wir uns gleich morgen einmal an!«

»Die müssen gute Beziehungen gehabt haben, denn recht flott nach Abzug der Bundeswehr aus Wetzlar haben die hier im

Westend vom Bund Gelände gekauft, da steht jetzt die noble Residenz, und da ist auch die Verwaltung.«

»Wenn Wühler die Beziehungen vor Ort hatte«, folgerte Leo, »dann hat wohl Schaffer Vitamin B beim Bundesvermögensamt eingesetzt.«

Warum sollte sich nicht auch hier bewahrheitet haben, dass Beziehungen nur dem schaden, der keine hat.

Sie plauschten noch ein wenig miteinander. Der Wirt spendierte ihnen einen Cappuccino, und Leo Trinkaus konnte sich nicht verkneifen, nach der Hollies-Scheibe zu fragen. Der Wirt brachte sie sogar an den Tisch und siehe da: Die Aufnahme »Hollies Sing Dylan« war tatsächlich aus 1969 – und 1993 nochmals als CD erschienen.

Trinkaus hatte jetzt nach dem köstlichen Mahl die richtige Bettschwere und keine Lust mehr, nach Hause zu laufen. Also kletterte er auf den Beifahrersitz des nagelnden ehemaligen Einsatzfahrzeuges und ließ sich vor seiner Haustür absetzen.

16.

Auf der Fahrt zur Senio-Verwaltung verfranzte sich Roß im Westend. Er war noch müde und merkte erst auf, als ihn Trinkaus wegen der Gebäude auf der linken Seite der Braunfelser Straße ansprach.

»Das sieht doch ganz nach Soldatenwohnungen aus, dahinter sind dann die ehemaligen Kasernengebäude, oder? Es wundert mich, dass die hier einen Nobelschuppen errichtet haben.«

Roß klopfte sich an die Stirn und machte kehrt. Den Kalsmunthang hatten sie schon längst hinter sich gelassen. Vielleicht hätten sie sich doch nicht schon für 8.00 Uhr verabreden sollen.

»Nobel, nobel«, murmelte Trinkaus, als sie den Gebäudekomplex erreicht hatten. Die Residenz war wirklich sehr großzügig gestaltet, der Verwaltungskomplex etwas sachlicher gehalten, seitlich daneben. Vor dem Eingang zum Verwaltungsbereich parkte ein Rettungswagen des Malteser Hilfsdienstes.

Am Empfang stellten sie sich vor und fragten nach einer kompetenten Person aus der Geschäftsleitung. Die junge Dame legte sofort eine Trauermiene auf und stellte die rhetorische Frage: »Sie kommen sicher wegen des schrecklichen Todes von Herrn Wühler. Moment bitte.« Sie telefonierte kurz und stand mit den Worten auf: »Ich bringe Sie zu unserem Herrn Schmitt-Bollmann. Kommen Sie bitte!«

Als sie die Zwischentür erreichten, kamen ihnen – offensichtlich nach getaner Arbeit – zwei Malteser Rettungssanitäter entgegen. Beim Weitergehen fragte Trinkaus ganz beiläufig die Empfangsdame: »Es ist hoffentlich nichts Ernstes passiert?«

»Oh, unsere Frau Euler hatte einen Zusammenbruch, als vorhin die Nachricht vom Tode unseres Geschäftsführers kam. Es ist aber auch zu schrecklich, uns hat das alle sehr mitgenommen.«

So ist das in einem Nobelheim, dachte Roß. Golfspielen für Senioren geht im Zweifel immer, aber wenn mal jemand umkippt, müssen die Malteser her. Auf die Frage, wer die Firma vom Tode ihres Geschäftsführers informiert hatte, erhielten die beiden Kripobeamten zur Antwort, Frau Wühler habe am Morgen angerufen.

An einer breiten doppelflügeligen Tür klopfte die junge Dame kurz und öffnete sofort. Daneben war auf einem Keramikschild »Geschäftsführung Gerhard Wühler« zu lesen. Dirk Roß stiefelte an der Empfangsdame vorbei schnurstracks in das Zimmer. »Morjen, Roß mein Name, Kripo Wetzlar.«

In diesem Augenblick vernahm man das Düddelütt von Leos Handy; dieser machte kehrt und nahm im Flur das Telefonat an. Roß sah noch aus den Augenwinkeln, wie Trinkaus das Handy mit der Schulter an sein Ohr presste und einen Zettel aus der Jackentasche nestelte.

Dann wandte sich Dirk wieder seinem Gegenüber zu: »'Schuldigung, wichtige Dienstgeschäfte halten meinen Kollegen Trinkaus noch auf. Mit wem habe ich das Vergnügen?«

Ein vielleicht dreißigjähriger, maximal fünfunddreißigjähriger Mann stand ihm gegenüber. Dunkler Einreiher mit Weste, dunkles Hemd mit feinen Silberstreifen, silbergraue Seidenkrawatte, italienische Slipper, kurze dunkle Haare, Drei-Tage-Bart.

Dynamisch, progressiv verharrend, so schätzte Roß ihn ein. Der denkt sicherlich, was ich für ein ungehobelter Kerl bin, ging es Roß durch den Kopf. Er sah, wie sein Gegenüber ihn in Null-Komma-Nichts musterte und taxierte – ihn, diesen Hünen, der da in Jeans, Jeansjacke und Turnschuhen vor ihm stand. Doch legte der Dynamische ein – vermeintlich dem Anlass angemessenes – nur angedeutetes Verkäuferlächeln auf und streckte ihm die Hand entgegen.

»Mein Name ist Schmitt-Bollmann, Schmitt mit Doppel-t. Ich bin der Leiter der Verwaltungsabteilung hier im Hause.«

Teamarbeit lief ohne viele Worte, wenn man auf einer Wellenlänge lag. Auch jetzt zeigte sich dies wieder zwischen dem Oberkommissar und seinem neuen Hauptkommissarskollegen. Leo kam einfach nicht herbei, das würde schon seinen Grund haben. Da würde sich eben er, Dirk, hier allein diesen Schmitt-Doppelnamen mit Doppel-t vornehmen. Getrennt ermitteln – vereint aufklären! Schließlich mussten sie nicht dem Drehbuch eines Fernsehserienkrimis folgen, in dem der Herr Hauptkommissar seine Mitarbeiter wie Marionetten führt.

Das Duell Roß gegen Schmitt-Doppelname ging über mehrere Runden, wobei der Abteilungsleiter mit der direkten Art der Fragestellung große Probleme hatte. Er hätte Politiker sein können – jede Antwort zunächst haarscharf daneben und die nächste Frage provozierend. Schließlich erfuhr Roß aber das, was er für heute wissen wollte: Schmitt-Bollmann, ein Diplom-Verwaltungswirt, war vor drei Jahren aus der Stadtverwaltung ausgeschieden und nach hier gewechselt. Roß rechnete in Gedanken kurz nach. Da war doch Kommunalwahl?

Also war es wohl doch so: Nachdem sich die politischen Mehrheitsverhältnisse in der Stadtverordnetenversammlung geändert hatten und Magistratsmitglieder im Sinne der neuen Couleur ausgetauscht worden waren, sah der Dynamiker seine Aufstiegsbestrebungen jäh gekappt und kroch bei Wühler unter. Und das wohl mit dem Ziel, diesen zu beerben, wenn er sich zur Ruhe setzen würde.

Zwei, drei geschickte Nachfragen, und Dirks Vermutungen wurden indirekt bestätigt. Schmitt-Bollmann schien diese

Richtung aber gar nicht zu bemerken. Roß war eben nicht nur ein Hüne, sondern auch ein Fuchs. Nun war Schmitt-Bollmann aber noch nicht einmal Prokurist geworden, obwohl er faktisch seit zweieinhalb Jahren die Arbeit des Geschäftsführers erledigte.

»Herr Wühler hat den Schwerpunkt seiner Tätigkeit auf die Repräsentation der Senio-Gruppe gelegt.«

So klang das richtig gut! Schwierigkeiten im Hause gäbe es nicht, er könne sich nicht vorstellen, dass der Tod Wühlers irgendetwas mit dessen beruflicher Tätigkeit zu tun habe. Hier sei alles im grünen Bereich, die Senio-Gruppe arbeite wirtschaftlich sehr erfolgreich, noch nicht einmal Gewinnerwartungsverluste seien zu verzeichnen.

Diesen Begriff musste sich Dirk Roß mehrmals auf der Zunge zergehen lassen, bis er dessen Unsinnigkeit kapiert hatte.

Auch zum Aufbau und zum Tätigkeitsbereich der Senio-Gruppe stellte Roß seine Fragen, obwohl er sich ja schon informiert hatte. Neues erfuhr er nicht. Wie nun in der Geschäftsführung weiter verfahren würde, konnte Schmitt-Bollmann nicht sagen. Herr Schaffer, der Mehrheitsgesellschafter, werde morgen Nachmittag erwartet. In der Zwischenzeit würde er hier die Stellung halten. Nach entsprechender Rückfrage bei Herrn Schaffer wäre er auch gern bereit, eine Liste der Mitarbeiter herauszugeben.

»Das ist reine Routine, wahrscheinlich brauchen wir die Liste nicht.« Roß ließ seine Visitenkarte »für alle Fälle« da und verabschiedete sich.

Viel heiße Luft, dieser Möchtegern-Geschäftsführer, dachte Roß. Aber ich habe ihn hoffentlich doch nicht zu sehr verunsichert, so dass ich ihn noch einmal anstechen kann, wenn es notwendig wird.

Leo war weder im Flur noch in der Eingangshalle zu sehen, deshalb plauschte Roß noch mit der Empfangsdame. Ein junges Ding, das wohl mit der gewalttätigen Neuigkeit des Tages überfordert war. Sie sagte ihm, sein Kollege habe sich noch nach dem Befinden der zusammengebrochenen Frau Euler erkundigt und würde nun am Wagen auf ihn warten.

Also verabschiedete Roß sich und ging nach draußen.

Ihm fiel sofort auf, wie die Sonnenstrahlen wärmten. Es war seit langer Zeit der erste herrliche Sonnentag, Aprilwetter hatte eben auch schöne Seiten. Warum war es ihm da drinnen so kalt vorgekommen? Eben fiel es ihm ein: Wühlers Geschäftsführerzimmer war die Büroausführung des alpenländischen Wohnzimmers in Blasbach.

17.

Der Anruf, der Leo beim Betreten des Geschäftsführerzimmers erreicht hatte, kam vom KTA, dem kriminaltechnischen Angestellten Udo Kempf. Er ging also wieder ein paar Schritte zurück und meldete sich.

»Hallo Leo! Entschuldige, uns ist gestern was durchgegangen. Ich wurde erst heute Morgen informiert und wollte euch gleich Bescheid sagen.«

»Nur wer nicht arbeitet, macht keine Fehler«, reagierte Trinkaus gelassen. »Hast du etwa Name und Anschrift des Täters? Dann aber bitte gleich mit schriftlichem Geständnis!« Nach dieser Reaktion meinte Leo, die Erleichterung des Kriminaltechnikers durch das Telefon hören zu können.

»Nein, aber Wühler hatte ein Handy dabei. Es war noch intakt und nicht ausgeschaltet. Also brauchten wir uns nicht mit dem PIN-Code herumzuschlagen. Dich interessieren sicher die letzten Anrufe aus dem Speicher und sein Telefonverzeichnis.«

»Und ob!«

»Also, im Speicher waren Wühlers letzte zwei Anrufe. Beide hat er nicht manuell gewählt, sondern aus seinem Telefonverzeichnis aufgerufen. Der erste hatte die Abkürzung Schaffer-H. Eine Handy-Nummer, zugelassen auf eine Firma Senio-Tec in Hildesheim. Außerdem waren im Verzeichnis auch noch Schaffer-D und Schaffer-P gespeichert. Also Handy-, Dienst- und Privatnummer.«

»Ich weiß schon, wer Schaffer ist, Udo. Das reicht mir im Moment über ihn. Wem galt der zweite Anruf?«

»Der war nur mit einem Buchstaben gespeichert, nämlich R.«

»Jetzt wird's geheimnisvoll, Udo. Da hattest du ja eine richtige Nuss zu knacken«, meinte Leo mit offen ironischem Unterton und ging derweil mit dem Handy am Ohr durch den Empfangsbereich ins Freie. Hier in der Sonne fühlte er sich wohler. In Sekundenbruchteilen ging ihm ein Knittelvers durch den Kopf: In Sachen Wühler fühle ich mich in der Sonne wohler! Was für ein Quatsch!

Da holte ihn Udo Kempf wieder in die Realität: »Es ist ein Privatanschluss, Leo, in Steindorf, auf den Namen Euler, Christian.«

Steindorf – Leo musste kurz nachdenken. Dann fiel ihm dieser Wetzlarer Stadtteil, der Westlichste, wieder ein. Bei seiner Wetzlar-Rundfahrt im Zusammenhang mit seiner Wohnungssuche hatte er sich auch einen Eindruck davon verschafft. Ein kleiner Ortskern mit einem großen dominanten Neubaugebiet. Immerhin hatten die vielen Neubauten dem jetzigen Stadtteil zu rund 1.700 Menschen verholfen. Aber für ihn war so ein Neubaugebietsflair nichts, es zog ihn eigentlich schon immer in die alten gewachsenen Wohngebiete mit einem natürlichen Miteinander.

»Bist du noch da, Leo? Es war also nichts mit R, aber Eulers Ehefrau heißt Renate.«

»Dann weiß ich, wen du meinst, Udo. Das schigget for'n Auchenbligg.«

Er war so zufrieden, dass er unbewusst seiner Kasseler Spracheinfärbung freien Lauf ließ. »Haste 'ne Telefonliste zusammengestellt?«

»Klar. Ich lege sie dir auf den Schreibtisch, tschüs.«

»Ich danke dir, tschüs.«

Na, dann wollen wir noch einmal reingehen und einen Krankenbesuch machen – oder auch kondolieren? Dachte es und schlenderte zum Empfang zurück. Von Dirk immer noch keine Spur. Wegen der guten Nachricht kam ihm der nächste Reim in den Sinn: Die Euler ist ein Heuler! Und er ergänzte belustigt: Bei ihr fühlte sich Wühler wohl wohler.

Auf dem Weg zum Empfang bedankte sich Leo gedanklich bei dem Toten für dessen Ordnungssinn, nur mit eingeschaltetem und gut aufgeladenem Handy auf den Hundespaziergang gegangen zu sein. Dies hatte ihnen den in der Bevölkerung nicht unbedingt bekannten Rückgriff auf den § 12 des Fernmeldeanlagengesetzes erspart. Nach dieser Vorschrift konnten durch einen Richter – oder bei Gefahr im Verzuge auch durch einen Staatsanwalt – bei den Kommunikationsunternehmen die Telefonverbindungsdaten abgefragt werden. Darüber hätte die Kripo auch die letzten Gesprächspartner von Gerhard Wühler erfahren. Diese Vorschrift sollte zwar demnächst auslaufen; Leo war sich aber sicher, dass die Abgeordneten rechtzeitig eine Verlängerung dieser Vorschrift oder eine neue entsprechende Vorschrift beschließen würden – wenn nur eines sichergestellt war: Abgeordnete mussten als besonders geschützte »Berufsgeheimnisträger« von solchen Ausspähungen verschont bleiben. Wenn Leo sich recht erinnerte, waren zum Beispiel Journalisten trotz der grundgesetzlich geschützten Pressefreiheit nicht verschont, aber da musste wohl auch das Bundesverfassungsgericht noch über Verfassungsbeschwerden entscheiden.

Nach dieser gedanklichen Verfassungsexkursion stiefelte er auf die Empfangsdame zu. »Sagen Sie mal, geht es Ihrer Frau Euler wieder besser?«

»Sie liegt im Sozialraum.«

»Oh, das tut mir aber Leid, ich würde gern mal nach ihr sehen.«

Die junge Dame war sichtlich beeindruckt von der Anteilnahme der Wetzlarer Polizei und ging voraus. Vor der Tür des Sozialraumes setzte sie ihre Füße vorsichtiger auf und flüsterte: »Dann wollen wir einmal schauen.«

Trinkaus sah eine Frau auf einer Liege, offensichtlich eingeschlafen. Ihre linke Hand wurde von einer jugendlichen Frau gehalten, die vor ihr saß. Diese blickte zu ihnen auf und setzte die beiden Eintretenden mit dem dahingehauchten Satz »Sie ist gerade eingeschlafen« umfassend ins Bild.

Die veränderte Situation verspürte auch die ermattete Frau Euler und schlug die Augen auf. Trinkaus stellte sich mit ruhigen Worten vor und erkundigte sich höflich nach ihrem Befinden. Die beiden ebenfalls anwesenden Frauen schätzte er so ein, dass sie wohl ohne Misstrauen schlucken würden, wenn er mit jeder der drei Damen kurz allein sprechen und mit Frau Euler beginnen wollte. Die beiden anderen, von der Situation ohnehin ergriffen, verließen den Raum und hielten sich »zur Verfügung«.

Nun den Stier bei den Hörnern gepackt: »Es tut mir sehr, sehr Leid, Frau Euler. Ich weiß, wie es ist, wenn man einen lieben Menschen verliert.«

Sie hatte sich aufgerichtet, sackte aber bei diesen Worten in sich zusammen und schaute ihn aus unsäglich traurigen Augen an. Stumm reichte er ihr das auf dem Tisch stehende Wasserglas. Er ließ ihr Zeit.

Es dauerte bestimmt eine Minute, bis sie wieder zu ihm aufblickte. Sie war eine schöne Frau, für Leos Geschmack jedoch eine Spur zu deftig geschminkt. Schulterlange brünette Haare, schlanke mittelgroße Figur in einem dunkelgrauen Hosenanzug. Das Jackett trug sie anscheinend auf nackter Haut. Wie nackt, konnte Leo nicht erkennen, es interessierte ihn auch nicht. Er taxierte sie auf Ende dreißig, Anfang vierzig.

Sie gab sich sichtbar einen innerlichen Ruck, seufzte und begann: »Ach, was soll es! Warum sollen Sie es nicht von mir erfahren? Ja, ich habe ...« – sie stutzte, merkte die Endgültigkeit und damit, dass Präsens die falsche Zeitform war – »... ich hatte ein Verhältnis mit Gerhard.«

Sie sackte wieder zusammen und schluchzte stumm in sich hinein. Nach mehreren Schlucken Wasser und einer Zigarette konnte Renate Euler wieder etwas flüssiger sprechen. Sie tat ihm Leid, wie sie da hockte. Leo empfand Sympathie für diese Frau, die nach seiner Einschätzung ehrlich trauerte. Das gewaltsame Ende dieser wie auch immer gearteten Beziehung hatte sie völlig unvorbereitet getroffen.

Seit einem halben Jahr hatte sie also ein »Verhältnis« mit ihrem Chef, nachdem sie ein paar Monate vorher als Leiterin der Buchhaltungsabteilung in der Verwaltungs-GmbH angefangen hatte. Es durfte nichts nach außen dringen, Wochenendtreffen waren ohnehin tabu. Frau Euler hatte zwei Kinder, und die Familie hatte am Wochenende im Mittelpunkt zu stehen. Letzte Woche hatte sie Urlaub, deshalb waren nur ab und zu Telefonate mit Gerhard möglich. Gestern – also Montag – hatte sie den letzten Urlaubstag. Es war zwar ungewöhnlich, nach einem Urlaub erst am Dienstag wieder anzufangen, aber ihr Jüngster hatte am Montag Geburtstag gehabt. Das war einleuchtend. Deshalb hatte sie auch den ganzen Tag keine Zeit gefunden, mit Gerhard zu telefonieren.

»Wann haben Sie Herrn Wühler das letzte Mal gesprochen?«

Sie musste kurz nachdenken. »Am Freitag Vormittag, hier vom Büro aus hat er mich angerufen. Er verabschiedete sich ins Wochenende – wir wussten, dass wir uns vor heute nicht mehr würden sprechen können. Wie gesagt, das Wochenende war ohnehin tabu, und am Montag zu Alexanders Geburtstag hatte sich Christian – also mein Mann – frei genommen.«

Ihre Unterhaltung wurde mehrmals durch gemurmelte Fragen Frau Eulers in der Art von »Warum nur, warum?« oder »Wer macht so etwas?« unterbrochen.

»Ihr Mann weiß nichts und ahnt auch nichts von Ihrem Verhältnis?«

»Um Gottes Willen; er darf überhaupt nichts erfahren. Er ist ein fürsorglicher Ehemann und ein lieber Vater, aber krankhaft eifersüchtig. Bitte«, sagte sie flehend, »er darf nichts, aber auch gar nichts davon erfahren. Versprechen Sie mir das?«

»Das kommt darauf an«, erwiderte Trinkaus nach einer kurzen Pause. »Sie waren also von Freitag Nachmittag an über das Wochenende mit Ihrem Mann zusammen?«

»Ja«, antwortete sie spontan. Dann fiel ihr noch etwas ein. »Bis auf die Singstund–« Sie brach abrupt ab; in diesem Moment war ihr aufgegangen, welchen Hintergrund die Frage des Polizisten hatte. »Nein! Sie glauben doch nicht ...?«

»Entschuldigen Sie, Frau Euler, ich glaube gar nichts. Ich bin nur dabei, Fakten zusammenzutragen und mir ein Bild zu machen. Also was ist mit der Singstunde gewesen?«

Die männlichen Eulers waren schon in dritter Generation Mitglied im MGV, dem Männergesangverein Steindorf. Chorprobe war freitag ab 19.00 Uhr. Deshalb hatte Christian Euler um 18.45 Uhr die eheliche Wohnung verlassen und war um Punkt 22.00 Uhr wieder heimgekehrt. Danach waren die Eheleute Euler die ganze Zeit bis einschließlich Juniors Geburtstagsfeier zusammengeblieben.

Sie hing also auch noch an ihrem Christian, das war deutlich zu spüren. Fast fühlte er sich in diesem Gespräch wie ein Eheberater. Die Ehe war nicht kaputt, profitierte sogar in gewissem Umfang von den Seitensprüngen Frau Eulers. Da war zum einen der sexuelle Reiz und der Reiz des Verbotenen, der das Kribbeln verursachte. Zum anderen tat es aber auch dem Seelchen der lieben Renate gut, von einem älteren, beruflich erfolgreichen Mann begehrt zu werden. Trotzdem konnte alles eine gewisse Unverbindlichkeit behalten, weil eben auch Gerhard Wühler im Traum nicht daran dachte, sich von seiner Frau zu trennen. Es gibt schon Beziehungskisten, dachte sich Trinkaus. Na ja, wenn's ihnen so gefällt. Im übrigen war er wohl nicht der Geeignete, der anderen Ratschläge zur Meisterung von Eheproblemen geben durfte.

Während Frau Euler nochmals flehte: »Halten Sie bitte, bitte meinen Mann da raus!«, ging Trinkaus leise zur Tür und riss sie mit einem Ruck auf. Zwei junge Damen fielen ihm kopfüber beinahe in die Arme. Mit einer eleganten Körperdrehung, die jedem Torero zur Ehre gedient hätte, wich Leo zur Seite. Beide auffangen konnte er nun wirklich nicht. Sie platschten direkt neben ihm auf den Fußboden. Während sie sich aufrappelten, färbten sich ihre Gesichter in Sekundenschnelle in Dunkelrot. Sie suchten das Weite.

Trinkaus hob kurz die Schultern, während er Frau Euler anschaute und meinte: »Das hier sollten Sie von Kollegin zu Kolleginnen in Ordnung bringen. Ich verspreche Ihnen, ich bleibe – so lange es eben geht – diskret. Alles Gute!«

Er ging nach draußen und brauchte jetzt auch nicht mehr pro forma mit den beiden anderen Damen zu sprechen, die sich ja eigentlich »zur Verfügung« halten sollten. Als er am Empfang vorbei ging, war der Platz unbesetzt. Er kramte aus seiner Jackentasche ein lappiges, ungetoastetes Toastbrot mit einer Scheibe Putenbrust. Es war das Letzte, was er morgens gefunden hatte. Durch das gestrige Arbeitsessen war der Einkauf in Vergessenheit geraten.

Er setzte sich auf den Beifahrersitz des Vectra, kurbelte die Seitenscheibe herunter und nahm missmutig den ersten Bissen. Wenigstens die Sonne war angenehm. Während des zweiten Bissens öffnete sich die Eingangstür des Verwaltungstraktes, ein großer rothaariger Bär trat ins Freie und tapste ihm entgegen.

18.

Dirk zwängte sich in das Gefährt und sortierte seine Beine. Er blickte auf die Uhr; es war inzwischen Viertel nach zehn. »Ich habe Kohldampf!«

Sofort hörte Leo auf zu kauen, packte den Rest seiner »Putenpappe« wieder ein. »Denn mal los, wo?«

»Auf ins Bistro!«, lautete Dirks Vorschlag, während er den Zündschlüssel umdrehte.

Sie waren schon ein Pärchen, das sich da gefunden hatte. Jetzt musste erst einmal für das leibliche Wohl gesorgt werden – ohne zunächst ein Wort über ihre getrennt geführten Ermittlungen zu verlieren. Warum auch? Bis zum Essen würde ihnen nichts davonlaufen, auch nicht ein Mörder serviert werden.

Am Ende der Ernst-Leitz-Straße wies Dirk mit der Hand nach links und ließ seine Stimme wie die eines Stadtführers ertönen. »Meine Damen und Herren, linker Hand sehen Sie das neue Rathaus der Stadt Wetzlar, das frühere Verwaltungsgebäude der Firma Leitz, allen bekannt durch die Leica-Kamera. Hier arbeitet die städtische Verwaltung für die Interessen aller Wetzlarerinnen und Wetzlarer.« Nach einer Kunstpause fuhr er fort: »Und heute Nachmittag findet hier unter der Leitung des allseits hochgeschätzten Herrn Oberbürgermeister eine Sitzung der schlagkräftigen Präventionskommission dieser Stadt statt, an der von Seiten der Polizei auch Herr Erster Kriminalhauptkommissar Assmann teilnimmt.«

»Hm, von der Kommission hast du ja schon gestern erzählt. So, da freut sich Jobst sicher schon auf einen schönen Nachmittag.«

Mehr fiel Leo dazu nicht ein. Außerdem musste er sich gerade auch heftig festhalten. Am Beginn der Bergstraße blinkte vor ihnen ein Hut tragender Autofahrer mit umhäkelter Toilettenrolle auf der Hutablage zu spät, um sein Abbiegen in die Einfahrt zur Tankstelle anzuzeigen. Dirk musste ganz schön in die Eisen steigen, sagte aber bierruhig und gedehnt: »Morjen!« Er zog dann gleich auf die linke Fahrspur, weil sie ohnehin kurze Zeit später in die Brühlsbachstraße einbiegen mussten, um zum Domplatz zu gelangen.

Dirk parkte wie selbstverständlich auf dem für Kraftfahrzeuge gesperrten Domplatz, schließlich war man ja als Polizist immer im Einsatz. Anscheinend waren aber noch mindestens sieben weitere Zivil-Besatzungen im Einsatz, der Domplatz war nämlich schon mit drei Lieferwagen und vier Pkws bestückt.

Die Sonne meinte es heute wirklich gut. Es war so warm geworden, dass vor dem Bistro schon die Außentische gedeckt waren. Also ließen sie sich hier nieder. Während Leo noch die Karte studierte, konnte Dirk sich nicht zwischen Chicken Crossies und Chicken Wings entscheiden.

»Also, ich nehme das Altstadtfrühstück, Dirk. Das klingt rundum gut: Zwei Brötchen, Vollkornbrot, Butter, Schinken Salami, Käse, Ei und 'ne Tasse Kaffee!«

»Mensch, das ist 'ne gute Idee. Aber ich brauche es deftiger.« Er fingerte nach der Speisekarte. Als die Bedienung kam, hatte er sich entschieden: »Hallo, Tanja, mach mir'n kleines Bauernfrühstück, aber mit vier Spiegeleiern, ich hab'n Mordshunger.«

»Ich kenne nichts anderes von dir«, antwortete die mit »Tanja« angesprochene junge Frau lachend und klopfte Dirk sanft auf die Schulter.

Der Kaffee ließ nicht lange auf sich warten. Nach dem ersten Schluck begannen sie mit dem Austausch ihrer Ermittlungsergebnisse. Jeder von ihnen konnte einen potentiellen Wühler-Töter beitragen. Dirk den blockierten Karriereristen Schmitt-Bollmann, der sich bei der Senio als loyaler Parteigänger einen schnelleren Aufstieg erhoffte und immer noch nicht auf Wühlers Ebene hochgekommen war. Leo einen gehörnten, eifersüchtigen Ehemann, der eventuell ein Alibi für die Tatzeit hatte. Viel war das noch nicht, aber zumindest hat dieser Vormittag ihr Puzzle über die Persönlichkeit des Gerhard Wühler vervollständigt, auch wenn noch ein paar Steinchen fehlten.

Während sich Trinkaus ein Salamibrötchen zurechtmachte und mit einer Gurkenscheibe und einem Stück Tomate verzierte, schaufelte sich Ross den letzten Bissen der vier Spiegeleier hinein und griff zum nächsten Brötchen.

»Lass uns mal zusammenfassen, Dirk, was wir jetzt über Wühler wissen – oder denken können. Kommunal- und parteipolitisch aktiv, verschafft sich Einfluss und bekommt dafür den Geschäftsführerposten bei der Stadt.«

»Womöglich mit lebenslänglichem Vertrag mit Rückversicherung, falls mal was mit der jetzt selbständigen GmbH passiert«, warf Dirk abfällig ein.

»Gut möglich, aber lass mal. Wir wollen versuchen, bei den Fakten zu bleiben.«

Leo kämpfte mit der großen Käsescheibe und wollte sie elegant auf das Brötchen rollen.

Genüsslich trank Dirk derweil seinen frisch gepressten Orangensaft und fuhr fort: »Schaffer schießt das Geld zu, bekommt dadurch einen gesicherten Absatzmarkt für seine Produkte aus der Senio-Tec, und beide greifen über den Pflegedienst und den Edelschuppen ordentlich ab. Beide haben nur Vorteile, da fällt für unseren Fall nichts ab.«

Leo nahm den Faden auf: »Im Betrieb haben wir einen Möchtegernaufsteiger, der sich vielleicht Hoffnungen macht, Wühler als Geschäftsführer zu beerben und den Zeitpunkt seiner Inthronisation vorverlegen wollte. Dirk, hast du ihn überhaupt gefragt, was er Freitag, Samstag gemacht hat?«

»Nee, da war die Situation nicht nach. Ich habe bewusst damit gewartet. Wollen erst mal hören, ob die Gerichtsmedizin uns etwas Genaueres über die Todeszeit sagen kann. Frag ich nachher gleich nach und nehme ihn mir dann noch einmal vor.«

»Außerdem ist Wühler nach außen hin der Biedermann und treusorgende Ehemann. Aber nur am Wochenende; in der Woche hat er sein Schätzchen Euler zum Naschen. Du kennst das ja, was, Dirk? Und deren Ehemann ist mächtig eifersüchtig, weiß angeblich von nichts und geht freitagabends zum Jodeln.«

Mit einer Brötchenhälfte mit Brombeermarmelade beendete Leo sein Frühstück, in Gedanken versunken. Dirk hatte den letzten Käse schon längst verspeist und schlürfte am zweiten Kaffee.

Als sich die zweite Bedienung mit einem vollen Tablett an ihrem Tisch vorbeischlängelte, grüßte sie mit einem freundlichen »Hallo« zu ihnen herüber, was Dirk über seinen Kaffeetassenrand hinaus mit einem gegurgelten »Hallo, Karin« erwiderte. »Karin und Tanja sind ganz lieb, mein Bester«, charakterisierte Dirk umfassend und sehr differenziert die beiden Bistro-Bedienungen, während er sich den Mund mit der Serviette abwischte.

»Karin ist hier die Chefin!« Noch bevor er die Chefin mit seinem neuen Partner bekannt machte, hatte Leo sie von seinem ersten Besuch schon wiedererkannt. Mit dem Satz »... und Susi kann ich dir heute nicht vorstellen, die ist nämlich nicht da« schloss er seine Vorstellung ab.

Der nominell autofreie Domplatz war immer noch gut mit Fahrzeugen bestückt. Außer ihrem Vectra hatten inzwischen aber alle Fahrzeuge gewechselt. Niemand schien sich an den Verkehrszeichen zu stören. Gab es hier keine Hilfspolizisten, um den ruhenden Verkehr zu überwachen, fragte sich Trinkaus.

Der kleine Uhrzeiger näherte sich der Zwölf, und der Fußgängerverkehr nahm kräftig zu. Bei diesem Wetter waren jetzt alle Außentische besetzt. Sie mussten leiser sprechen, bemerkten aber auch, dass niemand sie beachtete. An den Tischen wurde sich intensiv unterhalten und meistens gelacht. So konnte Leo nebenbei auch noch einem liebgewonnenen Hobby frönen: Menschen beobachten, auch wenn es dienstlich nicht notwendig war.

Gerade setzte sich ein junger Mann mit offensichtlich übernächtigten kleinen Augen und einem frisch sprießenden, in der Aufzucht befindlichen Kinnbart auf einen Kaffee an den letzten freien kleinen Tisch an der Ecke zum Fischmarkt, nicht ohne vorher Dirk mit erhobener Hand zu grüßen, was Dirk mit einem »Servus, Jörgi!« erwiderte. Dirk kannte anscheinend Gott und die Welt.

Vom übernächsten Tisch drangen fremdländische Laute zu

ihnen herüber: drei Damen unterhielten sich in einer osteuropäischen Sprache, sie waren wahrscheinlich aus Polen oder Russland. Es war für Leo immer wieder reizvoll, andere Menschen zu beobachten.

»Schau mal, Dirk«, meinte er leise, mit dem Kopf dabei in die Richtung der drei Damen weisend, »Wetzlar ist doch eine touristische Attraktion, die kommen von weit her, um unsere schöne Altstadt zu bewundern.«

Dirk sah zu den Damen hinüber und musterte sie kurz. Zwei reifere Frauen und ein junges Ding saßen dort. Alle drei strohblond gefärbt, wie man an dem dunklen Haaransatz am Scheitel sehen konnte, und schon um diese Uhrzeit übermäßig geschminkt. Insbesondere bei den beiden Reiferen fiel auf, dass sie ihre wulstigen Lippen nicht nur mit einem dunkelroten Lippenstift, sondern zusätzlich noch mit einem schwarzen Konturenstift zu einem schauerlichen Blickmagnet bereitet hatten. Die üppigen Busen waren hochgeschnallt und in weit ausgeschnittenen T-Shirts den Blicken präsentiert.

»Wieso von weither, Leo? So weit ist es doch vom Kornmarkt bis zum Domplatz nicht!«, antwortete Dirk seelenruhig.

Also keine Touristen; alle drei waren sicher nach einer Liebesheirat mit einem deutschen Staatsangehörigen zu ihrer Aufenthaltserlaubnis gekommen.

Leo ließ seinen Blick über den Domplatz schweifen, dabei blickte er nach oben in Richtung Goethestraße. Dirk schaute ihm nach und brummte: »Café Wichtig«. Diesen Namen hatte Leo schon gehört. Er zählte zwei Porsche und ein Mercedescabrio in unmittelbarer Nähe. Wer in Wetzlar etwas auf sich halte und gesehen werden wolle, müsse dort einkehren, bestätigte ihm Dirk.

Bisher hatte allein dieser Ruf des Hauses Leo davon abgehalten, dort vorbeizuschauen. Aber das konnte ja noch werden, er würde sich schon noch selbst ein Bild von dem Hause machen. Auf eventuelle Vorurteile wollte er seine eigene Einschätzung nicht bauen.

Sein Blick wanderte nach links auf das Wahrzeichen Wetzlars, den Dom. Er krönte tatsächlich den Berg über der Lahn, so hatte er es gelesen. Weiter links zog die westliche Häuserzeile des Domplatzes, Buttermarkt genannt, seine Aufmerksamkeit auf sich. Bei Nico, dem »Wirt am Dom«, wurden nämlich jetzt auch die Sonnenschirme aufgespannt. Es war schon interessant, welche Kraft die Sonne hatte. Sie konnte nicht nur wärmen, sondern sogar schon mit den ersten kräftigen Aprilstrahlen die Menschen in die Kneipen und Restaurants treiben, die im Freien Plätze anboten.

Leo beugte sich nach vorn und schaute nach links in Richtung Fischmarkt. Selbst beim »Café am Dom« fing ein geschäftiges Treiben an, auch hier wurde an den Sonnenschirmen hantiert und ein Reiter aufgestellt, auf dem mit Kreide das Tagesmenü notiert war.

Er hatte bereits bei einem früheren Spaziergang das Schild an dem Haus gelesen und sich daraufhin kundig gemacht: Dieses Gebäude, Fischmarkt 13, war das älteste erhaltene Rathaus der Stadt, später wurde es vom Reichskammergericht genutzt. Dieses seinerzeit höchste Reichsgericht diente heute Wetzlar vor allem deswegen als Touristenanziehung, weil dort der Rechtspraktikant Johann Wolfgang Goethe gewirkt hatte, als er von Mai bis September 1772 in Wetzlar weilte. Der junge Goethe, dieser Filou, dachte Trinkaus, ist ja hier in Wetzlar nicht wegen seinem Praktikum berühmt geworden, sondern wegen seinem Werther.

Oh je, wie denke ich! Er war über seine grammatikalischen Kapriolen bestürzt: Es lebe dem Dativ.

»Also, mein Lieber«, versuchte sich Leo wieder auf die Sache zu konzentrieren, obwohl ihn im Moment zum einen der Einfluss der Sonne auf die menschliche Bewegungsrichtung, zum anderen die ihn umschwebende Kultur sehr zu beschäftigen schien. »Du kümmerst dich bitte um den Todeszeitpunkt, eventuell um weitere Erkenntnisse des Kriminaltechnikers – Udo Kempf hat mir noch etwas auf den Schreibtisch gelegt – und fragst dann den Schmitt-Doppelnamen nach seinem Alibi. Ich gebe meinen Zwischenbericht an Jobst und den Zimmermann durch. Was machen wir mit dem Euler, zunächst mal so diskret wie möglich? Ich hab's der Frau versprochen.«

»Warte mal, Leo, ich hab' eine Idee. Ich kenne da jemanden aus diesem Steindorfer Jodelkreis, da kann ich doch mal ganz dumm fragen.«

»Prima, das wäre ganz toll von dir.«

Nun war eigentlich für den Moment alles besprochen, was zu besprechen war. Beide Kriminalbeamten schauten so vor sich hin, während sie ihren letzten Kaffee langsam tranken. Hier konnte man schön sitzen.

Dann lockte Leo wieder das Studieren anderer Menschen. Nicht, dass er neugierig gewesen wäre. Nein, er war nur interessiert an dem, worüber sich Gäste so unterhielten. Ein Mann mittleren Alters mit graumeliertem Haar und einem leichten Hang zur Korpulenz hatte gerade die Wirtin gerufen. Dabei lachten sowohl er als auch seine grauhaarige Tischnachbarin. Weder wollte sie einen weiteren Espresso noch er eine weitere Apfelschorle.

Stattdessen hielten sie der Wirtin Karin ein DIN-A4-Plakat hin. »Hier, das könntest du doch im Fenster aufhängen«, rief der Mann.

»Zeig mal her!« Karin schaute sich das kleine Plakat an und lachte herzlich. »Das ist toll, im Schatten des Domes passt das gut.«

Jetzt wurde auch Dirk neugierig und winkte mit der Hand, auch er wollte das sehen. Das Plakat zeigte ein Portraitfoto der Wirtin mit dem Spruch: »Kommt her zu mir alle, die ihr mühselig und beladen seid, ich will euch erquicken.« Klein am Rand war vermerkt: »Matthäus Kapitel 11 Vers 28.« Diese »Theologen« schienen ebenso zur großen Bistro-Familie zu gehören wie Dirk.

»Okay! Ich mach' dann erst mal Pause. Ich werde ein bisschen schlapp. Ich denk das alles noch mal durch. Wollen wir uns heute Abend noch einmal sehen?«

Dirk Roß schüttelte sofort den Kopf und sagte: »Geht nicht, bin verabredet.«

»Aha, Minnedienst!«

Sie grinsten beide und verabschiedeten sich. Leo ging nach drinnen, um zu bezahlen. Er hatte zwar draußen schon zweimal seinen Zahlungswillen bekundet, aber Tanja hatte bei dem Trubel, der inzwischen eingesetzt hatte, einfach zu viel zu servieren. So erledigte er die Rechnung an der Theke.

19.

Ein Verdauungsspaziergang in diesem Sonnenschein wäre jetzt nicht verkehrt, dachte sich Leo. Noch etwas »Wetzlar atmen« und nachdenken.

Zunächst hatte ihn aber der »kulturelle Hauch« noch so eingehüllt, dass er sich zwischen den Autos auf dem Domplatz durchschlängelte, mitten darauf stehen blieb und den Blick kreisen ließ. Von der Hauptwache mit den beiden daneben stehenden großen barocken Bürgerhäusern über den Dom, das ehemalige kaiserliche Postamt, die Buttermarkt-Zeile bis hinein in den Fischmarkt ein herrlicher Anblick. Dann schaute er zurück zum Bistro, das sich in dem Neubau mit der riesigen Glasfassade befand. Ihm schauderte, als er dieses »Stadthaus am Dom« betrachtete. Wer war wohl für diesen Stilbruch verantwortlich?

Er schlug den Weg durch die Schwarzadlergasse an der prächtigen barocken »Haupt-Apotheke« vorbei in die Altstadt ein. Hier wurde es merklich kühler, weil die hohe enge Gasse die Sonnenstrahlen nicht bis zu ihm durchließ. Er bog nach rechts in die Weißadlergasse ein und kaufte sich in der Buchhandlung die örtliche Tageszeitung und die Rundschau.

Er wollte zur Lahn hinunter und hatte dazu die Auswahl zwischen mehreren engen und steilen Treppen, die die hochgelegene Oberstadt mit der alten Lahnbrücke verbanden: dem Hertebau, dem Eselsberg und dem Eselstreppchen. Er entschied sich für den Hertebau, dann würde er direkt auf eine italienische Eisdiele stoßen, welche ihn schon einmal verführt hatte. Von der alten Lahnbrücke nahm er die Treppenstufen zum Lahnufer in die Colchester-Anlage, benannt nach einer der Partnerstädte Wetzlars. Es suchte sich eine Bank aus, die in der Sonne stand, und ließ sich nieder.

Als er die Wetzlarer Zeitung aufschlug, schoss es ihm durch

den Kopf: Die Presse! So ein Mist, die hatte er ganz vergessen. In der Zeitung war noch nichts zu lesen, aber die müssten doch eigentlich schon auf der Matte stehen. In diesem Moment klingelte sein Handy. Es war Jobst Assmann – wie eine Gedankenübertragung. Sein Chef hatte die örtliche Presse hingehalten und wegen seiner guten Beziehungen zum stellvertretenden Lokalleiter Funkstille erreicht. Heute sollte nun um 17.00 Uhr eine Pressekonferenz stattfinden, zu der sich neben der Wetzlarer auch eine Gießener Zeitung, die Rundschau und der Hessische Rundfunk angesagt hatten. Zimmermann sei derzeit noch in einer Hauptverhandlung bei Gericht, wolle aber vor der Pressekonferenz noch mit Jobst, Dirk und ihm sprechen, erfuhr Leo.

»Also bis um vier bei mir, sag auch Dirk Bescheid. Zur Konferenz brauche ich nur dich, da kann ich dich den Redakteuren vorstellen.«

Da erinnerte sich Leo an die Worte seines »Stadtführers« vom Vormittag und fragte: »Jobst, müsstest du nicht nachher die Präventionskommission mit deiner Anwesenheit beglücken?«

»Siehst du, mein Lieber, so hat doch ein Mord auch sein Gutes. Da geht die Pressekonferenz vor, und ich brauche mir das Gelaber nicht anzuhören. Die machen eh zum soundsovielten Male eine Bestandsaufnahme, als hätten wir keine AGGAS, keine Kontakte zur Jugendgerichtshilfe, zur Bewährungshilfe, zum Jugendhilfeausschuss, zu den Stadtbezirkskonferenzen und was weiß ich noch. Also bis nachher.«

Mit »AGGAS« meinte Assmann die »Arbeitsgruppe Gewalttäter an Schulen«, in der die Polizei eine hervorragende Arbeit leistete und in engem Kontakt mit Schulamt, Schulen und Lehrern stand – aber auch im weiteren Sinne mit Eltern, mit Sozialarbeitern der Jugendhäuser und Jugendtreffs sowie der Jugendgerichtshilfe.

Leo rief sofort Dirk an, um ihn über die neue Zeitabfolge zu informieren, und erhob sich von der Parkbank. Wenn das so ist, gehe ich lieber nach Hause und lege noch für ein Stündchen die Füße hoch. Zwar wollte er unbedingt den Brief an seinen Sohn Stephan fertig schreiben, aber es war ihm nicht unlieb, dass er dies nun verschieben musste.

20.

Kurz vor vier saßen Trinkaus und Roß schon bei Assmann, als Staatsanwalt Zimmermann direkt aus seiner Verhandlung hereinkam. Der Neue wurde ihm zuerst vorgestellt, nach dem allgemeinen Händeschütteln wurden die Kaffeetassen gefüllt. Zimmermann stopfte sich in aller Ruhe ein Pfeifchen und hörte sich die Berichte von Leo und Dirk an. Dirk konnte inzwischen nach den Angaben des Gerichtsmediziners den Todeszeitpunkt näher eingrenzen auf Freitagabend zwischen 20.00 Uhr und 22.00 Uhr. Schmitt-Bollmann saß zu dieser Zeit mit zwei Freunden im Kino. Das hatte Roß also am Nachmittag schon erledigen können. Die diskrete Nachfrage bei dem Sangesbruder von Herrn Euler war noch nicht gelaufen.

Zimmermann warf hier und da eine Frage ein und war sehr an der Einschätzung der beiden Kriminalisten interessiert. Als er zur Tür hereinkam, hatte Trinkaus aufgeatmet, denn Staatsanwalt Zimmermann schien nicht einer der jungen Dynamiker zu sein, die er zuletzt in Frankfurt hatte genießen dürfen. Er taxierte Zimmermann auf Mitte bis Ende fünfzig. Ein Mann, so schätzte er, der in seiner beruflichen Laufbahn nicht unbedingt Oberstaatsanwalt oder Leitender werden wollte, wenn er sich dafür verbiegen müsste. Dann doch lieber eine gradlinige Arbeit nach eigenem Gusto, dabei aber immer das Gesetz im Auge mit allen belastenden, aber auch allen entlastenden Elementen. Mit seinem schon sehr breiten Scheitel – eigentlich war es nur noch ein Haarkranz – saß er nun sehr gemütlich da und schmauchte sein Pfeifchen. Weil die Natur ihn inzwischen auf großen Teilen des Schädels mit dem Haarwuchs stiefmütterlich behandelte, hatte er hinten etwas zugelegt, trug das Haar also über dem Kragen.

»Den Schmitt-Bollmann können wir dann wohl ausschließen, meine Herren. Ich gebe Ihnen Recht, es sieht alles nach einem Racheakt aus. Raubmord können wir auch ausschließen, ebenso wenig war ein Profi am Werk, der wäre da viel filigraner rangegangen. Also müssen wir noch intensiver fragen: Wer hatte mit Wühler warum ein Hühnchen zu rupfen? Und zwar so heftig, dass er oder sie dem Wühler das Lichtlein ausgeblasen hat. Das kann dauern, darüber bin ich mir im Klaren. Aber wenn's denn ein Racheakt gewesen ist, brauchen wir auch nicht mit Wiederholungen zu rechnen, also keine akute Gefahr für weitere Opfer, oder?«

Darauf gab es nur ein allgemeines Brummen.

»Ich wünsche Ihnen viel Glück und Erfolg.« Das waren Zimmermanns Schlussworte.

»Irgendwelche Einwände, dass wir die Sache mit Euler diskret angehen?« Trinkaus hielt eine Rückendeckung auch insoweit für ratsam.

»Kein Problem, meine Herren, machen Sie das, wie sie es für richtig halten.«

Sein Bild von dem Staatsanwalt war wohl richtig. Das war kein Mann, der heraushängen ließ, dass sie – die Polizisten – eigentlich nur die Hilfsorgane der Staatsanwaltschaft waren.

Die Pressekonferenz verlief kurz und knapp, Dirk durfte schon vorher zum »Minnedienst« verschwinden. Zimmermann begann mit der Vorstellung der beiden anwesenden Polizeibeamten, insbesondere des neuen Kollegen. Wühler war mit einem Holzknüppel erschlagen worden, wahrscheinlich ein Racheakt. Näheres noch nicht bekannt, können wegen der laufenden Ermittlungen nichts ... und so weiter und so fort. Wir bitten um Verständnis. Mehr gab es nicht zu hören und damit Ende. Die Presse vor Ort würde wahrscheinlich auch aus den kümmerlichen Angaben einen umfänglichen Bericht machen. Ob dabei Tatsachen, Vermutungen und Meinungen immer auseinandergehalten würden, war eine andere Geschichte.

21.

Leo Trinkaus ging müde die paar Schritte von der Polizeistation zu seiner Wohnung. Schon auf Höhe des Finanzamtes fiel ihm ein, dass ihn zu Hause ein leerer Kühlschrank erwartete. Nicht einmal mehr »Putenpappe« würde er für sein morgiges Frühstück haben. Und was sollte es heute Abend geben?

Er konnte mit Fug und Recht auf sich selbst sauer sein, hätte er doch mittags auf dem Rückweg von der Colchester-Anlage in der Altstadt einkaufen können. Immerhin gab es dort noch ein Lebensmittelgeschäft. Jetzt war ihm der nochmalige Fußweg zu mühsam.

Für die Bewohner des Viertels war es wirklich ein Manko, das nächste Lebensmittelgeschäft so weit entfernt zu haben; bis zur Silhöferstraße war es gerade für ältere Menschen sehr beschwerlich, zumindest der Rückweg den Berg hoch. Aber es schien wohl für Geschäftsleute keinen wirtschaftlichen Anreiz zu geben, sich hier in der Innenstadt mit einem Lebensmittelgeschäft zu etablieren oder wenigstens ein paar Mal die Woche einen Lebensmittelverkaufswagen durchfahren zu lassen. Die Konzentration im Lebensmittelbereich war schon so weit fortgeschritten, dass sich unterhalb eines Supermarktes niemand mehr behaupten konnte.

Also musste er wohl oder übel seinen Wagen aus der Einfahrt holen, um einen Supermarkt anzusteuern. Inzwischen benutzte er das Auto nur noch, wenn es unbedingt notwendig war. Es wäre übertrieben, würde er behaupten, Auto fahren bereite ihm noch Spaß. Glücklicherweise war dieses Städtchen so beschaffen, dass man zumindest in der Altstadt noch sehr viel zu Fuß erledigen konnte – den Busverkehr hatte er noch nicht getestet, aber dafür würde sich sicher auch noch eine Gelegenheit ergeben.

Er fuhr hoch zum Hörnsheimer Eck. Seine Siebensachen hatte er schnell eingekauft. Am längsten hatte die Entscheidung gedauert, ob er sich zu Hause noch an den Herd stellen sollte. Aber die Bequemlichkeit siegte, misstrauisch entschied er sich in der Cafeteria des Marktes für Spaghetti Bolognese, da durfte man doch eigentlich nichts falsch machen können. Er hatte richtig vermutet, allerdings war er schon nach ein paar Bissen satt. Es war eben doch nur der »kleine Hunger«, der sich gemeldet hatte.

Während er an Kasse 7 anstand, amüsierte er sich über eine junge Dame neben sich in der Schlange an der Nachbarkasse. Es war Frau Eulers Händchenhalterin, die spätere Türlauscherin aus der Senio von heute Morgen. Sie hatte ihn auch erkannt und blickte – wiederum rot anlaufend – unter sich. Im Ausgangsbereich passte er sie ab.

»Na, das war kein guter Zug von Ihnen, heute Morgen. Haben Sie drei sich ausgesprochen?«

Sie hauchte ein »Ja«, ohne aufzublicken. »Entschuldigung.« Sie würden sich gut verstehen und den Mund halten – also nicht tratschen. Dazu wäre ihnen Frau Euler zu sympathisch.

Wer's glaubt, dachte sich Trinkaus und fügte an: »Wehe, wehe! Sie gefährden dadurch polizeiliche Ermittlungen!« Das klang doch richtig gut.

22.

Als Leo sein Auto abgeschlossen hatte und gerade seine beiden Plastiktüten ins Haus tragen wollte, klingelte sein Handy.

»Hallo Leo. Du hast doch vorhin gefragt, ob wir uns heute noch mal sehen wollten.«

»Was issen los? Du hast doch Minnedienst.«

»Is nix mit Minnedienst! Die Dame kann nicht kommen, sie musste plötzlich für eine Kollegin einspringen und deren Schicht übernehmen.«

»Ja und?« Leo war wirklich schwer von Begriff.

»Leo, ich habe extra dafür eingekauft und schon mit den Vorbereitungen begonnen, das wird mir doch alles schlecht!«

Also willigte Leo ein. Es war doch gut, dass er vorhin im Supermarkt nur eine Kleinigkeit essen konnte. Er versprach, gleich loszufahren und seinen Kollegen am Mühlenkopf in Tiefenbach zu besuchen.

In der Nähe des Wetzlarer Bahnhofes fuhr er auf die B 49 in Richtung Limburg auf. Der Weg bis dahin war ihm schon vertraut. Hinter Leun erreichte er dann die Tiefenbacher Abfahrt. Jetzt führte die Straße in einem weiten Linksbogen auf das Dorf zu. Hier draußen vor dem Dorf schien eine »Hunde-Gassi-Strecke« entlang zu führen, denn mehrere Frauchen und Herrchen führten am Straßenrand in beide Richtungen ihre vierbeinigen Lieblinge.

Dann erreichte er den Ortsrand und wurde durch zwei Schilder sowohl in Tiefenbach als auch im Lindelbachtal begrüßt. Nach einigen Kurven war hier im Ortsbereich zunächst weit und breit niemand auf der Straße zu sehen. »Kim Mensche uff d'r Schossee un ich muss ussbaldowern, wo d'r Mühlenkopp äss«, murmelte Leo vor sich hin. Selbst in diesem Vor-sich-hin-Gemurmel bewies Leo, dass er die richtige Kasseläner Lautabschleifung beherrschte. Er hatte schließlich nicht »Kinn Mensche ...« gesagt, sondern anstelle des »nn« durch Angleichen an das nachfolgende »M« von Mensche sofort ein »m« gebildet.

Sollte er auf das nächste Hundeherrchen warten, um nach dem Weg zum Mühlenkopf zu fragen?

Er schaute nach links und rechts. Rechts rein zur Mehrzweckhalle würde es sicher nicht gehen. Aber neueren Datums müsste der Bau schon sein. Dirk hatte ja von einer Einliegerwohnung gesprochen, so etwas gab es wahrscheinlich nicht im alten Ortskern. An einer abknickenden Vorfahrt nach rechts in Höhe eines Gasthauses sah er dann rechts auf dem Gehweg eine ältere Frau in einer grau-weißen Kittelschürze. Das musste eine Einheimische sein.

Leo ließ die Scheibe der Beifahrertür herunter, beugte sich vom Fahrersitz aus herüber und machte einen langen Hals zur Fensteröffnung hin: »Schönen guten Tag. Entschuldigen Sie bitte, können Sie mir den Weg zum Mühlenkopf oder Mühlenkopfweg beschreiben?«

Skeptisch blieb die Frau stehen. »Wuh wolle Sej dann hie?«

Dieser Satz im Tiefenbacher Platt war noch verständlich, so dass Leo »Zum Mühlenkopfweg« antwortete.

»Zou wehm wolle Sej dann?«

Nun war es raus, eine Tiefenbacherin gab nicht gleich jedem Fremden Auskunft. Da will man erst einmal wissen, zu wem denn der Fragende will. Es kann aber genauso gut sein, dass man sich im Ort eben nicht an Hand der Straßennamen, sondern der Bewohner orientiert und deshalb zunächst überfragt ist.

Als Leo verzweifelnd die Hände hob, näherte sich auf der anderen Straßenseite noch eine Tiefenbacherin und schaute interessiert herüber.

Der Dialog ging weiter, jetzt allerdings zwischen den beiden Tiefenbacherinnen: »Hie sucht die Mühlekoppstroaße. Waast du, wuh däs es?«

Die angesprochene Frau hatte nun die letzte Scheu abgelegt und kam über die Straße zum Wagen. »De Mühlekoppstroaße, Mühlekoppstroaße. Äs däs nett dej Stroaß, wuh de Naue do owwe wohnt. Aich glaawe, des is dej, dej bei de Bollizei is!«

Redete die Frau etwa von Dirk Roß? Das konnte gut sein, schließlich war er bei der Polizei und auch kein Einheimischer. Dirk würde auch noch zwanzig Jahre hier wohnen können, er würde dann immer noch der »Naue«, also der Neue, sein und bleiben.

Nach diesen Worten wandte sie ihren Blick von der Nachbarin zu dem immer noch skeptisch dreinschauenden Trinkaus und erklärte: »Do foan Se do vonne beim Konnsumm reechts enoff. Immer strack aus! Do komme Se o de Schul vobei und foan die neegst Stroaß wörre reechts.«

Nun legte sie ein kleines Päuschen ein und entließ Leo dann mit dem Satz: »Un dann freje Se aafach noch emoa!«

Leo bedankte sich herzlich. Zumindest hatte er mitbekommen, dass er nach einem Konsum-Laden Ausschau halten musste, dann müsste es rechts den Berg hoch gehen an einer Schule vorbei.

Also fuhr er weiter, jetzt müsste ja gleich der Konsum kommen. Das nächste Geschäft war aber entweder ein »rewe« oder ein »nah-kauf«, beide Schilder waren jedenfalls im Schaufenster zu sehen. Das war also nicht »sein« Geschäft. An der nächsten abknickenden Vorfahrt nach links meinte er, schon zu weit gefahren zu sein, denn hinter der Kurve zeigte sich schon das Ende des Dorfes, aber kein Konsum-Geschäft. Also nahm er nicht die abknickende Vorfahrt, sondern fuhr stattdessen geradeaus weiter. Nach einem Stück konnte er nach rechts fahren, hier ging es auch den Berg hoch. Er sah die ersten Neubauten.

Doch plötzlich hörte die Straße an einem Neubau in dessen Einfahrt schon auf, es war eine Sackgasse. Rechts hoch geht es noch weiter, aber schon erkannte er, dass dort eine Einbahnstraße war. Leo wendete den Wagen und klopfte sich an die Stirn. Die schwätzen hier im Dorf wahrscheinlich immer noch vom Konsum, obwohl das jetzt schon längst rewe-kauf oder sonstwie heißt. Da hätte ich abbiegen müssen! Er war in ein Selbstgespräch verfallen.

Beim rewe und/oder nah-kauf bog er nun links ab und konnte eine enge Straße bergauf schleichen. Vor ihm tuckerte nämlich ein kleiner altersschwacher Traktor mit einem Einachsanhänger voller Holz. Nach dem Schild »Vorsicht Sportplatz« verengte sich die Straße noch einmal, so dass der Kriminalist sowohl auf die Straße und den vor ihm sich den Hang hinaufschleppenden Traktor, als auch auf die Umgebung achten musste. Den Sportplatz hatte er also schon erreicht, dann würde ja wohl auch noch die Schule kommen, dachte er. Jetzt sah er links oben Neubauten, das musste die richtige Ecke sein. Da der Traktor den Weg weiter geradeaus nahm, bog Leo scharf nach links den Berg hoch ab.

Er kam mitten in ein riesiges Neubaugebiet, welches nach links abfallend an den Hang gebaut war. In einem großen Kreis fuhr er entgegen dem Uhrzeigersinn durch das Gebiet, es war aber kein Mühlenkopfweg zu finden. Nachdem er seine linksdrehende Runde abgeschlossen hatte, der Kreis also vollendet war, sah er vor sich wieder den Sportplatz. Erst jetzt fiel ihm das dahinter stehende Schulgebäude auf. Also noch einmal den Berg hoch, aber diesmal sich rechts halten.

Er startete den zweiten Versuch über den Schwalbengraben. Die Frau hatte sich das einfach gemacht mit »Un dann freje Se aafach noch emoa!« Was tun, wenn man niemand sah? Nach dem Kammerberg erblickte er jedoch endlich das Ziel seiner Wünsche, ein Schild mit der Aufschrift »Mühlenkopfstraße«. Es war also kein Weg, sondern eine »Stroaß«. Dann war es ein Leichtes, das richtige Haus und Dirks Seiteneingang zur Einliegerwohnung zu finden.

In diesem Moment ärgerte er sich über sich selbst. Warum hatte er nicht einfach über sein Handy bei Dirk angerufen, um sich den Weg beschreiben zu lassen? Aber schon während seines

Ganges zur Wohnungstür entspannte er sich wieder, schließlich würde ihn als »Ersatzgast« jetzt sicher etwas ganz Leckeres erwarten. Dirk würde wohl gerade am Herd wirbeln, um ein feines Gericht nicht verkochen zu lassen. Das »gute« Geschirr würde schon auf dem Esstisch stehen, die Kerzen schon angesteckt sein.

Aber Dirk passte eben nicht in ein solches Schema. »Komm rein! Ich muss zum Herd zurück.«

In Ermangelung einer Schürze hatte er sich ein Handtuch in den Hosengürtel gesteckt. Der Duft von etwas leicht angebrannten Überbackenem zog durch die Wohnung. Durch den kurzen Flur folgte Leo seinem Kollegen in einen großen Raum, in dem eine kleine Küchenecke abgeteilt war. Auf der anderen Seite stand eine Couch, davor ein kleiner Tisch und zwei Sessel. Daneben war ein Regal aufgebaut, in dem ein Fernsehgerät und eine Stereoanlage integriert waren. Neben der CD-Sammlung, die auf einem Regalbrett ungefähr 30 cm einnahm, sah Leo dort knapp zehn Bücher. Auf dem Fußboden davor waren ein paar Zeitungen verteilt. Der Raum wurde dominiert von einem alten Tisch, der es gut und gern auf ein Maß von 1,20 m mal 2 m brachte. Sechs alte Stühle standen um ihn herum. Gründerzeit, schätzte Leo, war sich aber nicht sicher. Auf diesem Gebiet war er nämlich nicht sattelfest.

»Da hast du aber ein gutes Stück«, lobte Leo und zeigte mit einer Hand zum Tisch hin.

»Is' noch von meiner Oma«, erwiderte der Große.

Zwei Plätze am Tisch waren gedeckt, und zwar mit jeweils einem schlichten weißen Teller, einem Besteck mit Plastikgriffen und einem Bierglas. Außerdem standen zwei Flaschen Bier dabei. In der Mitte des Tisches lag ein Holzbrett.

Dirk verschwand kurz in seiner Küchenecke. »Das wurde aber höchste Zeit, länger kann ich das nicht mehr in der Röhre lassen«, rief er zu Leo zurück. »Oben müssen wir vielleicht was abkratzen.«

Der Hüne kam mit einer heißen Auflaufform zurück, zum Schutz seiner Hände hatte er ein Küchenhandtuch um die Form gelegt, und stellte seine Kreation auf das Holzbrett.

»Was hast du denn gezaubert?«

»Ein Kartoffelgratin! Ich hatte es gerade in den Ofen geschoben, als die Dame anrief. Außerdem sollte es dazu noch Fleischkäse mit Spiegelei geben. Das muss ich jetzt noch schnell machen.«

»Lass sein, Dirk. Nicht extra für mich. Wenn du den Fleischkäse heute gekauft hast, kannst du ihn auch noch morgen braten. Mit dem Gratin haben wir genug zu schaffen. Ich hatte vor deinem Anruf auch schon 'ne Kleinigkeit gegessen.«

Von diesen Argumenten ließ sich Dirk Roß überzeugen, schließlich könnte er sich den Fleischkäse auch morgen früh anbraten und dann als Frühstücksbrot mit zur Arbeit nehmen.

Sie mussten dann tatsächlich die oberste Schicht vom Gratin abheben und durften in der Auflaufform auch nicht zu tief nach unten »graben«. Der Rest war aber noch überaus schmackhaft. Ein Gespräch über ihren Fall wollte beim Essen jedoch nicht aufkommen.

Leo hatte vielmehr den Eindruck, Dirk wollte in der Enttäuschung über das geplatzte Rendezvous von seiner »Dame«, wie er sie bisher genannt hatte, erzählen und brauchte dazu seinen Partner. Die schnodderige Anrede, so kam es dann heraus, war eben nur Dirks flapsige Ausdrucksweise und hatte nichts mit seiner Wertschätzung ihr gegenüber zu tun. Elke hieß sie, Dirk hatte sie erst vor kurzem kennen gelernt, aber gleich Feuer gefangen. Sie arbeitete als Krankenschwester im Wetzlarer Krankenhaus.

»Mir fällt da unser kurzes Gespräch von gestern ein, Dirk. Hast du da nicht gesagt, mit fest binden wäre nichts?«

»Ach ja! Theoretisch lässt sich das gut sagen, aber ich spüre einfach, dass sich da mehr daraus entwickeln könnte. Schon nach den paar Treffen verstehen wir uns saugut.«

Dirk hatte einfach Bedenken aufgrund seiner früheren Beziehungskisten. Wäre es nicht umso enttäuschender, wenn es nichts würde, obwohl er mehr gewollt hätte?

Leo konnte das nur zu gut verstehen. Er machte seinem Kollegen dennoch Mut. »Vielleicht brauchen wir doch über kurz oder lang alle eine feste Beziehung, in der wir geben und nehmen können. Verbieg dich deshalb nicht und gehe einfach deinem Gefühl nach.«

Im Laufe des Gespräches wurde Dirk lockerer und war dankbar, Unterstützung gefunden zu haben.

Gegen halb elf brach Leo wieder auf; er war schließlich ganz schön müde geworden. Außerdem hatte das Gespräch den von Dirk erhofften Erfolg gehabt.

Zu Hause setzte sich Leo noch einen Tee auf, stellte Kanne und Tasse auf den Couchtisch, legte die CD »Wie im Schlaf« von Wolfgang Ambros auf und ließ sich mit seinen beiden Tageszeitungen auf die Couch fallen. Mitten in der Nacht wurde er wach und nahm einen Stellungswechsel ins Schlafzimmer vor, nicht ohne ein schlechtes Gewissen zu bekommen, als er auf dem Schreibtisch den unvollendeten Brief an seinen Sohn Stephan liegen sah.

23.

Der nächste Morgen, ein Mittwoch und der dritte Arbeitstag nach langer Pause, begann für Trinkaus am Schreibtisch in »Stephans Zimmer«. So nannte er zunächst diesen Raum, der noch keine richtige Verwendung hatte. Sein Heimarbeitsplatz würde hier nicht stören, selbst wenn Stephan zu Besuch kommen sollte. Leo hatte sich mit Kaffeepott und Frühstücksstulle hierhin verzogen, weil er schriftlich seine Gedanken zum Fall Wühler ordnen wollte. In der Single-Küche fehlte ein ordentlicher Tisch und im Wohnzimmer schon am Morgen am Couchtisch sich den Rücken krumm biegen, wollte er auch nicht.

Er fertigte mehrere Skizzen an, zeichnete von hier einen Pfeil nach da, von dort eine Schlangenlinie zur nächsten Person. Er umkreiste die Personen und musste immer noch drei, vier Fragezeichen setzen. Diese Fragezeichen galt es abzuarbeiten, eines konnten sie vielleicht heute schon auflösen, wenn Dirk endlich den »Sangesfreund« wegen Eulers Alibi angegangen war.

In Frankfurt hatte er sich eine Tafel in seinem Arbeitszimmer aufgehängt, da hatte er nach Herzenslust mit der Kreide malen und natürlich auch oftmals mit dem Schwamm seine kühnsten Theorien wieder wegwischen können. So eine Tafel sollte er sich doch wieder anschaffen.

Als er mit Verspätung die Polizeistation betrat, waren dort hektische Betriebsamkeit und auch eine gewisse Heiterkeit. Seit der letzten Nacht war einiges los gewesen.

Kurz nach Mitternacht waren sich in oder vor einer Wetzlarer Diskothek zwei Rauschgift-Gangs in die Wolle gekommen. Die Nachtschicht hatte ordentlich zu tun gehabt. Eine neue Verteilergruppe war bei ihrer Marktanalyse dem Platzhirsch ins Gehege gekommen, der selbstverständlich seinen Absatzmarkt zu verteidigen hatte. Es fielen Schüsse und es gab mehrere Verletzte. Der Regionalboss war höchstpersönlich zugegen, um sein Terrain zu verteidigen und ein Exempel zu statuieren. Dummerweise stand er schon unter Beobachtung und war den Kollegen direkt in die Arme gelaufen. Eigentlich müsste man sagen, sein Jaguar war den Kollegen direkt vor die Streifenwagen gefahren.

Er wurde – wie auch seine Begleiter – vorläufig festgenommen und zur Polizeistation gebracht. Zu alledem wurden die Kollegen auch noch in dem teuren Jaguar fündig.

Gegen zwei Uhr begann dann die Show. Die Kollegen der Tagesschicht gluckten nur so, und Leo wurde von ihrer Heiterkeit angesteckt.

Der »Starverteidiger« Mittelhessens, Rechtsanwalt Dr. Robert von Mittendorp, Fachanwalt für Strafrecht, hatte seinen großen Auftritt. Der Betäubungsmittel-Platzhirsch hatte ihn engagiert und wollte »nichts ohne meinen Anwalt« sagen. Trinkaus erfuhr nebenbei, dass Mittendorp hier im Hause nur »Einspruch, Euer Ehren« – nach der gleichnamigen völlig weltfremden amerikanischen Fernsehserie – genannt wurde. Mit heftigen theatralischen Drohgebärden versuchte er die Kollegen der Nachtschicht davon zu überzeugen, wie übel man seinem Mandanten mitgespielt habe. Man habe ihm den Stoff untergeschoben, da sei wohl die Mafia im Spiel. Im Übrigen zeige ja schon die gute Vermögenssituation seines Mandanten, dass er es nicht nötig habe, mit Betäubungsmitteln zu handeln.

»Das muss ja seinem Mandanten schwer imponiert haben«, warf Leo ein.

»Na klar, nur deswegen macht er das ja, der Schaumschläger«, bekam er zur Antwort.

Der Haftrichter musste noch in der Nacht ran, weil die Zellen in der Polizeistation nicht ausreichten. Außerdem musste man eventuell noch mit »Nachtgästen« anderer Art, nämlich den Auszunüchternden, rechnen. Nun waren die Zellen wieder leer – und die Justizvollzugsanstalten in Limburg, Frankfurt und Rockenberg hatten einige Zugänge.

Die Kollegen der AGGAS waren an diesem Morgen auch schon unterwegs. An einem Schulzentrum war eine der regelmäßigen irrationalen Streitigkeiten zwischen Türken und den sogenannten Russland-Deutschen mit drei deftigen Messerstichen in den Rücken beendet worden. Ein Racheakt für vorausgegangene Körperverletzungen mit umgekehrter Täter-Opfer-Relation. Zwar mit anderen Beteiligten, aber denselben Volksgruppen. Alles nach dem unsinnigen Motto: Wenn einer »von uns« was abbekommen hatte, musste einer »von denen« dran glauben.

Es lebe die Integration, ein Hoch auf das entsprechende Politikergeschwätz!

Auch der Messerstecher war schon beim Haftrichter. Ob »Einspruch, Euer Ehren« sich gemeldet hatte, war nicht bekannt. Er könnte sicher erklären, warum ein Unbekannter seinen doch so friedfertigen Mandanten zum Tatort gezerrt und ihm dort nach der Tat kurz vor dem Eintreffen der Polizei das Messer in die Hand gedrückt hatte.

24.

Kriminalhauptkommissar Leo Trinkaus hatte sich wegen der vielen Neuigkeiten dieses ganz normalen Tages nur in Etappen seinem Arbeitszimmer genähert. Immerhin waren neben diesen Neuigkeiten in zwei verschiedenen Räumen für ihn jeweils eine Tasse Kaffee und ein paar Kekse abgefallen. Dies alles hatte auch sein Gutes, konnte sich Leo doch auf diese Weise mit vielen Kolleginnen und Kollegen bekannt machen – und zwar nicht gerade dienstlich, sondern im Rahmen eines doch sehr amüsanten Gespräches.

Außerdem hatte er an diesem Morgen die Gelegenheit genutzt, sich etwas länger mit B.A. allein zu unterhalten. Er erzählte von sich privat und hörte dafür, dass Birgit kinderlos verheiratet war. Ihr Mann arbeitete als Ingenieur bei Leica, sie hatte viel Freude an ihrer Arbeit und konnte so ihre Eigenständigkeit dokumentieren. Man spürte deutlich ihre gegenseitige Sympathie.

Dirk Roß beugte sich gerade über seinen Schreibtisch und biss herzhaft in ein Brötchen mit Fleischkäse. Mit einem breiten »Maaahlzeit!« begrüßte Leo seinen Freund und Kollegen. Dieser nickte mit vollen Backen und brummte zunächst etwas Unverständliches. Als Leo ihn fragend anschaute, hielt Dirk ihm ein eingewickeltes Päckchen hin und versuchte trotz seines vollen Mundes relativ klar zu sprechen. »Hier! Du wolltest doch auch was von dem Fleischkäse haben.«

Eulers Alibi war immer noch nicht geklärt. Dirk hatte seinen Informanten am Vortag nicht erreicht und würde es am Abend wieder versuchen. Alles nur deswegen so vorsichtig, weil Leo Frau Euler nicht ohne Notwendigkeit eine zweite Katastrophe bescheren wollte. War es notwendig oder nicht? Sie traten eigentlich immer noch auf der Stelle.

»Es tut mit leid, Dirk«, gab er sich einen Ruck. »Aber wir müssen vorankommen. Versuch den Mann notfalls auf der Arbeit aufzuspüren und flöte ihm so unverfänglich wie möglich etwas vor. Mach zu, es muss sein!«

Dirk führte mehrere Telefongespräche, blätterte zwischendurch in seinem Notizbuch und musste auch noch das Telefonbuch zu Rate ziehen. Leo bekam natürlich nicht alles mit, aber mit dem dritten Anruf schien Dirk jemanden erwischt zu haben, der zumindest wusste, wo sein Informant arbeitete. Nun war der Weg für den Eiertanz frei. Als die beiden – Dirk und der Sangesfreund – dann endlich telefonisch verbunden waren und Dirk in der Art wie »Mensch, wir haben uns aber lange nicht mehr gesehen« begann und sich dann über ein »Sag mal, singst du eigentlich noch aktiv im MGV?« an das Problem herantastete, konnte Leo nicht mehr an sich halten und prustete los.

Ohne sein völlig unverbindliches Telefonat mit einem alten Kumpel, den er eigentlich immer schon einmal anrufen wollte, zu unterbrechen, deutete Dirk durch mächtiges Herumfuchteln mit der freien Hand, sein Kollege solle gefälligst das Zimmer verlassen.

Trinkaus ging also mit einer Grimasse aus dem Raum und steuerte das Zimmer seines Chefs an. Im Vorzimmer begrüßte er wieder einmal B.A. und gab auch der Plätzchendose die Hand. Leo musste Jobst über die Art dieses Telefonates ins Bild gesetzt haben, denn als Dirk nach rund zehn Minuten ebenfalls das Zimmer betrat, rief ihm Jobst zu: »Hallo, Dirk, Mensch, wir haben uns ja eine Ewigkeit nicht mehr gesehen – ach, übrigens, hast du ein Alibi für gestern Abend?«

Während Jobst und Leo breit grinsten, stand Dirk unbelustigt vor ihnen. »Ha, ha! Ihr seid ja wieder gut drauf. Ihr könnt selbst mal versuchen, einen Unbeteiligten auszuhorchen, ohne dass er Lunte riecht und anschließend das Plaudern bei Dritten anfängt. Ich breche mir einen ab und ihr macht euch über mich lustig. Aber haltet euch fest: Euler war am Freitag überhaupt nicht in der Chorprobe!«

»Eine eurer Spuren wird heißer«, meinte Assmann, nachdem einen Moment Stille herrschte.

»Dann rufen wir doch mal die Eulersche an und fragen, was sie dazu sagt«, schlug Roß vor und wurde zum ersten Mal von seinem neuen Kollegen angezischt.

»Bist du verrückt, damit die gleich den Gatten beschwätzt!« Sofort hatte er sich wieder im Griff und fügte an: »Entschuldige, Dirk, aber das war ein unbedachter Vorschlag.«

»Du hast Recht, war zu kurz gedacht.«

Trinkaus holte sein Notizbuch hervor und rief von Assmanns Apparat aus bei der Senio-Verwaltung an. Frau Euler hatte sich krank gemeldet. Kein Wunder, dachte Leo. Zu Hause erwischte er sie aber und erkundigte sich zuerst – höflich wie er nun einmal sein konnte – nach ihrem Befinden. Sie solle sich nicht aufregen, aber er müsse – damit auch der letzte Hauch eines Verdachtes von ihrem Ehemann genommen würde – noch ein paar Informationen über den Herrn Gemahl haben. Ob sie denn mal kurz bei ihnen in der Polizeistation vorbeikommen könne.

»Wenn die Kinder mittags kommen, muss ich aber wieder hier sein. Können Sie nicht zu mir kommen?«

»Wie wohnen Sie, haben Sie ein eigenes Haus?«

»Nein, wieso? Wir wohnen hier zur Miete.«

»Na sehen Sie, wir würden ungern vorbeikommen. Wissen Sie, wenn uns da jemand sieht, gibt es vielleicht Gerede.«

Dies leuchtete ihr ein, und so sagte sie den Besuch zu, betonte aber nochmals, sie müsse auf jeden Fall mittags zurück sein. Ihre Schwiegermutter, die sonst tagsüber die Kinder versorge, läge derzeit im Krankenhaus.

25.

Renate Euler erschien Trinkaus heute sichtlich gefasster. Sie war nervös wegen der beabsichtigten Nachfragen zu ihrem Christian. Trinkaus vermutete, sie habe sich nach dem reizvollen, aber so gewaltsam beendeten nebenehelichen Intermezzo wohl schon wieder den eigentlichen Wert einer festen ehelichen Beziehung bewusst gemacht.

Dirk hatte den Rechner eingeschaltet und wollte die von Frau Euler zu erwartenden Informationen gleich in den Computer eingeben. Leo schaute ihm bei den ersten Handgriffen zu, sah die beiden Pranken und wie die großen dicken Zeigefinger meistens den Weg zu mindestens zwei Tasten gleichzeitig fanden. Also legte er möglichst unauffällig einen Block und einen Stift vor sich.

Kein Wort fiel zu Eulers Abwesenheit von der letzten Chorprobe. Christian Euler war im Management der Gießener Filialdirektion einer Versicherung tätig. Leo notierte sich Namen und Adresse.

»Aber dort werden Sie ihn nicht antreffen. Er ist seit Dienstagmorgen auf einem Lehrgang bis einschließlich Freitag.«

Frau Euler war es ganz recht, den Ehemann gerade am gestrigen Tag in der Fremde zu wissen. Ihr Zusammenbruch hätte ihn in seiner Heftigkeit durchaus misstrauisch machen können. Nun war er also »irgendwo im Allgäu«, genauer konnte sie es nicht sagen. Tagsüber sollte und wollte er während des Seminars ohnehin nicht gestört werden, also rief Christian dann eben abends regelmäßig zu Hause an.

Was sollten Trinkaus und Roß mit diesen Informationen jetzt anfangen? Sie entließen Frau Euler nach Hause, damit sie noch vor ihren Kindern die Steindorfer Wohnung erreichte.

Leo suchte die Nummer der Versicherung in Gießen heraus und rief dort an. Dirk schaute dabei interessiert über den Schreibtisch und hörte, wie sich Leo als Mitarbeiter eines Möbelhauses meldete. »Ja, wo kann ich ihn denn erreichen? ... Da ist etwas mit der Schrankbestellung schief gelaufen ... Ach so ... Haben Sie vielen Dank.« Leo legte den Hörer auf und eine Kunstpause ein.

»Und?« Dirk wurde unruhig.

»Herr Euler ist auf keinem Seminar. Er hat diese Woche Urlaub und soll zu Hause sein!«

»Will uns Renatchen verarschen?« polterte Dirk los.

So einfach war es aber nicht. Es gab schließlich immer noch mehrere Erklärungen für diese Diskrepanz. Vielleicht war Renatchen so cool, hatte mit ihrem Mann etwas ausgeheckt und spielte den beiden Kriminalisten großes Theater vor. Leo konnte sich mit diesem Gedanken nicht anfreunden; so stark durfte doch eigentlich seine Menschenkenntnis nicht gelitten haben.

Als weitere Möglichkeit stellte sich eine Solo-Rachetour des lieben Christian dar. Sollte er aber aus einer plötzlichen Eingebung heraus Wühler erschlagen haben, so könnte er jetzt untergetaucht sein, als ihm seine Tat zu Bewusstsein gekommen war. Aber dazu nimmt man sich nicht im Voraus schon Urlaub. Das wussten die beiden aber nicht genau, es war auch schwer zu vermitteln, dass sich ein Möbelverkäufer danach erkundigte, ob der Urlaub des Kunden plötzlich angetreten wurde oder nicht.

»Oder er hat's von langer Hand geplant, aber das macht man doch nicht ohne stichhaltiges Alibi«, warf Dirk ein.

»Der will uns auch unsere Erfolge lassen«, fiel Leo als Antwort ein. Er überlegte kurz und hatte dann einen neuen Vorschlag: »Dirk, wir haben immer noch nichts Stichhaltiges gegen ihn. Pass auf ...«

»Passe ma achde«, unterbrach und verbesserte ihn sein Freund.

»Au gut, also passe ma achde. Mä brauch'n 'ne TÜ for's Renate.«

Es sollte also ihr Telefon überwacht werden. Wenn abends dann tatsächlich der obligatorische »Seminaranruf« eingehen sollte, konnten sie vielleicht zurückverfolgen, von wo aus Euler angerufen hatte, dann eine Streife hinschicken und ihn freundlich befragen.

Nun fing der Schreibkram an, Dirks große Stunde, der Kampf mit dem Computer. Er schaute auf seine Armbanduhr. »So ein Mist, ich wollte dich heute Mittag eigentlich in der Finanzamtskantine einführen, aber das schaffen wir nicht mehr. Bis wir das hier fertig haben, gibt's da nichts mehr.«

Mit Leos Antwortsatz »Willst du mich vergiften?« war das Thema erledigt.

26.

Dirk quälte sich am Rechner, dass es Leo dauerte. Er machte sich auf den Weg durch die Abteilung auf der Suche nach einer Schreibmaschine. Die drei Jahre Pause hatten ihn so weit zurückgeworfen, dass er die Computerisierung des Polizeialltages nur am Rande mitbekommen hatte. Schnell war eine Schreibmaschine gefunden, Leo war nämlich nicht allein mit seinen Problemen. Viele ältere Kollegen mochten das Klacken ihrer Maschine nicht missen.

Er schleppte also ein Gerät in ihr Arbeitszimmer und fing an, den vorläufigen Ermittlungsbericht zu tippen. Dazu griff er zunächst auf seine »Frühstücksaufzeichnungen« zurück und ergänzte diese um ihre Ermittlungsergebnisse des Vormittages. Währenddessen suchte Dirk in seinem Rechner noch nach Vorlagen für den Telefonüberwachungsantrag.

Nun wurde das Verhältnis Euler-Wühler doch schon aktenkundig, obwohl es noch nicht einmal offizielle Vernehmungen gegeben hatte. Eine solche Telefonüberwachung – nun modern »Überwachung der Telekommunikation« genannt – war ein Eingriff in die Grundrechte des Post- und Fernmeldegeheimnisses und des allgemeinen Persönlichkeitsrechtes, durfte deshalb nur in engen, gesetzlich vorgesehenen Grenzen durchgeführt werden. In diesem Fall begründeten aber bestimmte Tatsachen den Verdacht, dass Christian Euler einen Mord oder Totschlag begangen haben könnte: Möglicherweise hatte er von der intimen außerehelichen Beziehung seiner Frau zu Wühler Kenntnis erlangt. Für die Tatzeit hatte er zumindest seiner Frau erzählt, er sei in der Chorprobe. Dies war aber nicht der Fall. Weiterhin hatte er sich zu Hause zu einem Wochenseminar verabschiedet, welches jedoch nicht stattfand. Dies reichte aus, um gegen ihn weiter zu ermitteln, um zunächst seinen Aufenthaltsort zu erfahren.

Die Überwachung und Aufzeichnung der Telekommunikation durfte nur durch den Richter angeordnet werden. Jedoch durfte bei Gefahr im Verzug die Anordnung auch von der Staatsanwaltschaft getroffen werden. Diese würde aber dann außer Kraft treten, wenn sie nicht binnen drei Tagen von einem Richter bestätigt wurde.

Trinkaus hatte Glück. Nachdem er seinen Bericht und Dirk die Formalien beendet hatte, erreichte er Staatsanwalt Zimmermann auf Anhieb am Telefon und setzte ihn ins Bild. Sollte dieser die Anordnung geben oder war keine Gefahr im Verzug? Schließlich wollten sie schon heute Abend den »Seminaranruf« abpassen.

Zimmermann nahm das nicht locker: »Herr Trinkaus, noch bin ich nicht bereit, die Anordnung zu geben. Sie wissen: Gefahr im Verzug besteht nur, wenn die richterliche Anordnung nicht eingeholt werden kann, ohne dass der Zweck der Maßnahme gefährdet wird.« Leo spürte am Telefon, wie Zimmermann auf seine Uhr schaute. »Ich ruf gleich bei der Geschäftsstelle des Amtsgerichts an; Richter Hansen hat heute Sitzung, er ist also erreichbar. Kommen Sie doch bitte gleich mit der Akte vorbei.«

Der Weg von der Polizeistation zur Staatsanwaltschaft war eigentlich keine Entfernung, die man mit dem Pkw zurücklegen musste. An Leos Wohnung vorbei brauchte man nur kurz in die Wertherstraße in Richtung Amtsgericht einzubiegen und konnte von der Wertherstraße aus über ein paar Treppen hinunter zum Gebäude der »Zweigstelle Wetzlar der Staatsanwaltschaft bei dem Landgericht Limburg« gehen. Dieses Gebäude befand sich vom Haupteingang aus gesehen am Philosophenweg. Selbst von dort über die Treppen wieder hoch und dann die 100 Meter zum Amtsgericht waren zu Fuß kein Problem.

Wenn er aber die schriftliche Anordnung in den Händen hielt, musste diese schnellstens zurück zur Polizeistation, damit die Vorkehrungen bei der Telekom getroffen werden konnten. Dirk saß schon am Telefon und kündigte diese Maßnahmen bei der Telekom an, damit keine Zeit verloren ging. Wohl oder übel nahm Leo deshalb einen Dienstwagen.

Es lief alles wie am Schnürchen – warum sollte dies nicht auch einmal der Fall sein! Er ging mit Zimmermann zum Amtsgericht, Richter Hansen unterbrach seine Hauptverhandlung und unterzeichnete die Anordnung. In die Polizeistation zurückgekehrt, wurde der Rest in die Wege geleitet. Jetzt hieß es abwarten bis 18.00 Uhr oder später.

Jobst Assmann hatte sich selbst eingeschaltet, denn er wollte auch abends die Maßnahmen koordinieren. Ein Kollege hatte zwischenzeitlich zwei mobile Aufnahmegeräte aus Gießen vom dortigen Polizeipräsidium holen müssen. Mit einem Gerät sollte aufgezeichnet werden; dieses Band würde hinterher gleich versiegelt werden. Mit dem Band des anderen Gerätes könnte man dann abhören, den Auszug der Gespräche schreiben lassen und damit arbeiten.

Außerdem musste sichergestellt werden, dass der für Eulers Privatanschluss zuständige Vermittlungsknoten von der Telekom besetzt war. Über diesen wollte man dann versuchen, den Anruf zurückzuverfolgen; zudem war die Nummer des jeweiligen Gegenanschlusses abzulesen. Wer der dazugehörige Anschlussteilnehmer war, ließ sich dann schnell über den dafür örtlich zuständigen Knoten erfahren, wenn dieser denn besetzt war.

27.

Ab 17.00 Uhr saßen sie wieder in der Polizeistation zusammen. Ihre Geduld wurde auf die Probe gestellt, denn erst gegen 19.15 Uhr rief Euler seine Frau zu Hause an. Es dauerte nicht lange, bis die Mitteilung eintraf: Der Anruf wurde aus einer öffentlichen Telefonzelle geführt, Standort Nummer 44 M 07, Ahrdt. Dies war ein Ortsteil der Gemeinde Hohenahr, aus Wetzlarer Sicht im nordöstlichen Teil des Lahn-Dill-Kreises gelegen.

Die Telefonzelle sollte sich gleich am Ortseingang, Höhlingstraße / Einmündung Vogelsang, direkt neben der Bushaltestelle befinden. Assmann hatte deutlich die Landkarte vor seinem geistigen Auge und überlegte kurz. »Leo, Dirk, fahrt los. Die Ehringshäuser Kollegen müssen noch etwas näher dran sein, ich verständige die auch.«

Während Trinkaus und Roß zu ihrem Wagen rannten, rief Assmann bei der Polizeistation Ehringshausen an. Von Wetzlar aus müssten es bis zum Aartalsee, also nach Ahrdt, etwas über 20 Kilometer sein, während die Ehringshäuser nicht mehr als 15 Kilometer zu fahren haben dürften. In Ehringshausen waren alle Wagen im Einsatz, der Kollege dort wollte aber sein Bestes tun und zurückrufen. Assmann gab ihm seine Durchwahlnummer.

Dirk drückte heftig auf die Tube. Er musste ein entfernter Nachfahre von Stirling Moss sein. Als sie durch Blasbach fuhren, empfand das Trinkaus nicht als gutes Omen. Danach wurde es sehr kurvenreich und ging bergauf.

»Hier sind früher Bergrennen gefahren worden«, sagte Roß beiläufig.

»Das merke ich, du scheinst auch dazu gehört zu haben.«

Er musste sich kräftig festhalten, während Dirk reifenquietschend durch die Kurven schleuderte. Auf der Höhe angelangt, ging es nicht minder kurvenreich weiter, nun aber sowohl durch Senken als auch über Höhen.

Als sie Hohensolms erreicht hatten, rief Assmann an. Ein Streifenwagen der Ehringshäuser Station sei zwischen Ehringshausen und Kölschhausen bei einer Unfallaufnahme gewesen und losgeschickt worden. Der müsste eigentlich zuerst an der Telefonzelle sein. Dirk versuchte trotzdem alles aus dem Astra herauszuholen und die Kurven möglichst zu Geraden werden zu lassen. Regelmäßig rutschte er am Fahrbahnrand in die Bankette, wirbelte dort den Splitt auf, dass es in den hinteren Radkästen nur so klackerte.

Am Ortseingang von Mudersbach wären sie beinahe aus der scharfen Linkskurve geflogen. Nur mit Mühe und kräftigen Gegenlenkbewegungen konnte Dirk den Wagen auf der Straße halten. Jetzt noch in Mudersbach auf die Bundesstraße abbiegen und dann gleich links rein nach Ahrdt.

Dirk bremste an der Bushaltestelle scharf ab. Keine Menschenseele zu sehen, die Telefonzelle war leer. Dann erst kamen die Ehringshäuser Kollegen mit ihrem Streifenwagen aus der Dunkelheit heran. Sie wussten nicht genau, worum es ging, und waren doch noch bei der Unfallaufnahme aufgehalten worden.

Dirk fluchte fürchterlich und ging einige Meter auf und ab. Er brauchte Bewegung, um seine Enttäuschung in den Griff zu bekommen, und schoss wie einst Uwe Seeler eine umherliegende Getränkedose, die den Weg nicht in einen gelben Sack gefunden hatte, mit voller Wucht in die Landschaft. Sie schlug scheppernd gegen die hintere Wand der Unterstellhalle an der Bushaltestelle. Es sah aus, als hätte Dirk wenigstens ein Tor geschossen.

Leo meldete sich über Funk bei Assmann und berichtete ihm von ihrem Fehlversuch. Auch dieser war enttäuscht und erläuterte ihm das Telefonat zwischen den Eulers. »Es ist ganz normal verlaufen. Er hat seiner Frau erklärt, es hätte heute viel Theorie gegeben, zum Ausgleich würde er jetzt mit einigen Kollegen zum Kegeln gehen, deshalb könne er heute nur kurz sprechen. Seine Frau hat's ihm abgenommen – so klang es jedenfalls.«

»Morgen stellen wir uns gleich hier hin, das ist unsere einzige Chance«, antwortete Leo.

Auf der Rückfahrt nach Wetzlar wollte einfach kein Gespräch mehr aufkommen.

28.

Den Donnerstag über waren die Polizisten auf ihre Abendaktion fixiert. Tagsüber wollte ihnen deshalb die Arbeit einfach nicht von der Hand gehen.

Im Laufe des Vormittages fiel Leo etwas ein, was Dirk ihm berichtet hatte: Für den vorherigen Nachmittag hatte sich Herr Schaffer bei der Senio angesagt. Das war jedoch bei ihnen beiden in Vergessenheit geraten. Am Telefon erfuhr er, dass Schaffer noch in Wetzlar war und auch ein paar Tage hier bleiben würde. Auf jeden Fall bis zu Wühlers Beerdigung. Eine Erklärung oder Vermutung zu Wühlers Tod konnte Schaffer auch nicht beitragen. Leo sagte, er werde sich am nächsten oder übernächsten Tage noch einmal melden. Das würde schließlich davon abhängen, ob sie heute einen »Fang machen« konnten.

Dirk fiel zumindest den gesamten Vormittag aus. Er war als Zeuge zu einer Hauptverhandlung bei der Jugendkammer des Landgerichts Limburg geladen. Es ging um eine besonders schwere Brandstiftung, Dirk war an den Ermittlungen beteiligt gewesen. Auf der Autofahrt von Wetzlar nach Limburg, immerhin 45 Kilometer, stöhnte er schon vor sich hin, was das wieder für eine verlorene Zeit wäre. In diesem Strafverfahren war »Einspruch, Euer Ehren«, der große Starverteidiger, tätig. Das sprach schon dafür, dass es länger dauern würde.

Die Sitzung fing zwar pünktlich um 9 Uhr an, nach der Zeugenbelehrung durfte aber Dirk zunächst in das Zeugenwartezimmer gehen. Dort wartete er bis kurz vor halb eins und nahm einige Tassen Kaffee zu sich. Dann wurde er mit den übrigen Zeugen in den Sitzungssaal gerufen. Da alle Zeugen gleichzeitig gerufen wurde, wusste Dirk schon, dass er wieder nach Wetzlar zurückfahren durfte.

So war es dann auch. Der Starverteidiger hatte mehrere Beweisanträge gestellt, einem hatte das Gericht stattgegeben, so dass die Hauptverhandlung unterbrochen und innerhalb der nächsten zehn Tage fortgesetzt werden würde. Falls dies innerhalb der Frist nicht möglich war, musste der Prozess noch einmal von vorn beginnen. Dirk müsste wieder erscheinen; ob er tatsächlich als Zeuge gebraucht würde, stand immer noch nicht fest. Also ging es wieder nach Wetzlar zurück.

Am Nachmittag fuhren Dirk und Leo rechtzeitig los, es sollte nicht wieder ein Bergrennen geben. Leo hatte noch die Nase von Dirks Fahrkünsten voll. In Ahrdt stellten sie ihren Wagen am Ende des Platzes vor der Bushaltestelle ab. Auf der Fahrt hierher hatte Dirk an einer Imbissbude angehalten und für Verpflegung gesorgt. Auch eine Thermoskanne Kaffee war dabei, schließlich mussten sie sich aufs Warten einstellen.

In der nächsten Stunde herrschte am See noch einiges Treiben. Das Freizeitgebiet Aartalsee zog auch zu dieser Jahreszeit schon Besucher an. Der künstlich angelegte See und die Anlagen darum hatten sich zu einem beliebten Treffpunkt für Windsurfer, Schwimmer, Jogger, Skater und andere Freizeitaktivisten entwickelt. Zwar fehlten zur Zeit selbstverständlich noch die Schwimmer und Windsurfer, aber es gab doch schon Leute, die Anfang April bei den ersten Sonnenstrahlen auch unter der Woche Zeit zum Skaten, Joggen oder Wandern am See fanden. Außerdem waren einige spielende Kinder im Dorf unterwegs und sehr interessiert, warum da zwei Männer so lange in einem Auto saßen.

So stiegen sie aus und deuteten einen Spaziergang in Richtung Ortsausgang an – allerdings immer mit einem Blick auf die Telefonzelle. Des Herumlaufens müde, setzten sie sich schließlich in die Buswartehalle unmittelbar neben der Telefonzelle. Dirk hatte sogar noch eine alte Zeitung dabei, deren Seiten sie sich aufteilten. So saßen dort – natürlich völlig unauffällig – zwei zeitungslesende Männer, die augenscheinlich auf den Bus warteten. Die Abendkühle zog ihnen langsam von den Füßen aus die Beine hoch.

Pünktlich um 19.15 Uhr näherte sich eine männliche Person dem Platz und ging in die Telefonzelle. Nachdem er sein Telefongespräch begonnen hatte, rief Leo bei Jobst an. Ja, so erfuhr er, Eulers Telefonat lief – aus derselben Telefonzelle wie am Tag zuvor. Es war also Christian Euler, der neben ihnen so locker in der Telefonzelle plauschte. »Wir haben ihn«, sagte Leo nur kurz und beendete sein Telefonat mit Jobst.

Ungefähr 25 Minuten plauschte Euler mit seiner Frau. Dann kam er aus der Telefonzelle und sah sich zwei Männern gegenüber. Leo stellte Dirk und sich vor und zeigte seinen Ausweis.

»Sagen Sie uns bitte Ihren Namen und den Grund Ihres Aufenthaltes hier«, begann Trinkaus das Gespräch.

Euler war völlig verdutzt und nannte seinen Namen. Da schaute ein Mann zu Dirk hinauf und auf Leo hinunter, der in seiner mit Farbflecken übersäten Arbeitskleidung so aussah, als hätte er mal eben für ein Telefonat das Anstreichen oder das Tapezieren unterbrochen. Aus welchem Grund sich die Polizei für den Grund seines Aufenthaltes in Hohenahr interessierte, vermochte er wohl nicht zu erkennen.

»Wieso wollen Sie das wissen? Haben Sie mir etwas vorzuwerfen?«

»Es ist nur eine Routineüberprüfung, Herr Euler. Sie wissen doch sicher, dass Herr Wühler, der Chef der Firma, bei der Ihre Frau beschäftigt ist, getötet wurde.«

»Ja, das hat mir meine Frau am Dienstagabend am Telefon erzählt. Was habe ich damit zu tun?«

»Nun, wir haben noch keine konkrete Spur. Da sind wir darauf angewiesen, das persönliche und berufliche Umfeld von Herrn Wühler zu untersuchen und dabei vorsichtshalber auch das der Angehörigen der Mitarbeiter. Bitte, das ist kein Vorwurf gegen Sie, Herr Euler.«

Trinkaus wusste, dass er sich jetzt auf dünnem Eis befand. »Gibt es hier nicht eine Gaststätte, wo wir uns etwas besser unterhalten können? Wir stehen uns hier ja die Beine in den Bauch.«

Leo wollte locker bleiben. Dieser Herr machte nun wirklich keinen gefährlichen Eindruck.

Bei der Antwort Eulers konnten sich Leo und Dirk nur noch blöd anschauen: »Gehen wir doch zu mir nach Hause, gleich hier um die Ecke.« Als die drei so nebeneinander hergingen, fuhr Euler fort: »Wissen Sie, ich habe hier eine kleine Einliegerwohnung als Ferienwohnung auf Dauer angemietet und bin gerade in den letzten Zügen des Renovierens und Einrichtens. Ich muss morgen früh noch die Restarbeiten im Schlafzimmer geschafft haben, denn morgen Mittag kommen die Schlafzimmermöbel.«

Noch ein paar Schritte, und sie hatten das Haus erreicht. Am Haupteingang vorbei ging eine Treppe um das Haus herum zum Eingang der Ferienwohnung. Der Vorraum, die kleine Küchenzeile und der Wohnraum mit zwei Schlafcouchen – wohl für die Kinder – waren schon fertig. Da die Tür zum Nebenraum offen stand und dort Licht brannte, konnte man sehen, dass dort die vormittägliche Arbeit für den nächsten Tag auf Herrn Euler wartete. Es sollte offensichtlich das Schlafzimmer werden.

Inzwischen hatte Euler wohl versucht, sich einen Reim auf den »Überfall« zu machen. »Sagen Sie, woher wissen Sie eigentlich, dass ich hier in Ahrdt bin. Meine Frau weiß doch gar nichts davon. Das mit der Ferienwohnung sollte doch eine Überraschung werden. Erst am nächsten Wochenende wollte ich meiner Familie das hier präsentieren. Da stimmt doch etwas nicht!«

Jetzt versuchte es Dirk mit einer Erklärung: »Entschuldigen Sie, Herr Euler. Wir sind bei diesem Mordfall wegen der fehlenden Spuren in einer schlechten Position. Da überprüfen wir Alibis aus der gesamten weiteren Umgebung des Opfers.«

»Ich gehöre doch nicht zur Umgebung des Opfers, noch nicht einmal zur weiteren Umgebung! Verdächtigen Sie vielleicht etwa mich?«

In diesem Moment war ihm deutlich anzusehen, dass er einen für die Beziehung zu seiner Frau einschneidenden Schluss gezogen hatte. Er fragte: »Was hat meine Frau mit Wühler zu tun gehabt, dass Sie mir nachstellen?«

Er wurde laut. Dirk versuchte ihn zu beruhigen und sprach mit leiser Stimme weiter. »Sagen Sie uns bitte nur, wo sie am letzten Freitag zwischen 18.45 Uhr und 22.00 Uhr gewesen sind.«

»Nichts werde ich Ihnen sagen, bis Sie mir nicht erklärt haben, warum Sie mich verdächtigen.«

»Weil Sie sich zur Chorprobe verabschiedet hatten und nicht dort gewesen sind.«

»Das reicht mir nicht, welches Motiv sollte ich denn haben? Beantworten Sie mir bitte erst meine Frage!«

Euler war also nicht blöd, er konnte zwei und zwei zusammenzählen.

»Wir müssen da einfach ein paar Theorien entwickeln«, begann Leo seinen zweiten Anlauf. »Wie gesagt, wir müssen uns über das eventuelle Motiv an den Täter heranarbeiten. Also dürfen wir auch nicht vernachlässigen, ob nicht eine private Beziehung von Herrn Wühler zu einer seiner Mitarbeiterinnen ...«

»Und da gehen Sie jetzt die Partner aller weiblichen Angestellten der Senio nacheinander durch«, unterbrach Euler Leos zweiten Versuch des Eiertanzes. »Für wie blöd halten Sie mich? Sie wissen doch im Zweifel noch nicht einmal, wie viele weibliche Angestellte die Senio hat – oder können Sie mir die Namen aufzählen? Vielleicht war Wühler auch bi oder schwul, da kämen dann wohl die Partner aller Angestellten beiderlei Geschlechts in Verdacht.«

Euler war anzumerken, dass ein Zweikampf in ihm stattfand. Seine Neigung, leicht in Rage zu geraten, kämpfte mit einer maßlosen Enttäuschung, nachdem ihm die Umstände des Polizeibesuches immer deutlicher bewusst wurden. Nach außen trat deshalb zunächst ein Galgenhumor.

»Und jetzt sind alle Polizisten des Lahn-Dill-Kreises – oder noch darüber hinaus – in Zweierpärchen wie Sie unterwegs und stellen allen möglichen Partnern der Senio-Angestellten nach, um die Alibis zu überprüfen. Was? Oder haben Sie ganz rein zufällig bei mir angefangen, weil man ja mit irgendjemand anfangen muss, um die Nadel im Heuhaufen zu finden? Also, meine Herren, ich ziehe mir die Hose nicht mit der Kneifzange an!«

Das Argumentationsspielchen lief nicht gut für die beiden Kriminalisten. Mit vornehmer Zurückhaltung zum Schutze von Eulers zukünftigem Familienleben oder mit der Hoffnung auf Informationen allein auf Grund der Autoritätsgläubigkeit der Bevölkerung gegenüber der Polizei waren keine Punkte zu sammeln. Im Moment stand es schon mindestens 2:0 für Euler. Er war nicht unsympathisch und hatte schließlich auch das Recht zu erfahren, warum sie ihm abends an der Telefonzelle auflauerten. Also hieß es: Raus mit der Sprache!

»Große Entschuldigung«, begann Trinkaus den dritten Anlauf, »wir wollen Sie doch nicht verarschen.«

Leo hatte sich für den offenen Weg entschieden und wollte auch bei der sprachlichen Gestaltung seine bisherige vornehme Zurückhaltung aufgeben. »Wir haben eben Anhaltspunkte, dass da mal etwas zwischen Ihrer Frau und Wühler gewesen sein könnte, Herr Euler. Und mit Verlaub, da kann man doch auf den Gedanken kommen, Sie hätten sich ihr Mütchen gekühlt. Und deshalb wollten wir gerne wissen, was Sie am Freitagabend gemacht haben. Als wir dann noch merkten, dass Sie nicht bei der Chorprobe waren, und Ihre Frau meinte, Sie seien im Moment auf einem Seminar, durften wird doch stutzig werden, oder?«

Euler saß maßlos traurig zwischen ihnen, den Kampf in ihm hatte die Enttäuschung gewonnen. Er erzählte nun, er hätte sich am Freitagabend mit seinem Bruder getroffen, um noch einige Dinge hier in der Ferienwohnung zu erledigen und deshalb die Chorprobe sausen lassen müssen. Er nannte Namen, Adresse und Telefonnummer seines Bruders.

Leo verschwand nach draußen und rief Assmann an. Der saß schon auf heißen Kohlen. Trinkaus berichtete über die bisherigen Erkenntnisse aus Ahrdt und bat ihn, doch sofort das Alibi überprüfen zu lassen. Er werde hier auf Jobsts Rückruf warten.

»Wir haben das arme Schwein ganz schön vor den Kopf gestoßen und müssen jetzt noch etwas psychologische Betreuung anhängen«, ergänzte Leo. »Es sieht wohl alles danach aus, dass wir hier nicht mit dem Täter zusammensitzen.«

Während Leo vor dem Haus noch etwas auf und ab ging, hatte Dirk schon mit einer Art psychologischer Betreuung angefangen, auch wenn er ansonsten kein Freund solchen Einsatzes war. Schuster, bleib bei deinen Leisten! Aber dieser Mann konnte einem doch wirklich Leid tun. Er wollte seine Familie überraschen, bastelte am Aartalsee vor sich hin, überlegte sich auch noch ein paar gute Ausreden, um seine Überraschung perfekt zu machen, und musste nun durch die Blume erfahren, dass seine Frau zwischenzeitlich fremd gegangen war. Wie sollte Dirk diesen Mann aufrichten?

Er entschloss sich dazu, ihre bisherigen Erkenntnisse nur als Vermutung darzustellen und gleichzeitig einen möglichen Seitensprung nicht als das notwendige Ende einer Beziehung erscheinen zu lassen. Er erzählte von sich, von seinen »Beziehungskisten« und musste dabei recht erfinderisch sein, damit die ganze Geschichte auch in seine Strategie hineinpasste.

Wann kam denn endlich Leo zurück?

Ihm war ja klar, dass sein Kollege jetzt das Alibi abchecken ließ, trotzdem hätte er ihn gern so früh wie möglich wieder bei sich gehabt. Für Dirk stand außer Frage, dass Eulers Alibi stimme. Eigentlich konnte er sich in solchen Situationen auf sein Gespür verlassen.

Es dauerte nicht übermäßig lange, bis Leos Handy klingelte. Jobst Assmann meldete sich. »Wir haben das Alibi gecheckt, Eulers Bruder hat alles bestätigt. Ihr könnt Feierabend machen. Es lebe der Frust.« Jobst konnte einen wirklich aufmuntern.

»Also haken wir den Letzten von der Liste ab und fangen bei Null wieder an. Tschüs denn!«

Als Leo das Wohnzimmer der Ferienwohnung wieder betrat, stand vor Dirk und Euler jeweils ein angetrunkener Plastikbecher mit Bier.

Euler sah zu ihm auf, hielt ihm eine Flasche Bier entgegen und sagte entschuldigend: »Ich hatte nur noch eine Flasche im Haus, wir haben Ihnen aber auch noch etwas aufgehoben.« Trinkaus bedankte sich und ließ sich den Rest in einen weiteren Plastikbecher eingießen.

»Kriminaltechnisch ist alles paletti, meine Herren. Wir können uns wieder auf die Socken machen, Dirk«, begann Leo. »Herr Euler ...« – er machte eine Pause – »vielen Dank für das Bier und ... Kopf hoch!«

Dirk spürte, dass sein Kollege noch nach aufmunternden Worten für den gehörnten Ehemann suchte und kam ihm zu Hilfe: »Ich habe ihm schon gesagt, dass er sich mit seiner Frau aussprechen soll. Egal was war, einen Neuanfang ist es allemal wert.«

Leo nickte zustimmend, während er Christian Euler die Hand gab, und schaffte es doch noch, eine positive Einstellung zur Situation zu vermitteln, was letztlich allerdings auch nur nach »... denken Sie auch an Ihre Kinder ...« klang.

Während die beiden Kriminalbeamten zu ihrem Wagen nahe der Telefonzelle zurückkehrten, ging es Trinkaus durch den Kopf, er müsse eigentlich Frau Euler der Fairness halber informieren. Da machte es sich bezahlt, dass er seine alte Angewohnheit fortgeführt hatte, während eines Falles alle in Betracht kommenden Telefonnummern in seinem Handy zu speichern. Renate Euler sollte zumindest die Möglichkeit haben, sich auf diese geänderte Situation einzustellen.

Nach seiner Einschätzung war dies das Letzte, was er in diesem Fall für diese Frau tun konnte. In Gedanken hatte er Eulers schon von seiner Liste abgehakt.

Während ihrer Rückfahrt sagte Dirk: »Hast du bemerkt, dass in der Ferienwohnung kein Aschenbecher zu sehen war? Es hat auch nicht nach Rauch gerochen. Euler scheint Nichtraucher zu sein.«

»Habe ich. Hast wohl auch an die Goldfilterkippe gedacht?«

Dirk brummte.

29.

Am Freitagmorgen saßen Trinkaus, Roß, Assmann und Staatsanwalt Zimmermann in Assmanns Zimmer zusammen, um die Lage zu besprechen. Zimmermann sollte eine Zusammenfassung der bisherigen Ermittlungsergebnisse hören und schon früh in die weiteren Schritte eingebunden werden.

An Ergebnissen war noch nicht viel zu bieten; sie waren sich allerdings einig, dass sie – zumindest vorerst – sowohl die Eulers als auch Schaffer, Schmitt-Bollmann und Petra Wühler als Täter ausschließen konnten. Die Suche nach dem Motiv musste also weitergehen. Die Liebelei, berufliche Ambitionen oder ein Ehedrama waren wohl nicht der Auslöser für diese Tat. An gedungene Täter, welche die Alibis, die sie bisher untersucht hatten, wertlos machen würden, mochten sie jetzt wirklich nicht denken. Die Zigarettenkippe, bisher nichts weiter als ein vages Indiz, war inzwischen ausgewertet. Es fehlten aber Vergleichsdaten. Sie kamen überein, zumindest zum gegenwärtigen Zeitpunkt auf Speichelproben der zunächst ins Auge gefassten Verdächtigen zu verzichten. Aber sie hatten ein Feld ja noch nicht beackert: Wühlers partei- und kommunalpolitische Aktivitäten.

Erst während dieses lockeren, aber doch konzentrierten Gespräches fiel Leo auf, dass sich nicht nur Jobst und Dirk, sondern diese sich auch mit dem Staatsanwalt duzten. Im Vorfeld der Pressekonferenz am Dienstag war ihm dies nicht bewusst geworden oder untergegangen. Jetzt hörte er mehrmals den Namen »Hubsi«. Als sich Zimmermann auch mit den unterschiedlichen »du« und »Sie« zu seinen Gegenübern verhaspelte, schaute er Leo an und sagte: »Verdammt noch mal, wir kennen uns zwar noch nicht lange. Aber die Sympathie ist schon so, dass ich mir nicht mehr länger einen mit den Förmlichkeiten abbrechen will. Ich heiße Hubert – aber mein Lieber, wenn einer ›Hubert‹ zu mir sagt, wird es ernst. Ich bin Hubsi!«

»Ich bin Leo! Ich freue mich, denn die Sympathie beruht auf Gegenseitigkeit!« Sie gaben sich die Hand.

Damit war auch dieses »Problem« gelöst, ein kurzes Zuprosten mit den Kaffeetassen besiegelte den Pakt.

»Zurück zur Kommunalpolitik«, mahnte Jobst. »Ihr beiden« – er blickte Leo und Dirk an – »habt am Montag Gelegenheit, euch einen ersten visuellen Eindruck von der Prominenz zu verschaffen. Auf 14 Uhr ist Wühlers Beerdigung auf dem Blasbacher Friedhof angesetzt. Das solltet ihr euch nicht entgehen lassen. Im Übrigen ist Hanne am Montag wieder da, das ist ein echtes Wetzlarer Mädchen, die müsste euch eigentlich die eine oder andere Geschichte erzählen können. Die Zeiten, in denen Wühler kommunalpolitisch tätig gewesen ist, kenne ich auch nicht aus eigenem Erleben, da war ich noch nicht in Wetzlar.«

Auch wenn im Moment keine Verbindung zwischen der früheren kommunalpolitischen Tätigkeit Wühlers und seinem Ableben erkennbar war, so handelte es sich doch um die logische Fortsetzung ihrer bisherigen Ermittlungsarbeit, über das mögliche Motiv zum Täter zu gelangen.

Nun wurde also eine Sonderkommission ins Leben gerufen, die »Soko Wühler«. Leo, Dirk und Hanne sollten ab Montag nun auch formal in dieser Soko unter Leo Trinkaus' Leitung zusammenarbeiten.

Dirk hatte einen Gedankenblitz: »Leo, passe ma achde! Widde dann nit mit's Hanne schonne moh vorher schnuddeln?«

Erst durch die erstaunten Blicke von Assmann und Zimmermann und Leos breites Grinsen merkte er seinen Rückfall in die heimische Kasseläner Einfärbung. Nach kurzer Erläuterung für die beiden »Fremden« wurde es klarer: Er wollte Hanne anrufen, ob sie nicht heute zusammen essen wollten. Da konnten sie sich beschnuppern und miteinander reden, eben schnuddeln.

»Finde ich großartig, wenn sie sich freimachen kann. Ich lade euch beide ein!«

Dirk Roß verschwand aus dem Zimmer, während sich die drei anderen nach ein paar persönlichen Worten verabschiedeten und einander ein schönes Wochenende wünschten.

Hanne konnte sich freimachen, für die Kinderbetreuung war gesorgt. Ihr Mann hatte sich ohnehin damit arrangiert, dass seine Frau in ihrem Beruf aufging und es mit der Arbeitszeit nicht so eng sah. Es war einfach phantastisch, wie sie Arbeit, Familie und Freizeitaktivitäten unter einen Hut brachte. Ein erstes »Beschnuppern« mit einem neuen Kollegen mit einer Essenseinladung war ja auch fast noch Urlaubsvergnügen. Dirk hatte das Treffen für 18 Uhr arrangiert und – wie selbstverständlich – auch das Lokal ausgesucht. So etwas konnte man ja im Moment Leo noch nicht überlassen; er sollte schließlich in Dirks Sinn in die Wetzlarer Gastronomie eingeführt werden.

Den restlichen verkürzten Arbeitstag – schließlich war Freitag, also der Beginn des Wochenendes, und derzeit mit einem avisierten Beginn eines neuen Ermittlungsstranges für 18 Uhr etwas Zeit zum Luftholen – verbrachten Leo und Dirk nun damit, den Ermittlungsbericht zu vervollständigen und einige notwendigen Vermerke zu schreiben. Schließlich mussten der vorige

Tag und auch die Besprechung dieses Vormittags zu Papier gebracht werden.

Leo klapperte – wie gehabt – auf der Schreibmaschine, Dirk mühte sich am Computer ab. Leo mampfte währenddessen an einer weiteren Stulle, kam aber nicht umhin, seinem Gegenüber etwas davon abzugeben, um diesen von seinem »Kohldampf-Kohldampf-Gezeter« abzubringen. Jobst gab seinen Bericht über die Alibiüberprüfung bei Eulers Bruder zu Ihnen herein und verabschiedete sich nochmals ins Wochenende.

30.

Trinkaus und Roß verließen am sehr frühen Nachmittag nach getaner Arbeit die Polizeistation, nachdem sie sich für kurz vor sechs bei Leo verabredet hatten. Dann ging jeder seiner Wege. Leo schlenderte die Frankfurter Straße hinunter, es war herrlicher Sonnenschein. Er überlegte, wie er den Nachmittag gestalten sollte. Zuhause würde ihn ein Haufen schmutziger Wäsche erwarten, außerdem stand ein Lebensmitteleinkauf an. Sollte er dies heute noch tun, um am Wochenende mehr Zeit zu haben? Wer weiß, was noch geschah. Die Trägheit siegte und ihm stand nicht der Sinn danach, jetzt noch seinen Wagen zu bewegen und eine Einkaufskiste zu schleppen.

Also fütterte er statt dessen die Waschmaschine mit der ersten Ladung, setzte sich einen Kaffee auf, legte die erste Scheibe von Claptons »Just One Night« ein und machte es sich auf der Couch bequem. In der »Rundschau« hatte er sich die Anzeige ausgeschnitten, in der auf das Konzert von Mr. Slowhand Ende April in der Frankfurter Festhalle hingewiesen wurde. Das wäre doch mal wieder eine Fahrt nach Frankfurt wert.

Die Kaffeemaschine sprotzte und blubberte, während die Musik einsetzte. Als Leo einschlief, war »Early in the Morning« noch nicht fertig. Erst als die Waschmaschine mit einem lauten Schnurren zum Schleudergang angesetzt hatte, schreckte er hoch. Aber er fühlte sich jetzt frischer. Den Kaffee konnte er gleich in die Spüle schütten und neuen aufsetzen. Das scharfe

Gebräu, welches während seines Schläfchens auf der Platte der Kaffeemaschine vor sich hingebrutzelt hatte, wollte und durfte er sich und seinem Magen nicht zumuten.

Er setzte sich an seinen Schreibtisch; obenauf lag immer noch sein erster Anlauf für einen Brief an seinen Sohn. Jetzt zwang er sich zur Fortsetzung.

Stephan würde im Juni sein Abitur geschafft haben, ein wichtiger Einschnitt in seinem Leben. Anschließend wollte er zunächst den Zivildienst ableisten, was ihm auch noch die entsprechende Zeit ließ, seine weitere Berufsausbildung zu überdenken und sich festzulegen. Vielleicht würde ihn die Zivildienstzeit auch etwas selbstständiger, von seiner Mutter Heike unabhängiger werden lassen. Heike hatte schließlich in Frankfurt jetzt ihren Posten als Chefsekretärin bekommen, da wurde es Zeit, dass auch Stephan flügge wurde. Vielleicht konnte der Filius seinen Zivildienst auch in einer anderen Stadt leisten – warum eigentlich nicht in Wetzlar? Davon erhoffte er sich, seinem Sohn wieder näherkommen zu können.

Also setzte sich Leo an den bereits begonnen Brief, berichtete über seine neue räumliche Umgebung und den Start an der neuen Arbeitsstätte. Er entschuldigte sich für dieses verspätete Lebenszeichen, welches er mit dem »Todesfall am ersten Arbeitstag« begründete. Mit dem Begriff »Mord« tat er sich im frühen Stadium der Ermittlungen ohnehin schon immer schwer, auch wenn die Medien meist sehr schnell mit diesem Begriff zur Hand waren. Stephan würde er ganz fest die Daumen für seine mündlichen Prüfungen drücken und oft an ihn denken.

Er schloss mit dem Hinweis, hier stünde für ihn auch eine Schlafstelle – nein, sogar ein eigenes Zimmer – zur Verfügung; er sei – nicht nur für Besuche – herzlich willkommen. Nach einer kurzen Überlegung traute er sich sogar, einen kleinen Hinweis darauf einzuflechten, in Wetzlar gäbe es übrigens recht interessante Zivildienststellen. Wegen Stephans früherer Neigungen hielt er die Erwähnung des hier ansässigen Naturschutzzentrums für angemessen.

Während Leo den Briefumschlag anleckte und verschloss, war er sichtlich zufrieden, ein großes Werk vollbracht zu haben. Wie konnte ein so zielstrebiger Kriminalbeamter im privaten Bereich nur so zögerlich Probleme angehen!

Ein Blick auf die Uhr sagte ihm, daß es Zeit war, sich zu waschen und umzuziehen. Er war gerade damit fertig, als sich das Geräusch eines heftig nagelnden Dieselmotors dem Haus näherte.

31.

Die beiden Freunde fuhren die Frankfurter Straße hinunter, bogen am Goldfischteich links in die Brühlsbachstraße ein und erreichten die Bergstraße. Diese hinunter blickten sie auf ein Gebäude, um das die Straße zu beiden Seiten herumgeführt worden war. Dort befand sich früher eine Druckerei, heute beherbergte dieses Haus die »Phantastische Bibliothek«. Bei Freunden der phantastischen Literatur hatte sie einen Namen weit über Hessen, ja über Deutschland hinaus. An der Bibliothek vorbei durch die Schützenstraße erreichten sie die große Brücke über die Lahn, ließen den Leica-Komplex, das Rathaus und das Stadion links hinter sich liegen und bogen dann auf der anderen Seite der großen Lahnbrücke nach links in die Neustadt ein.

»Wohin willst du mich eigentlich ausführen, Dirk?«

»Hier hinten in die Altenberger Straße«, antwortete dieser, als sie gerade die Dillbrücke überquerten. »Hier fängt übrigens die Altenberger Straße an.«

Diese Straße verband die Neustadt mit dem Arbeiterviertel »Bredow-Siedlung« und dem seit Ende der sechziger Jahre neu entstandenen Stadtteil Dalheim. Hinter dem Bahnübergang, kurz vor der Rechtskurve erreichten sie die Pizzeria »Toscana«.

Die Sonne schien immer noch, aber sie war zu schwach, um zu dieser Tageszeit noch zu wärmen. Die Tische im Außenbereich vor dem Lokal waren deshalb auch gar nicht erst vorbereitet worden. Sie gingen also hinein. Kaum hatten sie das Lokal betreten, kam ihnen schon ein Kellner strahlend entgegen. Wie sich herausstellte, war es der Chef persönlich, Toni. Dirk kannte ihn natürlich, und so gab es wie schon in der »Ratsschänke« und im »Bistro« ein Begrüßungs- und Vorstellungsritual. Dirk hatte vorsorglich telefonisch einen Tisch reservieren lassen, weil er aus Erfahrung wusste, dass es Freitagabend in der »Toscana« sonst eng werden konnte.

Nachdem sich die beiden im hinteren Bereich mit Fensterblick auf die Altenberger Straße Platz genommen hatten, bemerkte Dirk, indem er sich ganz bedeutsam zu Leo hinüber beugte: »Dies ist für mich quasi ein Geheimtipp, wenn man gut und relativ preiswert italienisch essen gehen will. Es muss nicht immer die Altstadt sein! Ich will ja den Wirten der Pizzerien in der Altstadt nicht auf die Füße treten, aber hier ist es mal etwas anderes und eine nette Atmosphäre, finde ich jedenfalls. Oder?«

»Nun lass mich erst mal Luft holen, die Atmosphäre atmen und das Essen genießen, dann antworte ich dir. Hier riecht es noch so frisch.«

»Hmm«, brummte Dirk zustimmend, »das Lokal ist vor kurzem völlig umgestaltet worden, hat ein tolles Flair bekommen.«

Toni kam mit den Speisekarten und steckte die Kerze an. Er fragte, ob er etwas empfehlen dürfe, ließ die beiden Kriminalisten dann aber allein, nachdem Dirk mit einem Kopfschütteln sagte: »Wir wollen erst selbst mal schauen.« Sie vertieften sich in die Karten.

Gerade als Toni die Getränkebestellungen aufnehmen wollte, öffnete sich die Tür des Lokals. Eine junge Frau kam herein und lächelte, als sie Dirk sah. Sie war ungefähr einen Meter und siebzig groß, schlank und trug lange schwarze Haare, die hinten zu einem Zopf zusammengeflochten waren. Bekleidet war sie mit Blue Jeans und einem eng sitzenden T-Shirt, was ihre Figur positiv betonte. Die weißen Turnschuhe passten zu dem sportlichen Gesamteindruck. In der linken Hand hielt sie eine Handtasche und ihre Sonnenbrille, die sie beim Betreten des Lokals abgezogen hatte.

Das war also die Kriminalkommissarin Hannelore Ziegler.

Der Wirt musste beiseite treten, weil die Begrüßungs- und Vorstellungsrunde nun wiederholt werden musste. Hanne bedankte sich herzlich bei Leo für die Einladung und fand es ganz toll, sich außerhalb der Amtsstuben kennen lernen zu können.

Dann konnten sie ihre Getränke bestellen. Vor der Bestellung vergewisserte sich Hanne, ob Dirk sie zu Hause absetzen könne, sie hätte sich herbringen lassen. »Wegen des Alkohols.« Dann bestellten sie sich zu dritt eine Flasche Barbera und eine große Flasche Mineralwasser.

Hanne kramte aus ihrer Handtasche eine Zigarettenschachtel und ein Feuerzeug heraus – also die erste Raucherin im Team. Leo zog den Duft ein, als ihre Zigarette aufglimmte. Ihm selbst hatte der Arzt ein kategorisches Nein gesagt, aber er war sich sicher, gegen die Sucht noch nicht gefeit zu sein.

»Werfen wir doch erst einmal einen Blick in die Speisekarte, dann können wir uns in Ruhe unterhalten.«

Leos Vorschlag fand allgemeine Zustimmung.

Während sie die Speisekarte durchblätterten, fragte Leo, ob Hanne auch genug Zeit mitgebracht hätte, damit sie genüsslich speisen könnten. Als sie nickte, bekräftigte er noch: »Dann langt ordentlich zu und beleidigt mich nicht mit einer Minibestellung.«

Leo lauschte kurz der dezent gespielten Musik aus der Anlage, aber diese »italienischen Dinger« konnte er nun doch nicht einordnen. Da rief irgendjemand nach Tornero, was immer das sein mochte. Diese Musik störte aber nicht und gehörte wohl zu Lokalen dieser Art einfach dazu.

Der Wirt erschien mit dem Bestellblock. Leo Trinkaus bestellte bewusst als erster und zwar drei Gänge, um eine eventuell bei seinen beiden Kollegen vorhandene Zurückhaltung hinsichtlich der Bestellung gleich im Keim zu ersticken. Bei Dirk konnte er sich eine solche Zurückhaltung eigentlich nicht vorstellen.

»Ich beginne mit einer ›Minestrone‹, danach möchte ich einen ›Piccola Capricciosa‹ und als Hauptgang ›Scaloppine alla Chef‹. Aber lassen Sie sich ruhig Zeit zwischen den Gängen.«

Hanne entschied sich für eine ›Crema di Pomodoro‹; hinsichtlich des zweiten Ganges liebäugelte sie mit einem ›Scampi-Cocktail‹, hatte aber Bedenken, dann das Hauptgericht noch schaffen zu können.

»Lass man, Mädchen, wir lassen nichts übrig«, hörte man

Dirk, der noch eine beschwichtigende Handbewegung dazu fabrizierte. Also wurde der ›Scampi-Cocktail‹ in Auftrag gegeben, als Hauptgericht wählte Hanne die ›Calamari alla Marinara‹ aus.

Dirk wollte mit einer ›Zuppa di Cipolla‹ beginnen, auf die ein großer ›Insalata Nizza‹ folgen sollte. Dann wollte er das Parmesanschnitzel verspeisen. »Und für zwischendurch stell uns noch ein Pizzabrot hin.« Mit diesen Worten beendete er seine Bestellung.

»Denk daran, dass du mir wahrscheinlich auch noch bei den Calamari helfen musst.« Hanne wollte schon einmal vorbeugen. »Wo steckst du das nur alles hin?«

»Null Problemo! Alles in meine 126 Kilo, verteilt auf Zweimeterdrei«, erwiderte der große Rothaarige.

Nachdem Wein und Mineralwasser serviert waren, begann Leo zunächst zu Hanne gewandt kurz von sich zu erzählen. Während die drei Kriminalisten ihre Suppen löffelten, was Dirk übriges sehr geräuschvoll konnte, kam Leo zu einer Kurzschilderung der bisherigen Ermittlungsergebnisse ihres derzeitigen Falles und den Punkten, bei denen sie sich von Hanne Hilfe versprachen. Dirk warf hie und da eine Bemerkung ein.

Im Hintergrund spielte dezent die Musik, Leo verstand nur etwas mit »mi amore« oder so ähnlich.

Nun war Hanne an der Reihe. Sie hatte auf der Goetheschule ihr Abitur gemacht und sich dann für den Polizeidienst entschieden. Also hatte sie die Fachhochschule besucht und dann in Wetzlar ihren Dienst als Kommissarin aufgenommen. Jetzt war sie 27 Jahre alt, mit Jens, einem selbstständigen Computer- und Softwarehändler, verheiratet und hatte mit ihm zusammen einen dreijährigen Sohn mit Namen Sven, ihrer beider Augenstern.

Kaum war das Pizzabrot serviert, langte Dirk zu. Unausgesprochen war für die beiden anderen klar, dass sie gefälligst die Finger davon zu lassen hatten. Dirk sollte ihnen nun wirklich nicht vom Fleisch fallen. Der Knoblauchduft zog zwar verführerisch um ihre Nasen, aber sie wollten ohnehin nicht zugreifen, schließlich standen noch zwei Gänge bevor.

Hanne wohnte jetzt in Steindorf, ein Umstand, der Leo erkennen ließ, er müsse vorurteilsfreier an seine Einschätzung von

Stadtteilen herangehen. Es wohnten doch auch nette Menschen dort – wie wohl überall. Die junge Kollegin und ihr Mann profitierten davon, dass sie eine Wohnung im Hause von Jens' Eltern bewohnten. Svenny besuchte den Kindergarten, und die Oma stand immer zur Verfügung, wenn es bei Jens oder Hanne zeitlich auf Grund ihrer Berufe eng wurde. Jens' Selbstständigkeit war dabei auch ein Plus; wären diese Absprachen nicht schon frühzeitig im allseitigen Einvernehmen erfolgt, hätte es wohl das Wunschkind Sven nicht gegeben. Hanne hatte eine panische Angst davor, als langfristige »Nur-Hausfrau und Mutter« ihre Eigenständigkeit zu verlieren.

Nach zweijährigem Erziehungsurlaub hatte es sie in den Dienst zurückgezogen. Aber diese zwei Jahre wollte sie nicht missen, meinte sie doch, in dieser Zeit die wesentlichen Grundlagen für ihren Sven gelegt zu haben. Jens übernahm jetzt eben Teile der traditionellen Mutter-Rolle, da sich der Selbstständige die Zeit oftmals entsprechend einteilen konnte. Und dann war ja da noch Oma.

»Ab Montag läuft es dann bei euch wieder anders, was, Hanne?« fragte Dirk kauend. »Ist wieder 'ne blöde Umstellung.«

»Ja, Dirk, aber die nächste Woche haben wir zu Hause schon gut eingeteilt. Im übrigen habe ich ja so tolle, verständnisvolle Kollegen, die mich auch mal eben zwischendurch weglassen, wenn Not am Mann oder besser an der Frau ist!«

Dabei streichelte sie kumpelhaft Dirks Schultern und grinste ihn an.

Dirk kehrte »den stolzen, gelobten Jungen« so gekonnt heraus, dass ihm auch Leo lachend Beifall zollte.

Bei Salat und Cocktail erfuhren die beiden Männer, was ihnen Hanne über Wühlers kommunalpolitische Stellung erzählen konnte. Wühler war einer der Köpfe seiner Partei in der Stadtverordnetenfraktion in Wetzlar gewesen. Er hatte eigentlich immer an den richtigen Fäden gezogen.

Sie überlegte kurz. »Nein, das ist falsch ausgedrückt. Er bestimmte, was richtig war, und hat dann an den entsprechenden Fäden gezogen. So wird es wohl deutlicher.«

Leo nickte kauend, Dirk grinste, während er kunstvoll eine

Scheibe Ei zusammen mit je einem Streifen Schinken und Käse aufzuspießen versuchte.

»Mitte der achtziger Jahre, kurz nach Beginn einer neuen Wahlperiode – das muss 1985 gewesen sein – musste er als Stadtverordneter ausscheiden, weil er Geschäftsführer des städtischen Altenheimes geworden war.«

Wegen des Vertrages solle es damals viel Ärger mit der Opposition gegeben haben, war ihr noch dunkel in Erinnerung. Sein politischer Einfluss sei aber geblieben, nach der nächsten Kommunalwahl hatte er wieder ein Amt, auch wenn ihm die Wetzlarer Gremien ja nun versagt waren. Er wurde ehrenamtliches Kreisausschussmitglied, rückte also in die »Kreisregierung« des Lahn-Dill-Kreises, welche damals auch von seiner Partei dominiert wurde.

»Woher weißt du das alles so genau, Hanne?« wollte Leo wissen. »Seit Dirks Anruf konntest du dich ja wohl nicht so schnell vorbereiten.«

»Eine Menge weiß ich auch so, schließlich ist mein Schwiegervater altes Parteimitglied.«

Auf einen entsprechenden Blick von Leo hin erläuterte sie, Steindorf sei halt ein Dorf und auf dem Dorf sei es früher – und oft auch heute noch – so gewesen, dass die Männer eben in allen möglichen Vereinen seien – und meistens eben auch in der Partei.

Leo hatte dies Anfang der Woche mit fast den gleichen Worten schon einmal gehört.

Der Tod Wühlers war jetzt eine gute Gelegenheit, den Schwiegervater einmal ganz unverfänglich anzuzapfen. In der Partei hatte Wühler sowohl auf Ortsverbandsebene als auch auf Kreisebene noch Vorstandsposten behalten und behauptet.

Gerade als die Hauptgänge aufgetragen wurden, schloss Dirk dieses Kapitel mit der Bemerkung ab, sie solle sich über das Wochenende überlegen, ob aus diesem Bereich jemand ein Motiv haben könne, Wühler nach dem Leben zu trachten.

Hanne hatte die Scampis wortlos zu Dirk geschoben, nachdem sie die Hälfte verputzt hatte. Jetzt war der Cocktail-Kelch fein säuberlich geleert.

Nun schenkten sie ihre ganze Aufmerksamkeit den aufgetragenen Speisen. Leos Scaloppine waren drei kleine Kalbssteaks mit frischen Tomaten, Basilikum und Mozarella überbacken. Dazu hatte er Tomatenreis und Broccoli genommen. Schon der Duft war so köstlich, dass er sich über den Teller beugte und einen tiefen Lungenzug vorführte.

Hannes Tintenfischringe waren in einer Tomatensoße und Knoblauch angerichtet, dazu gab es ebenfalls Reis und Salat.

Dirk hatte von der Menge her den Vogel abgeschossen, wobei geschmacklich bei allen drei nach ihren Lobeshymnen zu urteilen kein Unterschied feststellbar war.

Begrifflich differenzierten die drei Herrschaften natürlich: Leos »Das ist ja vorzüglich!« und Hannes »Ein Gedicht!« hoben sich dabei doch ein klein wenig von Dirks Ausdrucksweise ab. Er grunzte zufrieden »Es schmeckt halt gut!« und schnitt das nächste Stück von seinem Parmesanschnitzel ab. Das war ein dünnes Schweineschnitzel, belegt zunächst mit einer Scheibe gekochtem Schinken und sodann dick mit einer Sauce Bolognese. Schließlich war das Ganze dann noch reichlich mit Käse überbacken. Dazu wurden Pommes und Gemüse gereicht.

Währenddessen hatte sich das Lokal reichlich gefüllt. Zwischendurch hatte Leo immer wieder beobachtet, dass jeder neue Gast schon im Eingangsbereich vom Chef herzlich begrüßt wurde.

Dirk wurde nun auf eine Familie aufmerksam, die gerade das Lokal betrat. Er ließ ein kräftiges »Hallo! Peter Grün mit Familie kommt zum Wochenausklang-Essen!« hören, was im Vorbeigehen ebenfalls mit einem »Hallo!« und mit einem »Aber immer!« beantwortet wurde.

Einige Gäste schauten sich erstaunt um.

Zu Leo gewandt, ergänzte Dirk sodann und nun sogar etwas leiser: »Grün ist Staatsanwalt. Ich sehe ihn fast immer, wenn ich Freitag abends hier bin. Du wirst ihn auch noch kennenlernen, er ist in Ordnung.« Staatsanwalt Grün und Ehefrau winkten zu ihnen herüber und wünschten einen guten Appetit.

Während des Hauptgerichtes war »Essen« das einzige Thema. Sie tauschten ihre Vorlieben aus und waren rundherum zufrieden. Erst beim abschließenden Cappuccino kamen sie wieder auf den Wühler-Fall zu sprechen.

Plötzlich kam Hanne Ziegler ein Gedanke. »Habt ihr denn schon mit Thomas Helmer gesprochen? Der könnte doch auch bei der Hintergrundaufklärung helfen.«

Leo schaute fragend und Dirk schlug sich mit der flachen Hand an die Stirn. Er hätte eigentlich selbst darauf kommen können. Polizeioberkommissar Helmer war selbst einige Jahre Kreistagsabgeordneter gewesen, er war auch derjenige, der die Leiche Wühlers am Fundort identifiziert hatte.

»Auch einer aus der Partei?« fragte Leo.

»Nein, nein, der doch nicht! Er ist in 'ner Wählergemeinschaft, aber er weiß sicher auch dies und jenes über Wühlers Partei und Fraktion. Er ist ein alter Hase!«

So kamen sie überein, gleich am Montag früh mit dem Mitglied der Wählergemeinschaft zu sprechen und sich am Nachmittag gemeinsam die Trauergesellschaft am Blasbacher Friedhof anzusehen.

Ein harmonischer Abend ging zu Ende, Dirk übernahm die Rolle des Chauffeurs und brachte seine Kollegen nach Hause.

32.

Er wohnte nicht mehr in Wetzlar, ja noch nicht einmal mehr im Lahn-Dill-Kreis. Den Sonntag nutzte er zu einer Ausfahrt nach Wetzlar, aber nicht mit seinem eigenen Pkw. Misstrauische Menschen aus Hermannstein oder Blasbach sollten nicht auf sein »LM«-Kennzeichen aufmerksam werden. So hatte er, ein Mann Anfang Vierzig von unauffälliger durchschnittlicher Figur, sich gegen ein kleines Zubrot zum Taschengeld das Moped seines Neffen für eine Sonntagsausfahrt ausgeliehen; das Versicherungskennzeichen dieses Gefährts war einfach unverdächtig und so unauffällig, wie der Habitus der ganzen Person wirkte.

Der erste Eindruck ließ beispielsweise auf einen Verwaltungsbeamten des mittleren Dienstes schließen. Diese Pauschalierungen tun zwar vielen Mitarbeitern der zahlreichen Verwaltungen weh, aber es hatte sich nun einmal das Bild des Steuerhauptsekretärs ebenso wie – zum Beispiel in anderem Zusammenhang – das des Oberlehrers festgesetzt. Kurzes, gescheiteltes dunkles Haar; heute sah er allerdings mit seiner Jeans und der Windjacke auf dem Moped irgendwie verkleidet aus.

Da sein Neffe in Wetzlar wohnte, dauerte die Mopedfahrt auch nicht so lange. Die Fahrt schien ihm sogar Spaß zu machen, denn ganz entspannt summte er dabei ein »Sympathy for the Devil« vor sich hin. Wenn er an den kommenden Montag dachte, paarte sich eine wohlige Vorfreude mit einer kräftigen Portion Sarkasmus und abgrundtiefem Hass.

Von Hermannstein aus fuhr er langsam nach Blasbach, immer wieder sorgsam nach rechts und links Ausschau haltend auf der Suche nach einem geeigneten Platz. Am Ortseingang von Blasbach machte er kehrt, fuhr die Strecke zurück und musste während der ganzen Zeit auch noch auf den Straßenverkehr achten. Die Bikersaison hatte nämlich begonnen, da zeigte sich wieder die Beliebtheit dieser kurvenreichen Strecke von Wetzlar zum Aartalsee für Motorradfahrer. Teilweise donnerten sie ganz heftig an ihm vorbei.

Nachdem er von Blasbach kommend an der Auffahrt zur A 45 zum Wetzlarer Kreuz vorbeigefahren war, sah er nach etwa 600 Metern links eine schmale unbefestigte Einfahrt, die zu einer kleinen Holzbrücke, einem Steg, führte. Schon auf dem Hinweg hatte diese Stelle seine Aufmerksamkeit auf sich gezogen. Dieser Ort schien ihm für sein Vorhaben bestens geeignet. Nun wollte er nicht offen hier abbiegen, fuhr also noch weiter. Wenn seine Erinnerung ihn nicht täuschte, musste jetzt bald links die Zufahrt zum Hermannsteiner Grillplatz kommen. Über diese müsste er eigentlich im Schutze des Waldes auch zu dem Steg gelangen können.

Seine Erinnerung hatte nicht getrogen. Direkt an dem plätschernden Blasbach entlang verlief der Weg zurück. Er stellte das Moped ab, befestigte den Helm an der Lenkstange, zog die Windjacke aus und hängte sie locker über seine Schulter.

Als Sonntagsspaziergänger setzte er seinen Weg fort und erreichte den Steg. Hier beugte er sich über das Holzgeländer und konzentrierte sich auf den möglichen Ablauf seiner geplanten Aktion. War dieser Ort geeignet?

Glücklicherweise war das Geländer schon ganz schön morsch, dachte er, hier müsste ein Schubs schon ausreichen. Der Bach war zwar nur eine Handbreit tief, aber es kam ja nur auf die Lage an; auch befanden sich größere Steine im Bachbett. Er ließ seinen Blick kreisen und erblickte im Oberlauf noch ein paar wunderschöne Exemplare. Da niemand zu sehen war, stieg er hinab, holte sie noch hinzu und legte sie sachgerecht an die vorgesehene Stelle, wohl darauf achtend, dass der Eindruck einer Zufälligkeit der Anordnung erweckt wurde.

Dann stieg er wieder zum Steg hinauf, schmunzelte über das an beiden Seiten angebrachte Warnschild »Benutzen der Brücke auf eigene Gefahr« und betrachtete sein Werk nochmals von oben.

Das kleine Stück des nicht befestigten Weges schlenderte er nun noch bis zur Straße hin. Alles war bestens, hier konnte man bequem mit dem Pkw einbiegen. Erst beim Zurückgehen sah er das zweite Warnschild an dem Strommast. Dort war schwarz auf gelb zu lesen: »Hochspannung – Lebensgefahr«. Schon wegen dieser Warnschilder musste dies der richtige Ort sein.

Also spazierte er über die kleine Holzbrücke zurück auf den Weg jenseits des Blasbaches und erreichte das Moped, ohne einer Menschenseele begegnet zu sein. In Hermannstein war jetzt Mittagsessenzeit.

33.

Nach einem entspannenden Wochenende ging Trinkaus am Montagmorgen ausgeruht und ganz zufrieden zur Polizeistation.

»Ihr Fall« war zwar noch nicht gelöst, trotzdem hatte er sich selbst mehrere Steine von der Seele genommen. Zum einen war der Brief an seinen Sohn endlich abgeschickt, zum anderen hatte er am Sonntag jeweils ausführlich mit seiner Schwester und seinem Bruder telefoniert. Beide hatten ihn spontan zu einem Besuch eingeladen, aber weil die Gespräche so gut liefen, hatte er darauf bestanden, dass sie in diesem Frühsommer einmal zu ihm kommen sollten. Er wollte ihnen schließlich sein jetziges Domizil und seine Umgebung zeigen.

Mit seiner Nachbarschaft war er mittlerweile warm geworden: Beim Gang zum Briefkasten am Samstagmorgen hatte er einen Plausch über den Zaun hinweg mit dem Nachbarn, Herrn Sawitzki, gehalten, am Sonntagnachmittag waren die Mieter der über ihm liegenden Wohnung, die Riemenschneiders, auf einen Kaffee zu einem Antrittsbesuch gekommen, nachdem er sie schon vor über einer Woche im Treppenhaus dazu eingeladen hatte.

Am Samstag hatte er ein neues Angebot des Wetzlarer Stadtmarketing-Konzeptes wahrgenommen, den Citybus. Kleinbusse verbanden die Altstadt mit der Bahnhofstraße und dem Bahnhof; für 'n Appel und 'n Ei konnte man sich auf einer Rundfahrt mit einer Taktfrequenz von zwanzig Minuten um und durch die Altstadt zu den verschiedenen Einkaufsbereichen chauffieren lassen. Ein ausbaufähiges Konzept mit recht gutem Ansatz.

Leo war am Goldfischteich eingestiegen und wollte in die Bahnhofstraße. Am Buderusplatz dachte er zunächst, der Bus würde direkt in die Fußgängerzone der Bahnhofstraße fahren, zumal er meinte, dort schon einen Citybus gesehen zu haben. Auf Nachfrage beim Fahrer erfuhr er aber, er musste noch die Ehrenrunde über die Gloëlstraße zum Busbahnhof mitnehmen, da erst der Rückweg durch die Bahnhofsstraße führte.

Er schlenderte durch das Herkules-Center und den Lahnhof. Hocherfreut sah er beim Stöbern in einem Plattenladen im Lahnhof sogar »Pflastersteine«, die neue CD der Ferb-Heinzer-Band, und kaufte sie sofort. Die Stones-Interpretationen waren genau etwas für seine Ohren.

Anschließend wollte er auch noch die restliche Fahrtstrecke des Citybusses kennen lernen, zumal er vorhatte vom Schillerplatz aus durch die Altstadt wieder nach Hause zu gehen. Dabei musste er erkennen, dass der Citybus nicht den geraden Weg dorthin über die Langgasse fuhr. Vielmehr führte ihn die Fahrt von der Bahnhofstraße zunächst über die Brückenstraße und Haarbachstraße, dann erst wieder Richtung Dom.

An der Haltestelle in der Goethestraße stieg eine alte Frau zu, die sich auf den ersten Platz hinter dem Fahrer setzte. Als der Bus gerade angefahren war, erblickte sie durch das Fenster eine andere alte Dame, die heftig mit ihrer Handtasche rudernd auf sich aufmerksam zu machen versuchte.

Geistesgegenwärtig drehte sich Leos Mitfahrerin zu dem Fahrer um, klopfte ihm mit dem Knauf ihres Schirmes auf die Schulter und rief: »Haal noach emoa oh, däs Wiesje will aach noach mett!«

Der Busfahrer bremste sofort ab und ließ die Frau noch einsteigen, was sie prustend tat.

»Do hunn aich's joa groad noach soo geschafft!«

Die beiden Damen kannten sich also, wie auch deren nachfolgende Kurzkonversation zeigte: »Wiesje, wuh willst du dann hi?«

»Ei, zomm Edeka, aich hu koa Botter mi.«

»Häste woas gesaat, härr aich dir die Botter mettgebroacht. Aich will nämlich aach do hi.«

Alte Menschen, vor allen Dingen diejenigen, die nicht mehr so gut zu Fuß waren, benutzten den Citybus inzwischen gern als preiswerte Alternative zum Taxi, um ihre kleinen Besorgungen zu machen.

Als die Rückrunde wieder am Goldfischteich vorbeiführte, wollte er erst aussteigen, blieb aber dann doch bis zum Schillerplatz sitzen. Er sollte es nicht bereuen. Bei seinem Abschlussbummel durch die Altstadt konnte er nämlich noch etwas in einem Schreibwarengeschäft in der Silhöferstraße erstehen.

Noch jetzt, am Montagmorgen, war er glücklich wie ein kleines Kind, obwohl er nun sein Mitbringsel unter dem Arm in die Polizeistation schleppen musste. Durch Zufall hatte er sie stehen sehen, zwar nicht die geliebte Schiefertafel, die er in Frankfurt hatte, aber – ihm fiel der Name für das neumodische Zeug nicht ein – eben eine Tafel mit großen Papierbögen auf einem Dreibein. Da konnte er jetzt nach Herzenslust wieder seine Skizzen und Notizen in seinem Dienstzimmer fabrizieren.

Warum sollte er nicht aus eigenen Mitteln so etwas anschaffen? Der dienstliche Bestand an Geräten war nun wirklich nicht berauschend, hier musste endlich dem Minister und den Mitgliedern des Haushaltsausschusses in Wiesbaden mal der Marsch geblasen werden. Es war doch deren verdammte Pflicht und Schuldigkeit, die Polizei mit dem auszustatten, was sie für ihre Arbeit benötigte. Ruhte man sich dort vielleicht auf dem Engagement von PRO POLIZEI aus?

Seine Neuanschaffung wurde im zweiten Stock heftig beklatscht. Während er das Dreibein wie eine Staffelei aufstellte, musste er an einen schwedischen Kriminaltechniker denken, der ihre kriminalistische Arbeit mit der eines Malers verglichen hatte, der vor seiner Staffelei steht. Dieser schwedische Kollege entwickelte einen treffenden Vergleich: Kriminalpolizisten wie Maler ziehen ein paar Linien, tragen ein bisschen Farbe auf und treten einen Schritt zurück, um den Überblick zu bekommen. Dann treten sie wieder vor und machen weiter. Dieser Schritt zurück sei am wichtigsten. Da sehen sie wirklich, was sie vor Augen haben.

Nun konnte Leo seine Linien ziehen und durfte auch das Zurücktreten niemals vergessen; im Moment konnte allerdings von Überblick noch keine Rede sein.

Außerdem hatte Leo für die Ermittlungsgruppe und für den Schreibdienst jeweils ein Pfund Kaffee, dazu auch Milch und Zucker mitgebracht – und für die Vorzimmerdame seines Chefs als Gegenleistung für seine »Entnahmen« der vergangenen Woche eine schokoladige Pause von violetter Farbe.

An diesem Morgen begann die »Sonderkommission Wühler« offiziell ihre Arbeit. Zur ersten Besprechung setzten sie sich mit einem »Guten-Morgen-Kaffee« zu viert zusammen. Thomas Helmer war auch dabei, und Hanne steuerte eine Tüte Kaffeestückchen bei.

Mit Thomas Helmer lernte Trinkaus nun den »alten Hasen« kennen. Er war ein Endfünfziger, ein gestandener Polizeibeamter, auch einer der »Übergeleiteten«. Seine kräftige Statur mit einem gütig wirkenden Gesicht ließen ihn als den Inbegriff des Schutzpolizisten alter Art erscheinen. Kommunalpolitisch war er schon immer interessiert gewesen, wollte sich aber nicht parteipolitisch binden und hatte deshalb bei einer Wählergemeinschaft angefangen.

Noch heute kokettierten diese Wählergemeinschaften damit, sie seien schließlich keine Partei, deshalb ginge es bei ihnen nur um Sachpolitik. Auf der kommunalen Ebene war dieser Unterschied faktisch aber nicht nachvollziehbar. Genauso wie Parteien waren auch sie in Koalitionen eingebunden und stimmten dann auch für Projekte, gegen die sie als Opposition noch angetreten waren. Das alltägliche Geschäft hatte auch sie mit allen seinen Schwächen, taktischen Spielchen und Unwahrhaftigkeiten erreicht.

Helmer war zwei Wahlperioden lang Kreistagsabgeordneter im Lahn-Dill-Kreis gewesen, von 1989 bis 1997. In der ersten Periode saß er in der letzten Reihe und rückte dann 1993 eine Reihe vor, die Ohren immer offen – den Mund eher geschlossen.

»Also«, versuchte Helmer seinem neuen Kollegen Leo Trinkaus zu erklären, »nach diesen acht Jahren hatte ich doch meine Bürgerpflicht erfüllt. Oder?«

Nachdem weder Leo noch die anderen Kollegen darauf antworteten, fuhr er fort: »Ich wollte auch den Kollegen den ewigen Schichtwechsel nicht mehr zumuten, wenn mein Dienstplan sich mal wieder nicht mit den Sitzungen der Gremien in Einklang bringen ließ.«

»Hast du dann nicht doch noch kandidiert?« Dirk meinte sich daran zu erinnern.

»Ja, aber ich stand weiter hinten auf der Liste«, antwortete Helmer eine Spur kleinlauter.

Aha, vermutete Leo, der ist wohl zur letzten Wahl nicht wieder mit einem sicheren Listenplatz bedacht worden. Nach seiner Einschätzung gab es doch jede Menge dieser Kommunalpolitiker quer durch die Fraktionen, die sich in ihrem Amt oder Mandat sonnten, ohne im Stande zu sein, wirklich etwas zu bewegen. Sie wollten nur dazugehören und hoffentlich auf dem einen oder anderen Pressefoto erscheinen. Vielleicht traf aber Leos Vermutung gerade auf Thomas Helmer nicht zu und dieser war kein »Spring-ins-Bild«.

Jetzt war Helmer jedenfalls Vorsitzender des Kleingartenvereins »Links der Lahn«. Diese Tätigkeit war wesentlich weniger zeitaufwendig und brachte trotzdem eine ordentliche Reputation, was auch nicht zu verachten war.

»Was soll ich euch sagen«, begann Helmer nach seiner persönlichen Vorstellung endlich seinen Bericht. »Wühler war drauf und dran, Bürgermeister von Hermannstein zu werden. Aber die Bildung der Stadt Lahn hat diese Pläne zunichte gemacht. Nach der Auflösung dieser Retortenstadt war er dann in der neuen Stadt Wetzlar gleich in der vordersten Reihe und wollte dort Hauptamtlicher werden. Knapp setzte sich dann aber innerhalb der Partei der spätere Oberbürgermeister durch. Die beiden konnten nicht miteinander, so dass er unter diesem Oberbürgermeister auch nicht bereit war, Bürgermeister oder Stadtrat zu werden. Also wurde er Stadtverordneter, machte sich innerhalb seiner Fraktion unentbehrlich und wurde dann 1985 kurz nach der Kommunalwahl mit dem Geschäftsführerposten im Städtischen Altenheim belohnt, man kann auch sagen: abgefunden. Wenn sonst Fünf-Jahres-Verträge üblich waren, so bekam er einen Vertrag bis zur Pension. Das war schon eine tolle Sache! Hätte ich auch gern gehabt, wird wohl mindestens wie A 16 dotiert worden sein.«

Mit sichtbarem Stolz lehnte sich Helmer zurück. Er hatte sich als »Insider« darstellen können und seinen Kollegen etwas voraus.

Es zeichnete sich schon jetzt ab, dass Helmer die Person Gerhard Wühler wesentlich besser ausleuchten konnte als Hanne. Hoffentlich würden diese Informationen auch helfen, ihren Fall aufzuklären.

Leo machte sich seine Notizen und hatte insbesondere aufgemerkt und sein Nougathörnchen beiseite gelegt, als die Differenzen zwischen dem damaligen Oberbürgermeister und Wühler zur Sprache kamen. Aber dieser Herr war – wie sich schnell herausstellte – schon in Pension und hatte beruflich alles erreicht. Warum sollte der nach so vielen Jahren noch dem ehemaligen Konkurrenten ans Leder gehen?

Thomas Helmer fuhr fort: »Als ich Kreistagsabgeordneter wurde, stieg auch Wühler in die Kreispolitik ein. Er ging aber gleich als ehrenamtliches Mitglied in den Kreisausschuss.« Mit einem gewichtigen Blick in die Runde fügte er erklärend hinzu, es handele sich dabei quasi um die Kreisregierung.

»Er wollte wohl nicht mehr die Drecksarbeit in der Fraktion machen. Nun kam er zwar an alle Informationen heran – besser als die Abgeordneten –, brauchte sich aber nicht so reinzuknien. Es genügte im Zweifel auch einfach – besser gesagt: meistens – das Absegnen der Vorschläge des Landrates. Damals ging das noch! Im Laufe der Zeit bekam ich dann mit, dass Wühler nach außen hin ein eher stiller Vertreter war. Innerhalb der Partei hatte er aber ein gewichtiges Wörtchen mitzusprechen. Er war zwar nicht der Alleinbestimmende, aber« – hier musste Helmer kurz überlegen – »es ging eigentlich auch nichts ohne ihn. Ja, ich glaube, so ist es richtig ausgedrückt. Auch wenn er im Kreisvorstand der Partei nur Beisitzer war, so war es dort nicht anders.«

Er machte wieder eine Pause und war wohl zu dem Ergebnis gekommen, den Getöteten ausreichend charakterisiert zu haben, denn er sagte: »So sehe ich Wühler. Ist das klar genug gewesen?« Man merkte ihm die Bewunderung an, dass Wühler es zu etwas gebracht hatte.

Die anderen nickten. Wer so im Hintergrund die Fäden zog, musste auch Neider und Konkurrenten haben. Ein ordentliches Puzzle-Spiel, zu dem noch etliche Stücke fehlten.

»Heute Nachmittag fahre ich mit euch, dann kann ich euch sicherlich eine Menge der Großkopfeten zeigen und diejenigen, die sich dafür halten.«

Für den Bruchteil einer Sekunde schoss es Leo durch den Kopf, wie diejenigen, die selbst als wichtig gelten wollten, dasselbe Bedürfnis anderen absprachen.

Mit einem »Also schaun wir mal!« wurde ihr Gespräch erst einmal beendet. Schließlich waren auch alle Kaffeestückchen verputzt, Dirk hatte sich zum Schluss die offene Tüte an den Mund gehalten und so die letzten Krümel und Streusel entsorgt.

Leo widmete sich seinen Notizen und weihte bei dieser Gelegenheit seine neue Tafel ein.

34.

Mittags wurde ihre Ermittlungsarbeit durch organisatorische Störungen behindert. Es war kein Dienstwagen frei, als sie nach Blasbach aufbrechen wollten, um Gerhard Wühler die letzte Ehre zu erweisen. Zwei Fahrzeuge befanden sich in der Werkstatt, die anderen waren unterwegs.

Dirk steuerte schon schulterzuckend auf seinen Diesel zu, als er von Leo zurückgehalten wurde. »Hast du auch den schriftlichen Antrag auf dienstliche Nutzung des Privat-Kfz gestellt?«

»Wann denn, du Scherzkeks? Geh mal zur Verwaltung! Den musst du zwei Tage vorher einreichen und begründen.«

»Und wenn unterwegs was passiert«, entgegnete Leo, »dann geht das auf die eigene Kappe. Das ist zu riskant, lasst uns doch den Bus nehmen.«

Er wollte ja ohnehin den ÖPNV einmal ausprobieren, eine gute Gelegenheit also. Aber es wurde nichts daraus. Aus drei Kehlen schallte ihm ein »Nach Blasbach?« entgegen. Ob er denn erst um drei oder um vier dort ankommen wolle.

Immerhin waren sich die drei einig, einem Zugezogenen könne man einen solchen Vorschlag verzeihen. Leo Trinkaus nahm sich daraufhin ganz fest vor, im Fahrplan mal zu überprüfen, ob die Verbindung tatsächlich so schlecht war oder ob es sich nur um ein unverbesserliches Vorurteil der Kollegen handelte, die den Fetisch des Individualverkehrs vor sich hertrugen. Irgendwann würde er sie mal zu einer Linienbusfahrt durch Wetzlar einladen.

Drei der vier Beamten hatten versucht, sich dem Anlass entsprechend zu kleiden. Selbst Dirk trug »als Kompromiss« eine schwarze Jeans und einen schwarzen Rollkragenpullover unter einer grauen Windjacke. Lediglich Thomas Helmer hatte sich an die ministerielle Dienstanweisung gehalten, nach der »unsere« Schutzpolizei »draußen« immer Flagge zu zeigen – sprich: Uniform zu tragen – hatte. Dirk wollte zwar nicht begreifen, wie die Ermittlungen dadurch gefördert werden sollten, dass ein

Uniformierter auf der Beerdigung erschien. Aber Thomas meinte wohl für sich, dass er so mehr hermachte.

Ab der Ortseinfahrt von Blasbach verlangsamte Dirk die Geschwindigkeit. Schließlich musste es ja irgendein Hinweisschild auf den Friedhof geben.

»Wenn ich das von oben richtig gesehen habe, müsste der Friedhof linker Hand der Hauptstrasse liegen«, warf Leo ein.

Dirk nickte nach rechts zum Gasthaus »Zur Linde« und murmelte fragend zu Leo gewandt: »Marren mäh doh henne nachher uff de Lichche?«

Wieder einmal war Dirk Roß ins Kasselänische abgeglitten. Ihre beiden Mitfahrer schauten sich verständnislos an, und Leo musste kurz wörtlich übersetzen: Gehen wir dorthin nachher auf die Leiche? Auf kasselänisch bezeichnet man mit »Lichche« oder auch »Lijje« nur sehr selten die Leiche, sondern vielmehr die Beerdigung und vor allen Dingen den anschließenden Leichenschmaus.

Dirk stieg in die Eisen, so dass seine drei Mitfahrer höfliche Nickbewegungen vollführten. Links hatte er das kleine Hinweisschild fast übersehen. Noch während sie abbogen, wies Leo nach vorn rechts auf das Gasthaus »Zum Blasbachtal« und nahm das in kasselänisch geführte Gesprächsthema wieder auf: »Oder doh!«, was diesmal als »Oder dort!« für alle Fahrzeuginsassen auf Anhieb verständlich war.

Sie fuhren bergauf. Rechts auf einem Behelfsparkplatz standen schon jede Menge Fahrzeuge. Dirk musste sich auf die enge Straße konzentrieren, weil dort auch noch rechts und links versetzt Fahrzeuge parkten. Über eine kleine Kreuzung fuhr Dirk weiter bergauf, es wurde noch enger.

»Dirk, das ist aber ein ›Grüner-Plan-Weg‹, da kann es doch nicht zum Friedhof gehen«, meinte Hanne.

Hier parkte auch niemand mehr. Nun mussten sie wohl oder übel noch ein ganzes Stück weiter hoch fahren, ehe sie wenden konnten. Dirk fluchte. Auf dem Rückweg sahen sie dann, nachdem sie den ›Grünen-Plan-Weg‹ wieder verlassen hatten, rechts die Einfahrt zum Friedhof. Der war auch wirklich nicht von der Hauptstraße aus zu erkennen.

Sie quetschten den Wagen in eine Ecke und folgten dem gerade einsetzenden Strom der Schwarzgekleideten auf den kleinen Friedhof. Es fing an zu nieseln. Glücklicherweise bewegte sich die Trauergemeinde über den ganzen Friedhof nach links in die Kirche. Dort drückten sie sich in eine Ecke, Leo versuchte zwischen Hanne und Thomas zu stehen, um ja ihre geflüsterten Bemerkungen mitzubekommen. Dirk konnte sich nicht verkneifen zu bemerken, der Pfarrer könne ja die Veranstaltung nach draußen übertragen.

Leo ließ seinen Blick schweifen, konnte allerdings von hinten niemanden erkennen. Die Frau in der ersten Reihe mit dem schwarzen Kostüm und dem verschleierten Hut musste die Witwe sein. Sie strahlte auch nach hinten eine unterkühlte Eleganz aus, die als die tiefe Trauer um ihren Lieben ausgelegt werden würde oder zumindest sollte.

»Ich glaube, die gesamte Fraktion der Partei ist anwesend«, raunte Helmer. »Ich sehe auch die Vorsitzenden aller anderen Fraktionen. – Halt, die Grünen-Chefin ist nicht da!«

Er ließ seinen Blick weiter über die Reihen gleiten und brummte: »Kreisausschuss vollzählig!« Es fehlte nur noch, dass er die Hacken zusammenknallte.

Andererseits meinte Leo aus Helmers Worten aber auch eine Spur von Enttäuschung zu hören, dass er auf dieser Spielwiese nicht mehr mitwirken durfte.

Ein Sarg war hier in der Kirche nicht zu sehen, also musste die Veranstaltung dann doch auf dem Friedhof weitergehen. Schon vor dem Betreten der Kirche hatte sich Leo überlegt, wie wohl bei dieser Topografie der Sarg transportiert wurde.

Nach dem ersten Lied begann der Pfarrer seine Andacht mit einer Würdigung des Verstorbenen. Ein guter Christenmensch und treusorgender Ehemann war nach seinen Worten aus der Mitte seines Schaffens und seines Engagements für seine Mitmenschen, insbesondere für die Alten und Gebrechlichen, gerissen worden.

Als schließlich der Herr Pfarrer dazu überging, Gottes Wege als unergründlich zu beschreiben und endlich gesagt war, dass dieser den lieben Entschlafenen zu sich gerufen habe, verspürte

Dirk das dringende Bedürfnis, den Raum zu verlassen – und gab diesem Bedürfnis nach. Mit einem dahingemurmelten »Ich halte das nicht aus!« verschwand er, Hanne schloss sich ihm auf eine Zigarette an. Leo wollte sie noch am Ärmel zurückziehen, erwischte diesen aber nicht auf Anhieb und ließ es dabei. Auch wenn Leo selbst mit keiner Form von Religion etwas am Hut hatte, so meinte er doch, die jüngeren Kollegen könnten etwas mehr Toleranz an den Tag legen.

Während dieser Andacht konnte eigentlich nichts passieren, was für ihre Ermittlungstätigkeit wesentlich war. Leo hielt tapfer die Stellung neben Thomas.

Es war die typische Atmosphäre einer Beerdigung. Wenn man die Augen schloss, konnte man meinen, eine Grippeepidemie sei ausgebrochen. Es wurde heftig gehustet, und jede Menge Nasen mussten geräuschvoll geputzt werden.

Als das zweite Lied am Abklingen war, versuchten sich Hanne und Dirk wieder in die Kirche zu zwängen, zumal auch der Regen zugenommen hatte und sie – natürlich – keinen Schirm dabei hatten. Typisches Aprilwetter eben!

An der offenen Tür ging es nicht mehr weiter, die Trauergesellschaft kam ihnen schon entgegen. Also hieß es, sich an die Seite zu drücken. Der Pfarrer schritt dem Trauerzug voran, hinter ihm folgte die Witwe.

Dirk schaute sich aufmerksam die Gesichter an. Er erkannte aber nur in den hinteren Reihen Schmitt-Bollmann und die Empfangsdame aus der Senio-Verwaltung. Als Trinkaus und Helmer herankamen, schlossen sich auch Ziegler und Roß dem Trauerzug an, der sich nach oben auf den Friedhof zur Aussegnungshalle bewegte. Jetzt sahen sie auch den aufgebahrten Sarg unter einem Vordach stehen.

Die Trauergesellschaft musste in Blasbach auch bei diesem Wetter unter freiem Himmel stehen. Die dortige Aussegnungshalle bestand neben dem Kühlraum, einem Lagerraum und der Toilette nur aus einem überdachten Bereich.

Die Regenschirme waren aufgespannt, was den Blick auf die Gesichter zum Großteil unmöglich machte, zumal sich die Kriminalbeamten schlecht hinter den Sarg stellen konnten.

Die erste Trauerrede nach dem Pfarrer stand nach dem Protokoll dem Landrat zu. »Das ist unser neuer Landrat, der schwarze Seidelmann«, erläuterte Thomas Helmer leise. »Es war ein Erdrutsch, als er letztes Jahr gewählt wurde. Das Volk hatte von der Partei endlich die Nase voll, es sollte mal einer von den anderen rankommen.«

Spricht hier der Politiker der Wählergemeinschaft, fragte sich Leo, behielt aber trotzdem die Landratswahl als Merkposten im Hinterkopf.

Der schwarze Seidelmann war tatsächlich eine dunkle, keineswegs unattraktive, elegante Erscheinung: ein drahtiger Enddreißiger, schwarzer Anzug, schwarze Haare und dunkler Teint – er sah eben so aus, wie man sich einen ehrgeizigen Manager vorstellte. Deswegen oder trotzdem wollte ihn – wie Leo gerade gehört hatte – die Mehrheit der Bürgerinnen und Bürger als neuen Landrat. Ganz stimmte dies natürlich nicht, denn er hatte nur die Mehrheit derjenigen erhalten, die auch zur Wahl gegangen waren. Solche Direktwahlen zeichneten sich – nachdem der Reiz des Neuen verschwunden war – durch eine recht erbärmliche Wahlbeteiligung aus. So hatte auch Seidelmann mal eben 21 Prozent der Stimmen aller Wahlberechtigten eingefahren, damit aber über 50 Prozent der gültigen Stimmen erhalten.

»Sehr verehrte, liebe Frau Wühler, sehr geehrte Damen und Herren, liebe Trauergemeinde«, begann er. »Wir nehmen heute Abschied von Gerhard Wühler. Der Lahn-Dill-Kreis hat auf so tragische Weise einen Politiker verloren, der sich seit 1989 als ehrenamtliches Mitglied des Kreisausschusses für die Belange der Bürger dieses Kreises eingesetzt hat. Obwohl wir beide erst seit dem letzten Jahr, nach meinem Amtsantritt als Landrat dieses Kreises, im Kreisausschuss zusammengearbeitet haben, war mir sein Rat stets willkommen. Auch wenn wir in unterschiedlichen Parteien tätig gewesen sind, hat uns doch das Gesamtwohl geeint, dem allein wir uns verpflichtet fühlen.«

Leo schaute zum Dach der Aussegnungshalle und lauschte auf das Knarren der Balken, während Thomas Helmer schlucken musste.

Derweil hatte sich auch ein Redakteur nach vorn durchgedrückt und schoss seine Fotos. Zwar handelte es sich »nur« um eine Beerdigung, aber die Umstände des Heimganges des prominenten Entschlafenen machten für die örtliche Presse daraus eine Sensation.

»Es fällt mir sehr schwer«, fuhr Seidelmann fort, »unter den schrecklichen Umständen seines Todes die richtigen Worte zu finden. Lassen Sie mich deshalb lediglich sagen: Wir werden Gerhard Wühler ein ehrendes Andenken bewahren.«

Dann zupfte Seidelmann die Schleife seines Kranzes zurecht, verharrte einen Moment am Sarg und ging dann auf die Witwe zu, wo er kurz unter deren Schirm verschwand. Nun sprach er ihr wohl das Beileid aus, kam unter dem Schirm wieder hervor, spannte seinen eigenen auf und stellte sich in die Reihe.

Während Leo spürte, wie ihm das Wasser in den Nacken lief, fiel seine Analyse kurz und bündig aus. Trauerrede Standard 3 C: nichtssagend, trotzdem der Form entsprechend – ohne eigene Anteilnahme.

Die Standardisierung erinnerte ihn an Beurteilungen und Arbeitszeugnisse, in denen es beispielsweise lautete: Herr X hat sich immer bemüht, den Anforderungen gerecht zu werden. Das klang auch positiv, sollte aber etwas anderes aussagen.

Ich kann mir auch vorstellen, dachte Leo, dass der schwarze Seidelmann nicht gut mit jemandem konnte, der für die Partei lange Jahre die Fäden im Hintergrund zog. Wahrscheinlich hatte er oft genug über die mafiösen Strukturen gestöhnt, als er noch die sogenannte harte Oppositionsbank drückte.

Während der zweite Redner nach vorn ging, klarte es auf. Als hätte man ein Ventil zugedreht, war der Regenguss gestoppt. Es folgte ein geschäftiges Hantieren, bis die Regenschirme alle eingeklappt waren.

Währenddessen verharrte der zweite Redner vor dem Sarg in einer Kunstpause.

»Das ist der Vorsitzende der Kreistagsfraktion der Partei, Albert Prock«, flüsterte Thomas.

Eine gedrungene Statur, wahrscheinlich zwischen 1,65 m und 1,70 m groß, mit einem Hang zur Korpulenz. Er war sicher schon über die 60 hinweg, sein ganzer Habitus verströmte den

Eindruck, hier stehe die Dampfmaschine der Partei, die sich nur ausnahmsweise in einen dunklen Anzug gewandet hatte.

So hörte dann auch die Trauergesellschaft eine kämpferische Rede. Zunächst erzählte er, wie lange er Wühler schon kannte, welche Schlachten sie schon zusammen geschlagen hätten, die sie zu engen Freunden hätten werden lassen. Seine Fraktion habe dem Verstorbenen sehr viel zu verdanken und verliere einen kommunalpolitischen Freund, der eigentlich nicht zu ersetzen sei. Der Versuch, seine Grabrede in Hochdeutsch zu halten, gelang leidlich, bis er zum Schlusssatz anhob: »Gerhard, du wirscht ewich inner ois bleiwe!«

Dann ging er zur Witwe, gab ihr die Hand und wollte sie zunächst sogar umarmen. In Sekundenbruchteilen merkte er jedoch, dass sie sich sträubte, und so legte ihr nur kurz die linke Hand auf die Schulter.

Nun ging ein Mann nach vorn, der eher dem schwarzen Seidelmann glich, aber vielleicht fünfzehn Jahre älter – auch ein Managertyp.

Helmer beugte sich wieder zu Trinkaus. »Jetzt kommt der Ex-Landrat Stolze, der, den Seidelmann im letzten Jahr abgelöst hat. Er ist aber auch als Ex immer noch der Kreisvorsitzende der Partei.«

Also sprach dieser in seiner Funktion als Parteivorsitzender, heute allerdings mit sehr belegter Stimme. Grund dafür war jedoch weniger eine tiefe Erschütterung über den Verlust des engen Parteifreundes; vielmehr war seiner roten Nase anzusehen, dass er sich eine deftige Frühjahrsgrippe eingefangen hatte. Und nun musste Stolze auch noch bei diesem Wetter hier in Kälte und Nässe stehen.

Er zählte die gesamte Litanei der Parteiposten auf, die Wühler jemals innegehabt hatte. Unterbrochen wurde diese Aufzählung durch mehrmaliges heftiges Niesen und Schnäuzen. Allen musste deutlich werden, dass nur seine innere Verbundenheit zum Parteifreund Wühler ihn hierher geführt hatte, obwohl er doch eigentlich ins Bett gehörte. Auch hier gab es viel Lob und Hochachtung, aber es klang eben doch eine Spur geschäftsmäßiger, als es bei Prock durchgekommen war.

Dies konnte allerdings nur erkennen, wer auch bereit war, diese Nuancen herauszuhören.

Der Anzahl der Kränze nach zu urteilen würden allerdings die Reden noch eine geraume Zeit in Anspruch nehmen. Es folgten Schaffer für die Senio-Führungsetage, der Personalratsvorsitzende der Senio für die Belegschaft sowie die Vorsitzenden der Parteiortsgruppe Blasbach, des Alpen-Wandervereins, der Blaskapelle – die auch einen Abschiedsgruß blies –, des Schützenvereins, des Gesangvereins, des Sportvereins, der Freiwilligen Feuerwehr und der Vogelfreunde Blasbach und noch ein paar Kurzbeiträge.

Schließlich gab der Pfarrer noch bekannt, die Witwe habe im Anschluss zu Speis und Trank in die »Linde« eingeladen. Sodann ging es mit dem Sarg zum offenen Grab.

Leo erkannte jetzt auch die beiden Damen, die sich in der Senio-Verwaltung um Frau Euler gekümmert hatten. Aber weder Frau Euler noch ihr Mann waren zu sehen. Was das wohl zu bedeuten hatte? Nach einem kurzen Gebet wurde der Sarg hinabgelassen, dann konnten alle übrigen Trauergäste am Grab Abschied nehmen.

Leo ging auch nach vorn und drückte Frau Wühler noch einmal stilvoll persönlich sein Beileid mit der Versicherung aus, man werde die Suche nach dem Täter erfolgreich beenden.

35.

Leo wollte nicht mehr mit zur »Lichche« in die »Linde« gehen. Er fühlte sich unbehaglich bei diesen Leichenschmäusen. Die Stimmung pflegte bei solchen Anlässen sehr schnell umzuspringen und – gerade auf dem Dorf – oftmals in ein lockeres Gelage auszuarten, auch wenn dann die nächsten Angehörigen nicht mehr unbedingt anwesend waren.

Trinkaus wurde aber überstimmt. Hanne und Thomas wollten noch ein bisschen die Ohren offen halten, Dirk wollte sich den Kuchen nicht entgehen lassen. Dessen Hinweis, er, Leo, könne ja jetzt den ÖPNV testen und mit dem Bus nach Wetzlar zurückfahren, gab dann den Ausschlag, und sie schlugen zu viert den Weg zur »Linde« ein.

Inzwischen hatte der Regen wieder eingesetzt, so dass sich der Friedhof recht zügig leerte. Im Vorbeigehen winkte Hanne ihrem Schwiegervater zu, der natürlich auch Gerhard Wühler die letzte Ehre erwiesen hatte.

Albert Prock hastete im einsetzenden Regen zu seinem Mercedes zurück. Als gehfauler Mensch hatte er am Friedhof geparkt und wollte sich jetzt die paar Meter zur »Linde« nicht auch noch nassregnen lassen. Außerdem hätte er dann nach der Feier wieder den Berg hochlaufen müssen, was in seinem dann zu erwartenden Zustand sicher schwer werden würde.

Prock hatte sich gerade hinter das Steuer gezwängt und wollte die Fahrertür seines Wagens zuziehen, als diese festgehalten wurde.

»Tach, Albert, nimmst du mich mit zur Linde? Ich hab keinen Mantel und keinen Schirm dabei. Mein Wagen steht unten.«

Prock drehte sich zur Seite. »Ach du, Lutz. Dich hunn aich schu lang nett mih geseh. Komm erinn!«

Während Lutz um den Mercedes herumging, grüßte er aus dem vorbeiziehenden Zug der Trauergäste noch zwei Mittrauernde mit »Hallo, Herbert!« und »Grüß dich, Dieter!«. Schon im Wagen sitzend, verzögerte er das Schließen der Beifahrertür, um noch mehrere Leute mit Kopfnicken und Handheben zu grüßen.

Aus dieser Gruppe der Beschirmten heraus rief jemand: »Albert spielt diesmal den Chauffeur für Lutz!«

Dies hörte auch Leo, der zufällig mit seinen Kollegen in dieser Gruppe der »Linde« zustrebte. Trinkaus blickte zum Wagen hinüber und sah auch das Gesicht von Lutz; er konnte damit jedoch nichts anfangen und maß dem auch keine besondere Bedeutung bei. Hier waren einfach zu viele neue Gesichter zu sehen.

Auf dem Weg zur Gaststätte fanden sich immer wieder neue Grüppchen zusammen, und anscheinend wurde jedes auf die Platte gebannt. Man konnte meinen, der Redakteur arbeitete an einem Fotoroman über Wühlers Beerdigung. Mit jedem Meter, mit dem sich die Fußgänger der »Linde« näherten, wurden außerdem die Gespräche lockerer.

»Ich muss dich nachher noch mal sprechen. Die Nachfolge von Gerhard macht mir Kopfzerbrechen.«

Derjenige, der dies relativ leise, aber doch für den dahintergehenden Leo hörbar, gesagt hatte, gab seinem Nachbar die Hand.

Der nickte kurz und bestätigte mit einem »Ist klar.«

Leo ließ sich etwas zurückfallen und schaute seinen kommunalpolitischen Schutzpolizeikollegen fragend an.

»Das ist der ehemalige Landtagsabgeordnete Debus«, flüsterte Thomas. »Der andere heißt Kern, ich glaube, es ist jetzt Vorsitzender des Haupt- und Finanzausschusses.«

Als sie die Hauptstraße überquerten, hatte der Lärmpegel des allgemeinen Gemurmels schon erheblich zugenommen.

Hanne hatte sich in der Zwischenzeit mit Dirk im Schlepptau an anderer Stelle durch den Trauerzug gezwängt, weil sie ihren Schwiegervater gesehen hatte. Der sah recht mitgenommen aus.

»Na, Papa. Das ist kein schöner Tag für dich.«

»Ich bin noch ganz fertig. Das hätte ich Gerhard nie gewünscht. Wie schlimm für die Witwe.«

Neben ihm ging ein rüstiger Rentner, bestimmt schon an die achtzig Jahre alt. Herr Ziegler machte sie miteinander bekannt. »Das ist Waldemar Henze. Er war der Vorgänger von Gerhard als Leiter des städtischen Altenheimes. Na, Waldemar«, meinte er zu ihm, »du hättest sicher auch nicht gedacht, dass Gerhard noch vor dir geht?«

Der Angesprochene schüttelte stumm den Kopf und gab Hanne und Dirk nur kurz die Hand, als diese ihm vorgestellt wurden.

Nachdem Trinkaus und Helmer die Hauptstraße überquert hatten, sahen sie etwas abgesetzt rechts neben dem Eingang zur »Linde« vier Personen stehen, die sich in einem intensiven Gespräch befanden. Es waren zwei ältere Männer, ein relativ junger Mann und eine Frau mittleren Alters.

Es drangen aber nur Wortfetzen zu den beiden Polizisten. Der Jüngere sagte etwas mit »Chance für uns«, während Leo von der Frau das Wort »Alibifrau« meinte aufgeschnappt zu haben.

Wieder ging sein fragender Blick zu Thomas. »Ich kenne nur die beiden Älteren. Rechts der ist der Wetzlarer Parteichef, der andere war zumindest auch mal im Kreisvorstand und im Kreistag.«

36.

Vor der »Linde« erwischte Albert Prock noch einen standesgemäßen Parkplatz. Es herrschte heftiger Verkehr. Lutz musste mit dem Aussteigen warten, bis der Fahrer des gerade neben ihnen parkenden Wagens ausgestiegen war. Auch diesem nickte Lutz zum Gruß zu.

Nachdem er ausgestiegen war, quälte sich erst Prock aus seinem Sitz. »Scheiße, jetz is mir de Schlessl erabgefalle.«

Der Beifahrer sprang flink hinzu. »Lass mal, Albert, ich kann mich besser bücken.« Dann beugte er sich in den Beifahrerfußraum und hob den Autoschlüssel auf.

Albert brummte einen Dank und steuerte der »Linde« zu.

Dort war es schon gerammelt voll, die vier Polizisten nahmen an verschiedenen Tischen Platz. Von der Garderobe her dampften muffig die nassen Mäntel, der Muff verband sich zu einem eigenartigen Gemisch mit dem Zigarettenrauch und diverser Parfüms und Rasierwasser.

Der Zeitungsreporter strich um die Tische, nachdem er sich gestärkt hatte. Er war auf der Suche nach weiteren Neuigkeiten oder Hintergrundinformationen. Zumindest für die Klatschspalte der Wochenendausgabe würde etwas abfallen. Schließlich kam er auch zu Dirk Roß.

»Hallo, Herr Roß, gilt es schon Fortschritte bei Ihren Ermittlungen?«

Dirk fühlte sich einfach nur genervt. »Aber ja doch. Stündlich kommen wir weiter voran. Aber das ist doch jetzt nicht die Stunde, über solche Sachen zu sprechen. Wir sind hier zum Gedenken an einen Toten!«

Der Reporter war derart perplex, dass er nur noch ein »Entschuldigung« murmelte und sich verzog.

Leo und Dirk blieben ungefähr eine Stunde, dann machten sie sich wieder auf den Weg. Dirks Bedürfnisse waren befriedigt, und Leo vertraute mehr darauf, dass die beiden Einheimischen noch etwas Interessantes mitbringen würden. Die Schwiegertochter eines alten Parteifreundes und der kommunalpolitische Kollege aus früheren Zeiten würden für die Themen des Leichenschmauses eher eine Antenne haben, sie blieben also noch.

Seidelmann war nach einer Tasse Höflichkeits-Kaffee bereits verschwunden. Mit Leo und Dirk verließ ungefähr zeitgleich die Senio-Fraktion das Lokal. Leo nutzte außerdem die »Lichche«, um ein in Vergessenheit geratenes Gespräch nachzuholen: Er nahm sich Schaffer kurz beiseite, der noch an diesem Tag zurückfahren wollte. Neue Erkenntnisse ergaben sich aus diesem Gespräch allerdings nicht.

Thomas Helmer blühte in der »Linde« richtig auf. Er konnte mit vielen ehemaligen Kollegen reden und wurde natürlich immer wieder gefragt, ob denn die Kriminalpolizei schon nähere Erkenntnisse habe. Nicht ohne Stolz ließ er bei jedem Einzelgespräch einfließen, wie wichtig seine Erfahrung für die Kollegen der Sonderkommission sei. Wer allerdings nicht genau hinhörte, konnte durchaus meinen, Helmer sei selbst Mitglied dieser Sonderkommission, die den Todesfall aufzuklären hatte.

Die in der »Linde« ausgeschenkten Alkoholika hatten inzwischen gegenüber Kaffee und Wasser die Oberhand erlangt, es war also richtig gemütlich geworden.

37.

Am späten Nachmittag öffnete der Himmel abermals seine Schleusen. Der Fuhrpark vor der »Linde« hatte sich schon gelichtet, ein harter Kern schien aber noch nicht genug getrauert zu haben.

Einer der Trauergäste hatte sich für Blasbacher Verhältnisse nur relativ kurz in der »Linde« aufgehalten und war dann in einer der regenfreien Phasen zu dem abseits geparkten Wagen gegangen, den er sich für diese Fahrt geliehen hatte, um ein Fahrzeug mit LDK-Kennzeichen zu haben, wie es in die Gegend gehörte. Er holte sich Hut, Schirm und Mantel.

Mit beginnender Dämmerung hatte er sich postiert und den Parkplatz geschützt beobachtet. Diejenigen, die in Fraktion und Partei etwas zu sagen hatten, kannte er inzwischen alle nur zu gut – und hatte sie im Laufe des Nachmittags gehen sehen, einschließlich des verschnupften Stolze, welcher dreimal niesen musste, ehe er in seinen Wagen einsteigen konnte.

Bei diesem Wetter ging niemand mehr freiwillig auf die Straße. Trotzdem würde der Ortsfremde nicht auffallen, falls doch noch ein Blasbacher vor die Tür musste. Er würde einfach als einer derjenigen gelten, die Gerhard auf seinem letzten Weg begleitet hatten.

Die Dämmerung war schon weit fortgeschritten, als schließlich sein Warten belohnt wurde: Albert Prock kämpfte gegen die Fliehkräfte an der Hausecke der »Linde« und steuerte in einem weiten Bogen seinen Wagen an. Prock war allein.

Der Wartende musste schmunzeln. Ich kenne doch meinen Albert, dachte er. Dessen Durst war wieder so groß gewesen, dass Albert das Schlusslicht der Trauernden spielen musste. Er selbst hatte zwar nicht so viele Sitzungen miterlebt, inzwischen aber von den Legenden gehört. Entweder fanden die Sitzungen gleich in der Kneipe statt, spätestens danach wurde aber in einer Kneipe ein »Teil B« angehängt, in der es Albert dann vorzüglich verstand, mit einem Zugeständnis hier, einer Aufmerksamkeit dort wie eine Spinne seine Fäden zu einem Netz zu spannen. Um alles unter Kontrolle zu behalten, blieb Albert immer bis zum Schluss, regelmäßig auch abgefüllt.

Als Prock versuchte, seinen Schlüssel in die Fahrzeugtür zu bugsieren, sprach er ihn von hinten an: »Albert, kannst du mich mitnehmen? Mein Wagen springt nicht an.«

Prock drehte sich im Zeitlupentempo um, kämpfte, das Gleichgewicht zu halten. Mit aufgerissenen Augen und inzwischen klatschnassem Kopf bemühte er sich, das Gesicht seines Gegenüber unter dessen Hut und Schirm zu erkennen. Die Andeutung des Versuches eines erkennenden Lächelns huschte über sein Gesicht. »Och du«, antwortete Prock, »dich hunn aich joa hoit do erinn goar nett geseh'.« Der Satz kam allerdings sehr verwaschen heraus.

»Kein Wunder bei der Menschenmenge. Was ist, nimmst du mich bis Wetzlar mit?«

Prock nickte und hantierte wieder mit dem Autoschlüssel.

»Soll ich nicht lieber fahren? Du hast schon ganz schön Schlagseite.«

Nach einem weiteren Kopfnicken führte er Prock um den Pkw herum, öffnete die Tür und ließ die gedrungene Gestalt auf den Beifahrersitz fallen.

»Ich kann dich auch nach Hause bringen, Albert. Ist vielleicht sogar sicherer.«

Er selbst huschte wieder um das Fahrzeug herum, nicht ohne sich durch einen Rundumblick zu versichern, dass sie nicht beobachtet wurden.

So hatte er sich das auch gedacht, denn im Lahn-Dill-Kreis machte sicher niemand Aufhebens davon, wenn Albert Prock angetrunken nach einer Veranstaltung in den Pkw stieg. Es gäbe eher Verwunderung, wenn Prock sich nüchtern von einer Feier verabschieden würde.

Der Wagen bewegte sich langsam aus Blasbach hinaus. Noch bevor die beiden Parteifreunde das Ortsausgangsschild erreicht hatten, war Prock fest eingeschlafen. Den Kopf an die Kopfstütze angelehnt, schnarchte er wie eine Kettensäge im Leerlauf.

Zu dieser Zeit war der alte Nachbar der »Linde« – auch ein Parteifreund – schon längst vom Schlafzimmerfenster wieder zurück in die Wohnstube gegangen und hatte seiner Frau gesagt: »Anni, der Prock Albert hat wieder vollgetankt. Ein Glück, dass ihn heute einer fährt.«

Procks Parteifreund blickte ab und zu sichtlich zufrieden zum Beifahrersitz hinüber, summte oder murmelte ein »Mama, take this badge off of me. I can't use it anymore. It's gettin' dark, too dark for me to see. I feel like I'm knockin' on heaven's door ...«

Dazu trommelte er leicht den Takt mit seinen behandschuhten Händen auf das Lenkrad. Wir haben ja noch Zeit, dachte er, es kann ruhig noch ein wenig dunkler werden, außerdem will ich Albert noch ein bisschen tiefer in den Schlaf chauffieren.

Er bog also hinter Blasbach nach rechts in Richtung Wetzlarer Kreuz zur A 45 ab. Dabei hatte er wohl die Einmündung etwas zu heftig genommen, denn Albert wurde unruhig, unterbrach sein Schnarchen für einen Moment und drehte sich etwas zur Seite. Sie fuhren am Wetzlarer Kreuz auf die A 45 in Richtung Dortmund bis zur nächsten Abfahrt, Ehringshausen. Der Wagen schwebte fast dahin, weil ihn der Chauffeur in einem großen Gang mit möglichst wenig Touren bewegte.

Ehringshausen war der Wendepunkt der kleinen Einschlaffahrt, nun ging es wieder zurück. Diesmal bog das Fahrzeug allerdings nicht wieder nach links in Richtung Blasbach ab, sondern nach rechts in Richtung Hermannstein. Nach 600 Metern blinkte der Fahrer ordnungsgemäß links, bog langsam auf den unbefestigten Weg ein und hielt vor dem Strommast an.

Im Scheinwerferlicht war schwach das Warnschild »Hochspannung – Lebensgefahr« zu sehen. Er wechselte von Abblend- auf Standlicht und stellte den Motor ab. Ringsum war nichts zu sehen und zu hören. Nun denn, dachte der Fahrer, dann soll es so sein, stieg aus, ging um den Mercedes herum und öffnete die Beifahrertür. Das Anhalten und das Abstellen des Motors holten Prock unwillkürlich aus dem Tiefschlaf in einen Dämmerzustand.

Er schüttelte Prock an der Schulter. »Albert, du hast lang genug geschlafen. Komm mal raus, ich muss dir unbedingt was zeigen. Außerdem muss ich mal pinkeln, du auch?«

Prock brummelte vor sich hin, schlug die Augen auf und startete einen Versuch, sich zu orientieren. Willig ließ er sich aus dem Fahrzeug ziehen, ohne schon ganz bei sich zu sein.

Sie bewegten sich zum Steg, Prock wegen seiner Gleichgewichtsprobleme stützend untergehakt. Das schwache Licht des Fahrzeuges hatten sie schnell hinter sich gelassen. An der Art, wie sich Prock in der Dunkelheit an ihm festkrallte, merkte sein Parteifreund, wie sehr der Herr Fraktionsvorsitzende noch benommen war.

Auf dem Steg wurde Prock mit den kumpelhaften Worten »Warte, Albert, wir wollen erst einmal pinkeln. Was hab ich einen Druck auf der Pfeife!« leicht an das Geländer gelehnt.

Diese Taktik stellte sich als richtig heraus. Automatisch, ja fast im Unterbewusstsein, nestelte Prock an seinem Hosenstall herum. Sein Kollege hörte das leichte Surren des Reißverschlusses und nahm dies als Signal, Albert Prock einen leichten Schubs zu geben. Da dieser darauf nicht vorbereitet war, rutschten ihm die Füße auf den vom Regen glitschigen Holzbohlen weg. Er ruderte mit beiden Armen, durchschlug das morsche Geländer und flog rücklings in den Blasbach.

Jetzt war Prock wahrscheinlich hellwach geworden, aber dieser Zustand dauerte nicht mal eine Sekunde. Glück muss der Mensch haben, sagte sich der Schubser, als er das Knacken beim Aufschlag des Prockschen Körpers auf den steinigen Rand des Blasbaches vernahm. Der Schädel hatte den richtigen Stein getroffen, dann platschte es noch etwas, als Teile des Körpers ins Wasser tauchten. Dann herrschte im wahrsten Sinne des Wortes Totenstille unter der Brücke.

Jetzt wurde es noch einmal riskant: Er musste sich vergewissern, ob noch eine Nachhilfe notwendig war. Um keine Spuren zu hinterlassen, wollte er vermeiden, nach unten an den Bach zu gehen; zumindest musste er jedoch kurz mit seiner Taschenlampe leuchten. Es war immer noch still um ihn herum, so dass er zum Wagen zurückging und das Standlicht ausschaltete. Ein unbeleuchteter Wagen dürfte nun wirklich nicht auffällig sein, warum sollte sich dort nicht ein Liebespärchen vergnügen.

Gleich eilte er zum Steg zurück, von unten war lediglich das Plätschern des Blasbaches zu hören. Er richtete den Kegel der Taschenlampe nur kurz nach unten und schaltete sie dann befriedigt wieder aus.

Prock war mit dem Hinterkopf aufgeschlagen und dann seitlich mit dem Gesicht nach unten in den Blasbach gerollt. Das war sein Ende.

Jetzt wollte der Täter noch ein Bonbon platzieren. Er holte sein Plastiktütchen aus der Tasche und lies die zweite und letzte Zigarettenkippe mit Goldfilter aus der Tüte auf den Boden vor dem Wagen fallen.

Dann begab er sich zu Fuß zurück nach Blasbach. Niemand beachtete ihn dabei, wenn ihn überhaupt jemand bemerkt hatte.

Auf der Rückfahrt zeigte sich der Wettergott ihm noch einmal geneigt. Der Himmel öffnete zum wiederholten Male seine Schleusen. Auf ihn deutende Spuren durfte es nach menschlichem Ermessen an der Brücke nicht mehr geben. Spuren im Mercedes würde er erklären und belegen können. Wenn er Mantel, Schuhe, Hut und Schirm verschwinden ließ, konnte er beruhigt sein.

38.

Den Abend dieses Beerdigungstages wollte Leo eigentlich auf seinem Sofa verbringen. Diese Unart hatte sich während seiner Rekonvaleszenz eingeschlichen. Jetzt, nachdem er wieder im Dienst war, musste er aber auch in dieser Hinsicht an sich arbeiten. Er verordnete sich also einen Abendspaziergang, ging den Philosophenweg hinunter und bog in den Brückenborn ein, in die Richtung des neuen Friedhofes.

Am Beginn des Brückenborns deutete ein Hinweisschild nach rechts zur Ilmenau-Anlage. Wetzlar hatte seine Partnerstädte durch die Namensgebung für Grünanlagen geehrt.

Leo nahm den Weg durch die Anlage. Rechter Hand floss ein kleiner Bach, der mittels Stufen zu kleinen Teichen aufgestaut war. Hinter dem ersten Teich führte ein Steg über Bach.

Trinkaus stapfte vor sich hin den leichten Anstieg hinauf, als er hinter sich ein Geräusch verspürte. Er drehte sich um. Ein mittelgroßer champagnerfarbener Hund war auf ihn zugelaufen. Nun setzte sich dieser brav hin und wedelte Leo im Sitzen mit heftigen Schwanzbewegungen an.

»Nein, Leo, es gibt nicht von jedem Spaziergänger ein Leckerli!« Schnellen Schrittes näherte sich eine Frau.

Leo Trinkaus beugte sich zu dem Hund hinunter, streichelte ihm den Kopf und sagte leise: »Da sind wir ja Namensvettern, mein Kleiner.«

Der Hunde-Leo wollte sich jetzt vollends bei seiner neuen Bekanntschaft einschleimen und legte ihm seine rechte Vorderpfote gegen den Unterschenkel.

Um das Frauchen zu beruhigen, machte Leo Trinkaus eine beschwichtigende Handbewegung.

»Entschuldigen Sie bitte. Leo ist ganz harmlos, meint aber, eigentlich müsste jeder Passant etwas für ihn dabeihaben.«

»Ist schon okay. Guten Abend. Ich entschuldige mich in aller Form bei Ihrem Leo, dass ich kein Leckerli dabei habe. Ich verspreche, mich zu bessern.«

Er lachte dabei und nun musste auch Frauchen lachen. Der Hund stand daraufhin auf, erhöhte die Frequenz seines Wedelns und schmiegte sich an Leos Beine.

Die Frau war ihm mit ihrem offenen strahlenden Gesicht, den braunen Augen und den kinnlangen braunen Haaren auf Anhieb sympathisch. Sie gingen wie selbstverständlich den weiteren Weg gemeinsam, zumal Leo-Hund mit Leo-Mensch sofort Freundschaft geschlossen hatte und Ersterer den Letzteren immer wieder durch kurzes Bellen aufforderte, ihm ein Stöckchen zu werfen. Dieser kleine Flitzer, der beim Laufen, das eher wie ein Tänzeln aussah, sein dünnes langes Fell wie ein Röckchen wippen lassen konnte, war ein Briard-Mix. Da er aber deutlich kleiner als ein Briard war, musste noch eine kleinere Rasse mit hellerem Fell beteiligt gewesen sein. Carola, sein Frauchen, kannte jedoch Leos Ahnentafel nicht.

Wie fremde Menschen über einen Hund ganz leicht ins Gespräch kommen konnten! Erst recht, als Leo die Namensgleichheit offenbarte. Am Ende ihrer Runde am Brückenborn verabschiedeten sie sich.

Wieder zu Hause angekommen, öffnete er sich eine Flasche Bier, legte sich – nun sehr zufrieden und ohne Gedanken an Herrn Wühler – auf seine Couch, griff zur Fernbedienung und ließ seine Neuerwerbung vom Wochenende, die »Pflastersteine«, im CD-Player laufen. Mit »The Under Assistant West Coast Promotion Man« fing es an, als schließlich später »Under the Boardwalk« spielte, schlief er mit einem fast echten »Jamaica-Feeling« ein, auch ohne Rum und Kokosnuss, aber in Gedanken an einen am Strand umhertollenden Briard-Mix.

39.

Der Dienstagmorgen sollte eigentlich dazu dienen, die Erfahrungen, Eindrücke und Fakten auszutauschen, welche die Mitglieder der Soko Wühler und Thomas Helmer von der Beerdigung und dem Leichenschmaus mitgebracht hatten. Daraus wurde zunächst nichts.

Ein neuer prominenter Todesfall beherrschte die Gespräche in der Polizeistation. Selbsttötung, Tötung durch Fremdverschulden oder »bloß« ein Unfall: Einer der Blasbacher Grabredner des Vortages, Prock, war im Blasbach in der Gemarkung Hermannstein gefunden worden. Ein Jogger war schon frühmorgens den Waldweg entlang getrabt.

Die »Tagesmeinung« der Schutzpolizei tendierte zu »Unfall«, zumal die glitschigen Bohlen der Brücke und das morsche Geländer dafür sprachen. Wahrscheinlich hatte sich Prock dort auf der Heimfahrt erleichtern wollen und war unglücklich ausgerutscht. Zumindest seine offene Hose sprach dafür.

Die ersten Ermittlungen führte in den frühen Morgenstunden der BvD, der Beamte vom Dienst, durch. Dieser Kollege hatte Dirk Roß aus den Federn geklingelt, als der Tote identifiziert war. Dirk erschien dann stinksauer an der Fundstelle, war er doch nach einer Disco- und anschließenden Bartour nach knapp einstündigem Schlaf aus einem fremden Bett zur Pflicht gerufen worden. Anscheinend war er bei Elke geblieben. Aber Dirk war so kollegial, Leo wenigstens durchschlafen zu lassen.

Zumindest Dirk hatte an der Fundstelle ein merkwürdiges Gefühl, das er nicht beschreiben konnte. Er hatte den Braten gerochen und dafür gesorgt, dass an der Fundstelle der Name »Prock« nicht ausgesprochen wurde. Glücklicherweise kannte der Jogger den Toten nicht, und vor den sich auch zu dieser Uhrzeit einfindenden Gaffern konnten sie ihn leicht abschirmen.

Bei der Zusammenkunft der Soko-Mitglieder mit Assmann und Helmer zum Dienstbeginn ging es eher um die politische

Dimension, zumal die Verbindung der Todesfälle von Wühler und Prock einfach kein Zufall sein konnte.

Trinkaus war wütend, er sah die politische Komponente, hatte aber weder den Ansatz eines Motivs noch eine Ahnung von möglichen Tatverdächtigen. Immerhin konnte Dirk darauf verweisen, dass auch an diesem Tatort eine Zigarettenkippe mit Goldfilter gefunden worden war. Udo Kempf lasse gerade untersuchen, ob sowohl die Wühler- als auch die Prock-Kippe von demselben Raucher stammten.

Jobst Assmann traf spontan eine Entscheidung: »Die Sache bekommt eine neue Dimension. Thomas geht noch mit in eure Soko, dann könnt ihr euch besser aufteilen. Okay?«

Leo nickte und hielt kurz inne. Dann verteilte er die Aufgaben. Thomas Helmer, der Schutzpolizist in ihrer Sonderkommission, sollte mit der Prock-Familie sprechen und das persönliche Umfeld sondieren. Leo hielt diesen Part für den unproblematischsten, deshalb wies er gerade ihm diese Aufgabe zu.

Hanne sollte mit dem KTA und dem Gerichtsmediziner verwertbare Spuren analysieren und Dirk das Umfeld der »Linde« in Blasbach nach möglichen Augenzeugen abklappern.

Er selbst müsse erst einmal seine Gedanken ordnen und werde in der Polizeistation bleiben. »Bis auf weiteres gehen wir intern – aber nur intern, Herrschaften! – auch im Fall Prock von Fremdverschulden aus. Da die Zeit drängt, müssen wir parallel arbeiten. Sollte sich die Unfalltheorie eindeutig belegen lassen, müssen wir eben für den verblichenen Parteifreund Wühler noch mal von vorn anfangen«, schloss Trinkaus seine Ausführungen.

Jobst Assmann fiel das Schlusswort zu: »Und ich werde der Presse etwas von einem Unglücksfall erzählen und sie bitten, eventuelle Zeugen – nur zur Absicherung – für den ›tragischen Brückenunfall‹ aufzufordern, sich zu melden. Ich spreche auch mit Hubsi. Offiziell ist es ein Unfall gewesen. Alles klar? Wir treffen uns hier um eins wieder.«

Sie schwirrten auseinander, jeder hatte sein Aufgabenpäckchen abzuarbeiten.

Leo Trinkaus saß kaum an seinem Schreibtisch, da verzog er das Gesicht. Er hatte heftige Magenschmerzen bekommen, der viele Kaffee auf fast nüchternen Magen tat sein Übriges. Er war eben nicht mehr oder noch nicht wieder der Leo Trinkaus der früheren Tage – vor seiner Erkrankung. Er musste unbedingt eine Kleinigkeit essen, auch wenn dies ohne Gesellschaft lediglich eine Pflichtaufgabe sein würde. In den letzten Tagen hatte er sich schon sehr an die gemeinsamen Mahlzeiten mit seinem oder seinen Kollegen gewöhnt.

Er überlegte, wo es in der Nähe auf die Schnelle etwas Essbares gäbe. Stadtauswärts fehlten ihm noch die einschlägigen Kenntnisse, er erinnerte sich aber an die Frittenbude in der Spilburgstraße, die Dirk häufig mal eben zwischendurch konsultierte. Also fuhr er rasch die Frankfurter Straße hoch, ordnete sich auf der Höhe angekommen links ein und bog an der Ampel in das Gelände der ehemaligen Kaserne ein.

Zumindest im vorderen Bereich erinnerte auf den ersten Blick nicht mehr viel an die frühere militärische Verwendung. Die städtischen Konversionsbemühungen hatten nicht nur eine Frittenbude hervorgebracht. Viele Gewerbetreibende hatten sich hier inzwischen angesiedelt, auch einiges von dem, was sich heute »start up« nannte. Noch bevor er den Schnellimbiss erreichte, sah er linker Hand davor das »Springtown«, ein Lokal für die Liebhaber von Känguruh- oder Krokodilspezialitäten. Rechts befand sich als letzte Reminiszenz an die Garnisonsstadt das Kreiswehrersatzamt Wetzlar. Von dessen Biediensteten und von den jungen Männern, die dort zur Musterung zu erscheinen hatten, wurde das Angebot des Imbisses gern angenommen.

An diesem Morgen fehlte ihm allerdings die »Futter-Muße«, also ließ er sich nur ein Schinkenbrötchen und ein Käsebrötchen einpacken und begann mit dem Essen schon auf der Rückfahrt zur Polizeistation. Als er das Gebäude wieder betrat, hatte sich sein Magen bereits wieder beruhigt, nach diesem zweiten Todesfall aber eben nur sein Magen. Dieses Herumstochern im Nebel regte ihn mächtig auf; er musste wohl erst wieder lernen, sich zur Faktensammlung und zur rationalen Analyse zu zwingen.

Erst jetzt nach seiner Rückkehr in die Polizeistation nahm er sich die Zeit, die Wetzlarer Zeitung aufzuschlagen. Der neue

Todesfall hatte den Tagesablauf durcheinander gewirbelt. Noch nicht einmal ein paar bissige Bemerkungen zur Berichterstattung über Wühlers Beerdigung waren in der Morgenrunde der Polizisten gefallen. Jetzt sah er zunächst die Ankündigung auf der ersten Seite mit einem kleinen Foto. Der Pfarrer am Grab im Hintergrund, im Vordergrund Seidelmann und Stolze, die Witwe einrahmend. Im Lokalteil befand sich dann eine ganze Seite mit drei weiteren Fotos, Kurzinterviews und einem Kommentar. Auch Thomas Helmer war wohl aufgrund seiner Uniform von dem Redakteur beim Leichenschmaus angebaggert worden. Insgesamt hatte man sich in der Redaktion auf »die Tat eines Wahnsinnigen« festgelegt. Der Kommentator gab seiner Hoffnung Ausdruck, dass insbesondere POK Helmer als ehemaliger Kollege aus der Kreispolitik alles daransetzen würde, dass diese Tat gesühnt würde.

Leo rollte mit den Augen und legte die Zeitung zur Seite.

40.

Polizeioberkommissar Thomas Helmer, eben frisch in die Sonderkommission aufgenommen, war also die deprimierende Aufgabe zugefallen, den Angehörigen gerade soviel lästige Fragen zu stellen wie notwendig, gleichzeitig aber auch soviel Trost und Zuversicht zu geben wie möglich.

Nachdem er sich die Grunddaten von den Kollegen geholt hatte, die am Morgen am Fundort der Leiche mit den ersten Ermittlungen betraut waren, fuhr er – zunächst auf demselben Wege wie Leo Trinkaus – die Frankfurter Straße in südöstlicher Richtung aus Wetzlar hinaus in die Nachbargemeinde Hüttenberg, und zwar in den Wetzlar nächstgelegenen Ortsteil Rechtenbach.

In Gedanken versunken versäumte es Helmer, am Ortseingang von Rechtenbach die Frankfurter Straße an der abknickenden Vorfahrt zu verlassen und den Abhang hinunter in die Straße »Am Lindenberg« zu fahren. Er hatte kein Schild mit dem Straßennamen gesehen. Also nahm er die nächste Möglichkeit wahr und bog rechts in die enge Weidenstraße, im Volksmund nur die »Schlabbergass« genannt, ein. Er sah zwar das Verkehrsschild »Verbot für Fahrzeuge aller Art« (Zeichen 250 nach § 41 StVO – hier kam wieder der gelernte Schutzpolizist bei ihm durch!) mit dem Zusatzschild »Anlieger frei«, aber wenn er kein Anliegen hätte, wer dann?

Am Ende der Schlabbergass blickte er auf das Schild »Metzgerei Heiße Theke«, da konnte er nicht widerstehen. Eine kleine Stärkung in Form eines Brötchen mit heißem Fleischkäse und einer Limo konnte nun wirklich nicht schaden.

Sodann ging es rechts an der Metzgerei vorbei gleich wieder links in die Weidenhäuser Straße. Eines der älteren zweieinhalbgeschossigen Häuser mit Walmdach auf der linken Seite war sein Ziel. Zu diesem Zeitpunkt wusste er schon, dass der BvD den Sohn des Toten bereits aufgesucht und informiert hatte. Dirks Vorsichtsmaßnahme an der Fundstelle, zunächst über die Identität des Toten nichts verlauten zu lassen, war also bereits innerhalb der Polizei ins Leere gelaufen.

Karl-Heinz, der einzige Sohn des Verstorbenen, öffnete ihm. Ein Enddreißiger von eher schlichtem Gemüt schaute ihn aus verweinten Augen an. Sie gingen in die Wohnküche. Auf dem Tisch lag die Zeitung, obenauf die Sonderseite. Sie war so gefaltet, dass ein Foto mit Prock senior zu sehen war, wie er gerade Frau Wühler sein Beileid aussprach.

Über den Vater brauchte Helmer eigentlich nicht mehr viele Informationen, da kamen ihm seine acht Jahre als Kreistagsabgeordneter zugute. Es ging ihm um eine »familiäre Abrundung des Gesamtbildes«, wie er es nannte. Er würde allerdings nichts Wesentliches zur Aufklärung von seinem Ausflug nach Rechtenbach mitbringen können:

Albert Prock, das Partei-Urgestein, war seit drei Jahren Witwer, nachdem seine Frau an einer »Frauengeschichte« – so die Worte des Sohnes Karl-Heinz – verstorben war. Leo Trinkaus' Auftrag zu einem Gespräch mit der Prock-Witwe konnte Helmer also nicht mehr ausführen. Zum Zeitpunkt des Todes seiner Frau war Prock bereits ein Jahr »zu Hause« gewesen, also nicht mehr berufstätig.

Auch im Hinblick auf Prock und insbesondere auf seinen Broterwerb hatte sich wieder einmal bewahrheitet, dass Beziehungen nur dem schaden, der keine hat. Die Partei hatte ihn, von Haus aus gelernter Dreher, im Südhessischen in der Verwaltung einer Wohnungsbaugesellschaft untergebracht, vielleicht war es auch eine Genossenschaft. Nachdem politische Mehrheiten gekippt waren, wurde ihm der vorzeitige Ruhestand versüßt, was ihm noch mehr Zeit für die kommunalpolitischen Aktivitäten im Lahn-Dill-Kreis ließ.

Seinen Sohn hatte er wiederum in der Verwaltung einer Nachbargemeinde mit »richtiger« Mehrheit untergebracht. Der Sohn erzählte das, als wäre es das Selbstverständlichste von der Welt. Karl-Heinz pflegte dort jetzt mit Akribie die Grünflächen. Mit seinem Lohn ernährte er sich, seine Frau und seine zwei Kinder und bewohnte mit diesen die Obergeschosswohnung im elterlichen Haus.

Eine Menge Menschen hatten Albert Prock viel zu verdanken, denn er kannte die richtigen Leute, um Wohltaten zu verteilen oder verteilen zulassen. Andere wiederum hatten nichts zu lachen. Letzteres galt insbesondere für alle, die an seinem Stuhl sägten oder dies beabsichtigten. Wenn wir diese Liste abarbeiten müssten, dachte Thomas Helmer, na dann gute Nacht.

Aus dem privaten Umfeld ergaben sich keine Anhaltspunkte.

41.

Dirk Roß hatte derweil die »Linde« in Blasbach angesteuert, stand dort aber vor verschlossenen Türen, kein Wunder um diese Tageszeit. Also schaute er sich in der Nachbarschaft um, die übliche »Klingeltour« an den Häusern rund um die echte Linde neben der »Linde«.

Er fand auch tatsächlich den alten Nachbarn der »Linde«, der ihm zumindest bestätigen konnte, dass Albert Prock nicht allein weggefahren war. Ein mittelgroßgewachsener schlanker Mann mit Hut und Regenmantel hatte Prock beim Einsteigen auf den Beifahrersitz geholfen und dann selbst den Wagen von dannen gesteuert. Wegen der Dunkelheit, des Regens, des Hutes und des aufgespannten Regenschirms hatte der alte Herr aber kein Gesicht erkennen können.

Bei allen anderen Nachbarn zog Dirk eine Niete. Selbst wenn eventuell ein Fremder gesehen worden war, so half ihm das auch nicht weiter. Die Leute wussten ja von der Beerdigung des hohen Blasbacher Mitbürgers. Wer als Blasbacher nicht selbst dort war, rechnete zumindest an diesem Tag mit »Fremden« im Dorf, da achtete man einfach nicht auf Einzelheiten bei dem Kommen und Gehen.

Wenn der hilfsbereite Fahrer des Prock auch Parteigänger war, ging es Roß durch den Kopf, würde er beim Leichenschmaus ohnehin nicht als »Fremder« aufgefallen sein.

Er blickte auf seine Armbanduhr und musste feststellen, dass er noch eine Stunde warten musste, bis die »Linde« geöffnet wurde. Was sollte er mit dieser Zeit anfangen? Am liebsten würde er sich ins Auto legen und eine Mütze voll Schlaf nehmen, die »kurze Nacht« hing ihm in den Knochen. Ginge er diesem Bedürfnis nach, konnte er allerdings keine Garantie übernehmen, wann er wieder aufwachen würde. Also wurde diese Alternative gestrichen.

Die Zweitfrühstückszeit – wobei er heute noch nicht einmal Zeit für ein Erstfrühstück gehabt hatte – war außerdem schon längst überschritten. Kein Wunder also, dass Dirk Roß Mangelerscheinungen auch in dieser Hinsicht verspürte. Sein großer Körper verlangte Nachschub – eine Tasse Kaffee oder besser eine Kanne wäre jetzt auch nicht verkehrt, um die Müdigkeit zu vertreiben.

Also hieß es, den Ort abklappern, aber er war eben in Blasbach, Dienstagmorgen gegen elf. Das würde wohl ein Problem werden, dachte er.

Doch weit gefehlt: Als Dirk von der Bank unter der Linde aus in Richtung Verwaltungsstelle schaute, erblickte er genau gegenüber eine Metzgerei, aber mit Kaffee würde es da wohl nichts werden. Also setzte er sich in den Vectra, fuhr eine Ehrenrunde durch Blasbach – und hatte Glück. In der Hauptstraße gab es die Landbäckerei Schmitz mit einem Stehcafé. So kam Dirk zu zwei belegten Brötchen und drei Pott Kaffee, was seinen Allgemeinzustand nach der langen Nacht vorübergehend besserte.

Viertel nach zwölf fuhr Dirk Roß wieder die »Linde« an, um mit den Wirtsleuten sprechen. Aber es war immer noch geschlossen; erst jetzt schaute er sich das Schild mit den Öffnungszeiten in dem Schaukasten links vom Eingang genau an. So ein Mist! »Mo, Mi, Do und Fr ab 12 Uhr« stand da, also konnte er an einem Dienstag lange warten.

Er fluchte vor sich hin und ging zu seinem Wagen zurück. Als er gerade die Fahrertür, die nun wirklich nicht für diesen »falschen« Wochentag verantwortlich war, heftig zuschlagen wollte, kam ein Mann um die Ecke und steuerte auf die Eingangstür zu.

Dirk hatte nun doch noch Glück, es war tatsächlich der Wirt. Nachdem Dirk seinen Ausweis vorgezeigt hatte, lief die Befragung kurz und bündig. Der Wirt wusste nichts Außergewöhnliches zu berichten. Die Tatsache, dass Albert Prock als letzter der Auswärtigen gegangen war, konnte man ja nun wahrlich nicht als etwas Außergewöhnliches bezeichnen. Er konnte sich aber daran erinnern, Prock habe garantiert allein das Lokal verlassen.

»Die letzten zwei Stunden hat Prock bei mir hier an der Theke gestanden und ordentlich getankt. Er ist halt als sehr durstig bekannt.«

Ja, ja, dachte sich Dirk, bei uns zu Hause hieß die Ausrede »S'äß je nidd wäjen dän Suffen, 's äß je nuhr wäjen dän Graddsen in Halse!«

In Dirks heimatliche Gedanken hinein fuhr der Wirt fort: »Während andere sich immer noch den Kopf darüber heiß redeten, wer denn wohl den Wühler umgebracht hat, schwätzte Prock davon, wie man die Situation für die Partei nutzen müsste«, erklärte der Wirt. »Er faselte von einem Ruck, der jetzt durch die Partei gehen soll, um die nächsten Aufgaben zu bewältigen.« Selbst der Wirt musste den Kopf schütteln, als er dies von sich gab.

Dirk verabschiedete sich und fuhr unbefriedigt zur Polizeistation zurück.

42.

Nachdem die Mitglieder der »Sonderkommission Wühler« zur Bewältigung ihrer unterschiedlichen Aufgaben ausgeflogen waren, setzte sich der Erste Kriminalhauptkommissar Assmann an das Telefon, um Staatsanwalt Hubsi Zimmermann ausführlich über den aktuellen Stand zu informieren. Wie nicht anders zu erwarten, ließ dieser ihm und der Soko freie Hand und war mit den nächsten Schritten einverstanden.

Kaum war dieses Gespräch beendet, stand Leo Trinkaus schon wieder im Zimmer seines Chefs. »Jobst, ich habe noch etwas vergessen. Du kannst mir sicher helfen.«

»Ich werde mich bemühen.«

»Der Ex-Landrat Stolze ist doch immer noch Parteivorsitzender. Weißt du, was der jetzt beruflich macht?«

»Klar, der ist jetzt Vorstandsvorsitzender der ›mihevag‹. Warte mal, das heißt«, hier legte er eine Überlegenspause ein und sprach dann langsam weiter, wobei man merkte, wie er Buchstaben für Buchstaben der Abkürzung einem Wort zuordnete, »Mittelhessische Energie- und Versorgungs-Aktiengesellschaft. Die AG ist eine hundertprozentige Tochter der umliegenden Landkreise.«

»Okay, dann ruf ich mal bei der Firma an und frag nach, ob und wann wir mit Stolze reden können; ich will mal hören, was er mir zu seinen Parteikollegen sagen kann.«

Jobst fing schon während des letzten Satzes an, im Telefonbuch zu blättern, schrieb die mihevag-Nummer auf einen Zettel und reichte diesen mit einem Kopfnicken über den Tisch. »Eine Privatnummer steht nicht im Buch, hätte mich auch gewundert.«

Leo schlurfte zu seinem Zimmer zurück. Irgendwie ließ ihm der Parteivorsitzende Stolze keine Ruhe, aber er stocherte immer noch im Dunkeln, hatte den Lichtschalter noch nicht gefunden, der ihnen zur Lösung verhelfen sollte.

Er griff zum Telefon. Stolze war nicht in der mihevag, er hatte sich krank gemeldet. Nachdem er schon mit der Grippe laborierte, hatte ihm die nasse Beerdigung in Blasbach wohl den Rest gegeben. Jetzt wollte er sich in Ruhe auskurieren und bis zum Beginn der neuen Woche zu Hause in Leun bleiben. Am nächsten Montag sei aber am Nachmittag sowohl Aufsichtsratssitzung als auch Gesellschafterversammlung, so dass erst dann mit Herrn Stolze wieder im Büro zu rechnen sei, lautete die freundliche telefonische Zusatzauskunft aus dem Vorzimmer des Vorstandsvorsitzenden. Immerhin gab ihm Stolzes Sekretärin die Privatnummer ihres Chefs, nachdem sie »Polizei« vernommen hatte.

Leo meldete sich für denselben Nachmittag um halb drei bei Stolze zu Hause zu einem »Krankenbesuch« an.

Die Vorzimmerdame musste übrigens diese Auskunft über Herrn Stolze an diesem Tage noch häufig geben, war doch der mihevag-Chef ein gefragter Mann. Die Tatsache, dass auch ein Anruf aus Limburg darunter war, wurde nicht registriert. Warum auch?

43.

Die Mitglieder der Sonderkommission trafen um kurz vor ein Uhr wieder in Assmanns Zimmer zusammen, als das Telefon klingelte. Der Polizeipräsident aus Gießen wünschte Assmann zu sprechen. Die Buschtrommeln hatten anscheinend wieder einmal hervorragend funktioniert. Außerdem musste es ganz wichtig sein, wenn der Präsident zur Mittagszeit anrief.

»Guten Tag, Assmann. Schöne Scheiße, erst Wühler, dann Prock! Der Staatssekretär hat mich angerufen und will ab sofort laufend Bericht – und natürlich schnelle Erfolge!«

Assmann berichtete seinen Kollegen von dem Telefongespräch und schloss mit den Worten: »Wiesbaden macht Druck, es geht um die Partei, Leute!« Grinsend fügte er hinzu: »Morgen früh will ich den Täter auf dem Tablett, dann komme ich noch in den höheren Dienst!«

Hanne, Dirk und Thomas sollten von ihren Ausflügen berichten, damit sie schon einmal die inzwischen bekannten Fakten sammeln konnten.

Das Mittagessen war wohl oder übel ausgefallen, aber dafür hatte auch B.A. ihre Mittagspause gestrichen, zwei Kannen Kaffee gekocht und aus einer Metzgerei am Schillerplatz Schnitzel- und Mettbrötchen besorgt. Keiner wollte jetzt irgendwelche Diskussionen über BSE oder MKS hören, Jobst hatte ihr einen Geldschein zugesteckt, da wusste die Kollegin schon, was zu tun war. Nachdem Dirk auch noch laut die Plätzchendose, bei den Kollegen nur BST (= Birgits Seelen-Tröster) genannt, angemahnt hatte, konnte die Besprechung beginnen.

Leo hatte seine Tafel herübergeschleppt und stand mit gezücktem Stift davor.

Hanne machte den Anfang auf der Grundlage der Erkenntnisse des KTA und des Zwischenberichts der Gerichtsmedizin. Prock war zwischen 20.00 Uhr und 20.45 Uhr verstorben, seine Blutalkoholkonzentration betrug rückgerechnet auf den Zeitraum, zu dem der Tod eingetreten war, ungefähr 2,5 Promille.

Die in der Nähe des Prockschen Fahrzeuges gefundene Zigarettenkippe wurde mit der bei Wühler gefundenen verglichen. Es war nicht nur dieselbe Marke, beide Zigaretten waren auch von derselben Person geraucht worden.

Weitere Spuren an der Fundstelle, wie zum Beispiel Reifen- oder Fußspuren, waren wegen der Regenfälle nicht oder nicht mehr auszumachen. Die Anhäufung von Steinen am Rande des Bachlaufes neben der Brücke konnte zufällig sein. Sie konnten jedoch bewusst dort hingelegt worden sein, allerdings auch von spielenden Kindern.

Das Opfer war rechtsseitig mit dem Hinterkopf auf einen der Steine aufgeschlagen und hatte dadurch das Bewusstsein verloren. Ein Sturz rücklings durch das morsche Geländer war unwahrscheinlich, aber wegen des genossenen Alkohols auch nicht auszuschließen. Seine offene Hose und die an der Vorderseite seiner Hose in Höhe des linken Oberschenkel gefundene Holzpartikel vom Geländer ließen den Schluss zu, er sei beim Versuch des Pinkelns ausgerutscht, durch das Geländer gebrochen, sei dann wild mit den Armen rudernd in Rückenlage gekommen und hinabgestürzt. Anschließend musste Prock durch die Wucht des Aufpralls und der Hanglage nach rechts gesackt sein, wobei er mit dem Gesicht im Bachlauf zu liegen kam. Dort war er ertrunken.

»Der Doc hält diesen Ablauf auf jeden Fall für möglich, sogar für wahrscheinlich und sieht im Moment keine Anhaltspunkte für Fremdeinwirkung. Soweit zur Unfalltheorie.«

Hier legte Hanne eine Kunstpause ein. »Im Fahrzeug Prock waren sowohl Fahrer- als auch Beifahrersitz noch feucht, was darauf schließen lässt, dass Prock nicht allein gefahren ist. Auch in beiden Fußmatten war noch eine Restfeuchte vorhanden. Jedoch ist derzeit noch nicht auszuschließen, dass Prock eventuell schon auf der Fahrt zum Friedhof oder auf einer möglichen Fahrt nach der Beerdigung Wühlers vom Friedhof zur »Linde« einen Mitfahrer gehabt hatte.«

Nun mischte sich Dirk Roß ein, der vermelden konnte, nach seinen Ermittlungen sei Prock zumindest nach dem Leichenschmaus von Blasbach abends mit seinem eigenen Wagen von einer unbekannten, wahrscheinlich männlichen Person mit Hut und Regenmantel chauffiert worden. Prock hätte auf dem Beifahrersitz Platz genommen.

Dirk und Thomas vervollständigten ihre Berichte, ehe Leo zusammenfasste: »Wir suchen also den großen Unbekannten mit Hut und Mantel! Hanne, sag Udo Kempf, er soll den Fahrzeuginnenraum noch mal gründlich nach fremden Fingerabdrücken, Haaren und Sonstigem absuchen, soweit dies noch nicht geschehen ist. Das dauert dann eh noch.«

Hanne schaute überrascht auf. »Udo macht das doch sowieso, der ist doch nicht blöd!« Als sie merkte, dass Leo tief Luft holte um loszulegen, ergänzte sie mit einer beschwichtigenden Handbewegung: »Ich sag es ihm aber noch mal.«

Leo ging an seine Tafel, malte jeweils zu den großen Buchstaben W und P eine Zigarettenkippe mit einem Fragezeichen. »Mit den Kippen stimmt etwas nicht, das passt nicht ins Bild. Warten wir es ab.« Dann schrieb er noch bei P hinzu: Wer fuhr wann mit ihm?

Anschließend berichtete er, es sei ihm noch nichts Besseres

eingefallen als mit Stolze zu sprechen, um sich ein Bild von diesem Menschen zu machen und vielleicht zwischen den Zeilen etwas über die Verstorbenen zu erfahren. Stolze wisse vielleicht noch nicht einmal etwas von dem zweiten Todesfall aus seiner Partei.

»Ich fahre also jetzt mit Dirk zum Krankenbesuch nach«, er schaute auf seinen Notizzettel, »Leun in den Hermann-Löns-Weg. Auf geht's, Dirk!«

»Moment«, antwortete dieser, »hier sind noch zwei Brötchen – und ich hab' den Kaffee noch nicht ausgetrunken.«

»Ach«, Jobst blickte noch einmal in die Runde, »bekommst du eigentlich Zeilenhonorar bei der Zeitung, Thomas?«

Der Angesprochene lief rot an und blaffte: »Lass doch den Scheiß! Was kann ich denn dazu?«

Jeder der anderen verließ mit einem breiten Grinsen den Raum.

44.

Den Anfang der Fahrtstrecke bis zur Auffahrt auf die B 49 in Dalheim kannte Leo nun schon vom letzten Freitagabend. An der Rechtskurve, in der die Altenberger Straße in den Trauar überging, schubste er seinen Fahrer kurz an und nickte wiedererkennend nach links zur »Toscana«.

»Halt doch bitte da bei dem ›neukauf‹ noch mal kurz an, Dirk.«

Beim Anblick des Lebensmittelmarktes war Leo nämlich etwas eingefallen. Er stieg aus dem Wagen aus, betrat den Laden und suchte nach dem Hinweisschild für Tiernahrung. Was war die Auswahl an Leckerlis so groß! Er entschied sich für eine Packung Hundebisquits und ließ sich auch noch eine Plastiktüte geben. Leicht verschämt murmelte er beim Einsteigen: »Dann brauche ich nachher nicht noch mal extra in einen Laden.«

Nachdem die beiden auf die B 49 aufgefahren waren, brauchte sich Leo nicht mehr auf die Fahrtstrecke zu konzentrieren, Auf diesem Wege war er ja schließlich zu Dirk nach Tiefenbach gefahren. Stattdessen beschäftigte ihn einerseits ein Zigarettenraucher, der gerade bei einem Toten eine Kippe hinterlassen hatte. Andererseits hatte Hannes Schilderung zum Zustand von Procks Wagen bei ihm ein »Da-war-doch-was-Gefühl« ausgelöst. Er konnte die tatsächliche Verknüpfung aber – jedenfalls im Moment – nicht greifen.

In Höhe Oberbiel zeigte er auf den Mittelteiler der Fahrbahn und meinte: »Das ist ganz vernünftig gelöst hier. Hält die Autofahrer vom unnötigen Rasen ab!«

Dirk erläuterte ihm die Situation dieser Straße, die erst seit dem Untergang der ehemaligen DDR zu einer viel befahrenen Ost-West-Achse geworden war, so dass jetzt heftig der vierspurige Ausbau gefordert wurde. Viele tödliche Unfälle hatte es gegeben, insbesondere Frontalzusammenstöße. Als Zwischenlösung hatte man den Verkehr in weiten Teilen dreispurig geführt, abwechselnd immer zwei Spuren für eine Richtung mit entsprechender großzügiger Beschilderung. In den engeren Bereichen, in denen pro Richtung nur eine Fahrspur zur Verfügung stand, waren die Mittelteiler aufgestellt worden. Er schloss mit den Worten, seitdem habe es seines Wissens keinen Frontalzusammenstoß mehr gegeben. Es sei aber auch eine gefährliche Straße.

»Nee nee, mein Lieber«, musste ihm Leo widersprechen, »es gibt keine gefährlichen Straßen, es gibt nur gefährliche Verkehrsteilnehmer! Wenn sich alle an die Verkehrsregeln halten, dürfte es auch keine Unfälle geben.«

Mit Tempo 90 fuhren sie in einer Schlange hinter mehreren Lkws an Niederbiel vorbei. Auch in den zweispurigen Bereichen lohnte sich ein Überholen nicht, da alle Lkws locker dieses Tempo halten konnten. Aber dieser Meinung waren wohl nur die wenigsten Pkw-Fahrer; die Schilder, die auf die Geschwindigkeitsbeschränkung auf 100 km/h hinwiesen, wurden offensichtlich lediglich als unverbindliche Empfehlung angesehen. Trotz der regelmäßigen Vorankündigung bei 400 und 200 Metern auf die Verengung der Fahrbahn auf eine Spur drängelten sich die Fahrer noch auf den schraffierten Feldern oder sogar hinter der durchgezogenen Linie an einem Fahrzeug vorbei, nur um sich dann in derselben Schlange ein oder zwei Wagen weiter vorn einzuordnen. Die beiden Kriminalisten konnten nur mit dem Kopf schütteln.

Sie verließen die B 49 an der Abfahrt Leun und fuhren in den Ort hinein. An der Eisdiele stießen sie auf die Hauptstraße des Ortes, die Wetzlarer Straße. Dirk musste kurz anhalten und bog nach rechts ein.

»Weißt du, wo wir hinmüssen, oder müssen wir fragen?« Leo dachte mit leichter Scham an seine Odyssee durch Tiefenbach.

Dirk schüttelte den Kopf. »Ich habe vorher noch mal nachgeschaut. Wofür haben wir denn die Stadtpläne!«

In Höhe einer Fahrschule bogen sie in den Hellweg ein. Nun ging es bergauf, fast auf der Höhe dann links in den Hermann-Löns-Weg. Und dann hielten sie auch schon vor dem bescheidenen Anwesen des Wilhelm Stolze, Ex-Landrat des Lahn-Dill-Kreises und jetzt Vorstandsvorsitzender der mihevag.

45.

»Der Bau hat aber 'ne Stange Geld gekostet«, brummte Dirk Roß, während sich die beiden über den breiten Steinweg der Haustür näherten. Zu beiden Seiten des Weges befanden sich symmetrisch angelegte Felder aus groben weißen Kieselsteinen. Ebenfalls symmetrisch angeordnet standen im Vorgarten vier Engelsfiguren auf halbhohen Sockeln. Von einem Garten oder Vorgarten durfte man eigentlich nicht sprechen, denn es fehlte jeglicher Hauch von Natur: kein Halm, keine Pflanze, keine Blume – eben das, was ein bestimmter Personentyp als »modern« bezeichnen würde.

Durch das geriffelte Glas der Eingangstür war schon die Silhouette des Hausherrn zu sehen, die Kriminalbeamten wurden erwartet.

»Polizei?« fragte Stolze, um auf Leos Nicken sofort fortzufahren. »Kommen Sie herein und entschuldigen Sie meinen Aufzug. Mir geht es wirklich nicht gut.«

Stolze trug einen dunkelgrauen seidenen Hausmantel und um den Hals einen weißen Seidenschal, seine Nase war stark gerötet und seine Stimme sehr belegt. Ein Hauch seines Eau de Toilette schwebte zu den Beamten herüber, er hatte heute JHP aufgelegt – das japanische Heilpflanzenöl. Stolze blickte auf seine Armbanduhr und sagte in einem Ton, der keine Antwort erwartete: »Sie sind etwas unpünktlich!«

Die Terrakotta-geflieste großzügige Eingangshalle war bis zum Giebel offen gestaltet, äußerst spärlich möbliert und indirekt beleuchtet. Im sich rechts daran anschließenden Wohnraum deutete Stolze fahrig auf die achtsitzige Garnitur, ließ sich selbst in einen Sessel fallen und schlug sich die dort liegende Kamelhaardecke über die Beine.

Konsequent zum Vorgarten waren sowohl in der Eingangshalle als auch im Wohnzimmer keine Pflanze oder Blume zu sehen.

Auf dem Glastisch lagen nur zwei Päckchen Papiertaschentücher und die jüngste Ausgabe der Zeitung. Der Raum hatte gut und gerne seine 60 bis 70 m^2.

Unbeabsichtigt fing Leo Trinkaus mit den Worten »Entschuldigen Sie« recht laut zu sprechen an. Er merkte dann aber sofort, dass die Akustik auch in einem so großen Raum ausgezeichnet sein konnte, und dämpfte seine Stimme: »Entschuldigen Sie, dass wir Sie quasi an Ihrem Krankenlager aufsuchen.«

Das Wort »Krankenlager« sollte die Situation auflockern, aber Stolze verzog keine Miene.

»Wir ermitteln im Todesfall Wühler und hoffen auf Ihre Hilfe, um die Person Gerhard Wühler, seine Lebensumstände und dadurch vielleicht ein mögliches Tötungsmotiv aufzuhellen.«

Er stellte sich und Dirk vor. Beim Entenmarsch durch die Empfangshalle ins Wohnzimmer war er ja noch nicht dazu gekommen.

Stolze schlug unter seiner Decke die Beine übereinander und fing an, mit der Fußspitze zu wippen. »Gerhard Wühler«, begann er, »hat mich etliche Jahre meines beruflichen und politischen Lebens begleitet. Wir sind ...«

Er stockte, überlegte und war wohl mit der begonnenen Wortwahl nicht einverstanden, während Leo noch zu ergründen versuchte, warum Stolze einen Unterschied zwischen seinem beruflichen und seinem politischen Leben machte, obwohl das doch allem Anschein nach deckungsgleich verlaufen war. Oder glaubte dieser Mensch allen Ernstes, seine jetzige Position als Vorstandsvorsitzender sei nicht eine politische?

Stolze begann seinen Satz von Neuem. »Da haben sich sicher ein Stück weit auch freundschaftliche Aspekte entwickelt. Er war immer ein verlässlicher Partner, hochgeachtet bei Kollegen, Mitarbeitern und Parteifreunden. Eine stattliche Anzahl von Menschen hat ihm viel zu verdanken, er hat gerade auch in der Seniorenpolitik gesellschaftlich relevante Projekte ins Werk gesetzt.«

Leo verspürte einen Anflug von Übelkeit. Mussten denn Politiker einer bestimmten Größenordnung immer in Worthülsen sprechen? Er vermutete, dass so einer mit seiner Frau und seinen Kindern auch in gleicher Weise sprach, ungefähr so: Guten Tag, mein Sohn. Ich bin hoch erfreut, dir mitteilen zu können, dass deine Mutter und ich sehr stolz auf deine »Zwei« in Mathematik sind. Wir sind der festen Überzeugung, dass dies nur der Auftakt für weitere hervorragende Leistungen deinerseits im schulischen Bereich ist.

Leo konnte gerade noch ein Kopfschütteln unterbinden, als er merkte, dass Stolze seine Rede beendet hatte und auf die nächste Frage wartete, während er aus der vor ihm liegenden Packung ein Papiertaschentuch nestelte. Dirk hatte währenddessen schon längst sein »Bla-Bla-Gesicht« aufgesetzt und betrachtete den abstrakten Kunstdruck über dem Großbildfernsehgerät. Er schwankte noch, ob es einen Delphin auf einem Hochrad oder einen Gaszähler mit Anschlussrohr darstellen sollte.

Nachdem sich Stolze die Nase geputzt und dafür entschuldigt hatte, ließ Leo die Pause absichtlich etwas länger ausfallen. Er wollte eigentlich nichts fragen, sondern Stolze aus der Reserve locken, soweit dies möglich war.

Zwar fing Stolze wieder an zu sprechen, aber lediglich mit einer Bitte: »Ich wäre Ihnen dankbar, wenn Sie mir entsprechende Fragen stellen würden. Ich weiß leider nicht, welches Erkenntnisinteresse bei Ihnen Platz greift.«

»Nun, sagen wir es so.« Leo überlegte kurz, ob er genauso gestelzt reagieren sollte. »Ist Ihnen aus dem politischen Bereich ein

Ereignis oder eine Entwicklung bekannt, die den Tod Herrn Wühlers mittelbar oder unmittelbar herbeigeführt haben könnte?«

Dirk schaute seinen Soko-Leiter ob dieser Ausdrucksweise fassungslos an.

»Ich bin Ihnen dankbar für diese Frag–«, kam es von Stolze wie aus der Pistole geschossen. Er brach aber sofort ab und hing stattdessen ein »Entschuldigung« an. Immerhin hatte er selbst gemerkt, dass er sich ganz in der Manier eines Politikerinterviews zum zweiten Mal hintereinander »bedanken« wollte. Ob er sich allerdings auch bewusst war, den dritten Satz hintereinander mit »Ich« begonnen zu haben, blieb unklar.

»Nein, nein, Herr Trinkaus! Unter Parteifreunden wird doch kein Mord verübt!« Er legte eine kurze Gedankenpause ein, um dann fortzufahren. »Und für die Gegenseite würde ich das auch ausschließen wollen, denn ich gehe davon aus, dass Herr Kollege Wühler als lediglich ehrenamtlich Tätiger nicht diese Bedeutung hatte.«

Ein Konjunktiv gepaart mit einem »Ich gehe davon aus« war wohl im Augenblick die höchste Form der Aussageklarheit eines Menschen, der sich diese Art über Jahrzehnte angeeignet hatte.

Bisher hatten sie nur über den Parteifreund Wühler gesprochen ohne voranzukommen. Wusste der Kreisvorsitzende aber mehr oder hatte er schon zwei und zwei zusammengezählt?

Und richtig – mit einem leichten Zittern in der Stimme und seiner rechten Faust, in der er immer noch das benutzte Taschentuch zusammenpresste, nahm Stolze einen anderen Faden auf: »Und dann noch das mit Albert Prock!« Die Parteibuschtrommeln hatten also funktioniert und die Neuigkeit nach Leun gemeldet.

»Ach, Sie haben schon von dem Unfall gehört? Wirklich tragisch, Herr Stolze.«

Der Hausherr antwortete spontan mit einer Gegenfrage: »Sind Sie sich sicher, dass es ein Unfall war?«

Leo meinte, zum ersten Mal einen Anflug von Angst in Stolzes Gesicht wahrzunehmen. Auch Trinkaus blieb beim Prinzip der Gegenfrage. »Haben Sie Anlass, daran zu zweifeln?«

»Ich hätte aber gerne Sicherheit!«

Stolze stand abrupt auf, ging zum Fernsehschränkchen und zog nacheinander drei Schubladen auf. Dann kam er mit einem Päckchen Zigaretten und einem Feuerzeug zurück. Auf halben Wege machte er noch einmal kehrt, um auch noch nach einem Aschenbecher zu suchen.

»Bei meiner Grippe sollte ich eigentlich nicht, aber ...«, versuchte Stolze zu erklären, während er den beiden Kriminalbeamten das Zigarettenpäckchen hinhielt.

Leo schüttelte automatisch den Kopf und sah erst dann in der geöffneten Zigarettenpackung fein säuberlich nebeneinander die goldenen Filter. Inzwischen hatte Stolze auch Dirk die Packung hingehalten. Die Blicke der beiden Kriminalbeamten trafen sich, auch Dirk hatte gerade die Zigarettenmarke bemerkt. Auch er wehrte das Angebot mit einem dahingenuschelten »Nichtraucher« ab.

Leo Trinkaus ließ seinem Gegenüber noch die Zeit für einen tiefen Lungenzug und ein anschließendes unterdrücktes Husten. »Was wäre denn, Herr Stolze, wenn Herr Prock nicht einem Unfall zum Opfer gefallen wäre?«

»Es wäre eine Katastrophe«, war die spontane Antwort, auf die aber wieder eine Pause folgte, in der Stolze an seiner Zigarette zog und den Blick in den Raum hineinschweifen ließ.

»Für wen? Für Herrn Prock etwa?«

»Hmm? Nein, nein, nicht für den Toten, sondern für unsere Partei. Wühler und Prock sind eben hervorragende Persönlichkeiten der Partei im wahrsten Sinne des Wortes gewesen, da könnten die Leute draußen im Lande auf dumme Gedanken kommen – und die Partei ist letztlich die Leidtragende.«

Während Dirk Roß sich noch mit dem Bild der Menschen »draußen im Lande« beschäftigte und sich eine Menschenmenge vorstellte, die jenseits einer großen Mauer – eben draußen – vor sich hinwerkelte, wovon die »drinnen« nichts mitbekamen, beschränkte sich Leo auf die knappe Frage: »Können Sie mir das erklären?«

Stolze schaute überrascht auf und beendete seine Bemühungen, die halbgerauchte Zigarette im Aschenbecher gründlich auszudrücken und mit dem Stummel die Asche von rechts nach links zu verteilen. »Aber das ist doch klar – ich sage das jetzt einmal ganz ungeschützt.« Hier legte er eine Pause ein, um sich die zweite Zigarette anzustecken. »Da gibt es immer welche, die wollen, dass an der Partei etwas hängen bleibt. Wenn zwei Funktionäre getötet worden sind, dann hatten sie im Zweifel etwas auf dem Kerbholz. Also bleibt auch etwas an der Partei hängen. Sie wissen doch selbst, wie so was läuft! Ich hoffe wirklich von ganzem Herzen, dass es bei Prock nur ein Unfall war.«

»Wer, Herr Stolze, könnte denn Ihrer Meinung nach ein Interesse oder ein Motiv haben, Ihre beiden Parteikollegen umzubringen?«

»Ich bin einfach nicht in der Lage, mir das vorzustellen.«

Das Gespräch schleppte sich dahin, im Moment drehten sie sich im Kreise. Stolze war zumindest jetzt noch nicht zu knacken. Trinkaus hatte nur an der Schale kratzen können. In dem Gefühl, ihr Gegenüber wolle derzeit noch mauern, konnten die beiden Kriminalbeamten auch wieder aufbrechen, aber Leo wollte doch noch unbemerkt an eine Kippe aus dem Aschenbecher kommen.

Da erhob sich Dirk, ging interessiert zu dem Kunstdruck an der Wand und sagte: »Kommen Sie mal bitte, Herr Stolze. Die Signatur hier unten erinnert mich stark an Paolo Tagliatelle. Aber das ist doch nicht von ihm, oder?«

Obwohl er zur Beantwortung dieser blödsinnigen Frage nicht hätte aufstehen müssen, zeigten die Eingangsworte »Kommen Sie mal bitte, Herr Stolze« ihre Wirkung. Stolze stand tatsächlich auf und ging zum Kunstwerk.

Während er noch mit einem »Ich verstehe nicht ganz« seiner Verwunderung Ausdruck gab, holte Leo schnell sein Taschentuch hervor, schnappte sich damit eine Kippe aus dem Aschenbecher und ließ sie in seiner Jackentasche verschwinden. Dann hüstelte er kurz und sagte: »Dirk, können wir dann?«

Eilfertig hatte sich Dirk bei Herrn Stolze entschuldigt. Paolo würde ja völlig ohne Aufstrich signieren, auch der Endschwung sei ganz anders. Dies hätte er eigentlich gleich sehen müssen, also kein Tagliatelle.

Der Hausherr konnte nur antworten: »Ich weiß gar nicht, von wem dieses Kunstwerk ist.«

Leo erhob sich mit einem entsprechenden Blick zu Dirk und fragte, ob sie Herrn Stolze in dieser Woche jederzeit zu Hause erreichen könnten.

Dieser nickte. »Mir geht es so schlecht, ich werde mich wohl gleich wieder hinlegen und zunächst das Haus nicht verlassen.«

46.

Als die beiden Kriminalbeamten den breiten Steinweg zur Straße zurückgingen, wirkte Dirk richtig geknickt. »Muss ich hier noch mal mit hin? Hier bekommt man ja weder etwas zu essen noch zu trinken angeboten. Es ist alles so kalt – und der Typ stinkt mir!«

Leo grinste und antwortete: »Ach, mein armer Kleiner!«

Sie wollten gerade in ihren Wagen einsteigen, um Leun wieder zu verlassen, als Leos Handy klingelte. Deshalb blieb auch Dirks Nachfrage, ob Leo und er etwa auch zu denen »draußen im Lande« gehörten, unbeantwortet.

Assmann musste nämlich eine Neuigkeit loswerden. Hubsi Zimmermann war nicht mehr sachbearbeitender Staatsanwalt für ihren Fall. Die Partei hatte ihre Fäden gezogen, um die Sache besser steuern zu können. Hauptgrund war wohl, dass man an vorderster Stelle bereits beeinflussen wollte, welche Informationen überhaupt an die Öffentlichkeit gelangen durften. Auf einen freundlichen Anruf aus dem Innenministerium hin wurde der Leitende Oberstaatsanwalt in Limburg durch einen Mitarbeiter der Führungsetage des Justizministeriums eindringlich dahingehend beraten, doch einen Kollegen zu benennen, der auch »die politische Dimension und deren nicht beabsichtigte Auswirkungen erkennen und die weiteren Ermittlungen dahingehend steuern könne, dass diese sich auf das einzig Wesentliche, nämlich die rein strafrechtlichen Umstände beschränken würden«. So zitierte Assmann die offizielle Lesart.

Für solche Aufgaben war Staatsanwalt Heiko Koslowski geradezu prädestiniert. Ein Mann um die vierzig und Parteimitglied seit seiner Studentenzeit. Das sogenannte dritte Staatsexamen beim Generalstaatsanwalt in Frankfurt hatte er bereits hinter sich, die Beförderung zum Oberstaatsanwalt und Abteilungsleiter würde also nicht mehr lange auf sich warten lassen. Zuletzt war er für sechs Monate ins Justizministerium abgeordnet worden, ehe er in Wetzlar auf seine Warteposition kam. Er war also zu noch Höherem berufen, ein treuer Untergebener seiner Vorgesetzten mit dem sicheren Gespür für das, was ihm nützte.

Allerdings gab es für eine herausragende Karriere immer eine Unwägbarkeit: Es durfte keinen Regierungswechsel in Wiesbaden geben.

Leo bat Jobst nach einem Blick auf seine Uhr, er möge doch auch Thomas und Hanne noch zu einem kurzen Treffen in der Polizeistation festhalten, und verabschiedete sich.

»Setzt schon mal 'nen Kaffee auf!«, rief Dirk in das Handy. Sie fuhren los, während Leo Dirk über die Neuigkeit aufklärte.

»Auch gut, arbeiten wir also dem ›Aal‹ zu, dadurch lassen wir uns nicht verbiegen.« So erfuhr Leo also auch den Spitznamen Koslowskis und musste überhaupt nicht überlegen, wie der wohl zu diesem Namen gekommen war.

Anschließend telefonierte er aus dem Wagen mit Hubsi Zimmermann, um ihm zu kondolieren. Der nahm aber seine Zurücksetzung als alter Hase leicht, er kannte schließlich seine Pappenheimer und die Spielregeln. Aber er freute sich über den Anruf.

Erst jetzt, nach den Telefonaten, kam Leo dazu, Dirk kräftig auf die Schulter zu hauen. »Mensch, ich wusste ja überhaupt nicht, was du für ein Kunstkenner bist. Wie bist du denn darauf gekommen?«

»Na ja, irgendwie musste ich doch den Stolze vom Aschenbecher wegbringen, damit du zugreifen konntest. Ich hab' dann dieses komische Ding an der Wand gesehen und mich außerdem geärgert, dass er uns nichts angeboten hat. Also habe ich an Essen gedacht und einen ausländischen Namen gesucht – na ja, und Ravioli oder Lasagne war mir zu blöd.«

Sie mussten kräftig lachen.

47.

Der Rest der Sonderkommission und Jobst Assmann warteten schon in der Polizeistation mit frischem Kaffee. Jobst konnte inzwischen mitteilen, der »Aal« hätte sich bereits gemeldet und für den nächsten Tag um 14.00 Uhr eine Krisensitzung anberaumt, und zwar bei ihm.

»Wir machen also morgen eine Sonderfahrt zur Zweigstelle der Staatsanwaltschaft. Es ist auch einfacher, wenn vier Mitglieder einer Soko zu einem Staatsanwalt fahren als umgekehrt. Gebongt!«, ließ Hanne ihre Kollegen wissen.

Der »Aal« würde ihnen sicher die entscheidenden Impulse für ihre weitere Ermittlungstätigkeit geben.

Nun berichtete Leo von ihrem Besuch bei Stolze, wobei natürlich auch die anderen noch einmal kräftig lachten, als sie die Umstände der Kippenbeschaffung erfuhren. Leo gab die Kippe an Hanne weiter, damit überprüft werden konnte, ob Stolze alle drei Kippen geraucht hatte.

»Selbst wenn es so ist, hilft es uns allein auch nicht weiter. Ich glaube nicht, dass Stolze so blöd ist, Kippen liegenzulassen, wenn er Leute umbringt.«

Dirk hatte sicher recht. »Da will uns doch jemand verarschen!«, brummte er.

Nun, nachdem sie Stolze auch persönlich kennengelernt hatten, konnten sie sich nicht vorstellen, dass dieser Mann so dilettantisch vorgehen würde. Aber vielleicht sollte es ja gerade so aussehen.

Als alle Berichte ausgetauscht waren, sprach immer noch vieles für einen politischen Hintergrund, aber welchen? Wenn die dritte Kippe ausgewertet war, würde sich Leo den Ex-Landrat noch einmal vornehmen.

»Für heute reicht es! Treffen wir uns morgen früh. Ist das dann schon mit der Kippe geklärt, Hanne?«

»Ich kümmere mich sofort darum!«

»Also tschüs allerseits!«

48.

Mit zügigem Schritt und in froher Erwartung trug Leo Trinkaus seine Plastiktüte nach Hause. Dort sah er sofort, dass sein Anrufbeantworter blinkte.

Stephan hatte seinen Brief erhalten und gleich zurückgerufen. Er freue sich mächtig auf den Besuch und hinterließ seinem Papa seine neue Handynummer, damit sie einen Termin absprechen konnten. Leo wurde es richtig warm ums Herz, er war erleichtert, dass Stephan seinen Brief nach der langen Pause so gut aufgenommen und so schnell reagiert hatte. Also griff er gleich zum Telefon, aber nur, um sich kurz zu bedanken und einen späteren Anruf anzukündigen.

Nun musste er sich nämlich beeilen.

Im Nu war die Bisquitpackung aufgerissen und eine Handvoll des Inhalts in der Jackentasche verstaut. Im Hausflur hätte er fast Herrn Riemenschneider von den Beinen geholt. Am Brückenborn entschied er sich, die Runde diesmal in umgekehrter Richtung zu nehmen, so konnte er Zeit aufholen. Hoffentlich war er nicht zu spät. Auf der Höhe traf er auf einen Rentner mit seinem Dackel, aber das war nicht die Mensch-Hund-Kombination, die er zu treffen gehofft hatte. Ein Briard-Mix war weit und breit nicht zu sehen.

Nachdem er seine Runde abgeschlossen hatte, schlenderte er den Weg nochmals in umgekehrter Richtung entlang. Aber selbst eine Pause auf einer Bank brachte kein besseres Ergebnis: Er musste diesen Abendspaziergang allein bestreiten.

Leo war zwar darüber enttäuscht, aber die Freude über Stephans schnelle Antwort überwog dann letztlich doch.

Zu Hause rief Leo erneut Stephan an. Jetzt sprachen sie lange miteinander, das Eis war gebrochen. Schließlich verabredeten sie das übernächste Wochenende für Stephans Besuch.

Ob die Soko bis dahin allerdings ihre beiden Todesfälle geklärt haben würde, stand auf einem anderen Blatt.

49.

Ihre Frühbesprechung am Mittwoch begann ohne langes Vorgeplänkel. Leo war unzufrieden mit dem schleppenden Gang der Ermittlungen. Zwar hatten sie an ein paar Stellen in einen kräftigen Filz gestochen, aber trotzdem hatte sich noch kein Motiv klar genug gezeigt.

»Hanne, hast du etwas Neues vom KTA?«

»Ja, jede Menge Fasern von unterschiedlichen Jacken oder Mänteln. Zum Teil vom Opfer. Außerdem Haare vom Opfer und von anderen Personen, aber nicht von dem Raucher der Zigaretten mit Goldfilter. Die Kippe, die ihr von Stolze mitgebracht habt, ist noch nicht verglichen, das wird aber schnellstens erledigt. Außerdem war noch Dreck und Splitt vom Friedhof und vom Parkplatz im Fußraum.«

Das Telefon klingelte, Trinkaus nahm den Hörer ab. »Kempf hier, hallo Leo. Entschuldige, dass ich euch beim Kaffeetrinken störe.«

»Ha ha, wir sind hier die Denkfabrik. Was gibt's?«

»Die dritte Zigarette hat derselbe geraucht, der auch die anderen zwei gepafft hat.«

»Ich danke dir, tschüs.«

»Halt! Warte, nicht so schnell!« Leo hörte dies gerade noch, obwohl er den Hörer schon nicht mehr am Ohr hatte. »Ich kann dir außerdem vermelden, dass von den Haaren aus dem Wagen keines dem Zigarettenraucher gehört hat.«

»Danke. Da können wir zumindest eine Version ausschließen. Nochmals danke, Udo.«

Er legte auf und gab sogleich die Information an seine Kollegen weiter. Aber er fühlte sich trotzdem in seiner Skepsis bestätigt. »Das hilft uns meines Erachtens auch noch nicht entscheidend weiter. Von Stolze sind keine Spuren in Procks Wagen. Ich glaube einfach nicht, dass er es gewesen ist.«

Da pflichteten ihm alle Anwesenden bei. Dirk kam noch einmal darauf zurück, dass sie wohl gezielt auf eine falsche Spur geführt werden sollten. Stolzes Alibi müsste man allerdings trotzdem überprüfen. »Das mache ich, nachher will ich ohnehin noch mal zu ihm.« Als er Dirks flehenden Blick bemerkte, ergänzte er: »Nein, du brauchst nicht mit. Ich mach das allein.«

Nebenbei ergänzte er die neu gewonnenen Informationen auf seiner Tafel. Mehr gab es eigentlich im Moment nicht zu besprechen.

Da öffnete sich ihre Zimmertür. Ein Kollege aus ihrer Ermittlungsgruppe, Hajo Loh, steckte den Kopf herein. »Darf ich denn die Soko-Kollegen mal kurz stören und mit einer Neuigkeit erfreuen? Die hat aber nichts mit eurem Fall zu tun.«

»Komm rein, Hajo«, antwortete Dirk, »wir sind eh gerade fertig. Dann mach uns mal schlau!«

»Unser hochgeschätzter Herr Innenminister hat in Wiesbaden eine Presseerklärung abgegeben und darin uns, die Wetzlarer Staatsanwaltschaft und Richter Hansen gelobt. Ich darf zitieren: Der Hessische Innenminister, bla bla bla, hat sich erfreut darüber gezeigt, wie erfolgreich in Hessen der Kampf gegen den Terrorismus in diesem Lande geführt wird. Er bezog dabei auch seinen Dank für die schnelle und erfolgreiche Arbeit der Wetzlarer Polizei und der Wetzlarer Zweigstelle der Staatsanwaltschaft mit ein. Vorbildfunktion habe das Amtsgericht Wetzlar gezeigt, welches eine junge Bombenlegerin zu einer Jugendstrafe von zwei Jahren ohne Bewährung verurteilt habe. Der Minister hofft, dass auch andere Gerichte schonungslos gegen solche Terroristen vorgehen und sie die ganze Härte des Gesetzes spüren lassen werden. Zitat Ende.«

Das Auditorium spendete heftig Beifall, wenn auch aus unterschiedlichen Motiven.

Hanne rief lachend: »Für solche Leute müsste man eine vorläufige Erschießung einführen!«

Dies verleitete Dirk zu der Nachfrage, wen sie damit meine, etwa die Minister?

Während Leo schon während des Vortrages angewidert den Kopf geschüttelt hatte, sagte Thomas jetzt trocken: »Ich weiß gar nicht, was ihr habt. Gegen den Terrorismus muss man doch was unternehmen.«

»Ich rauche jetzt schon fünf Zigaretten am Tage mehr, nur für den Kampf gegen den Terrorismus!«

Hanne spielte dabei auf die letzte Tabaksteuererhöhung an, mit der angeblich dieser Kampf finanziert werden sollte. Demnächst müsste wohl auch Leo wieder mit dem Rauchen anfangen, um die Krankenkassenbeiträge stabil zu halten.

Nun meldete sich wieder Hajo Loh zu Wort. »Der Clou ist ja, dass diese ganze Presseerklärung auf einer Zeitungsente beruht. Ich war selbst an den Ermittlungen beteiligt und auch als Zeuge in der Hauptverhandlung vor dem Jugendschöffengericht dabei. Der Fall war nämlich so: Eine siebzehnjährige Pyromanin hatte zweimal in Wetzlar gezündelt, dabei einen ordentlichen Sachschaden angerichtet und auch Menschen gefährdet, zum Glück sind jedoch noch alle weitgehend unversehrt aus dem Haus rausgekommen. Der Hansen hat sie dann zur Begutachtung in eine Klappse eingewiesen, wegen der Schuldfähigkeit. Da ist sie dann sofort abgehauen, nach Wetzlar zurück, hat ein Päcken gebastelt und draufgeschrieben ›Achtung, Bombe! Es geht euch an den Kragen!‹ ›Bombe‹ übrigens in der Mitte mit P wie Paula und ›Kragen‹ am Anfang mit G wie Gustav. Dieses Päckchen hat sie am Wetzlarer Bahnhof in die Telefonzelle gelegt und sofort aus dieser Telefonzelle uns angerufen und von dem Päckchen erzählt. Sie hat dann dort auf uns gewartet; es gab also niemals eine Gefahr für die Bevölkerung. Trotzdem hat unsere Staatsanwaltschaft sofort der Anklage wegen gefährlicher Brandstiftung noch eine Anklage in der Bombensache hinterhergeschoben. In der Sitzung wurde dann die Bombengeschichte gleich nach § 154 eingestellt, weil eine Verurteilung in dieser Sache gegenüber der Verurteilung wegen den Brandstiftungen nicht ins Gewicht fallen würde. Da sie außerdem eine noch offenstehende Vorverurteilung hatte, wurde sie dann zu den insgesamt zwei Jahren verurteilt. Die Verhandlung war nicht öffentlich, es war also auch kein Pressefuzzi dabei. Trotzdem stand am nächsten Tag ein großer Artikel in unserer Zeitung unter einer Überschrift, die ungefähr so lautete: ›Sieg im Kampf gegen den Terrorismus. Amtsgericht verurteilt Bombenlegerin zu zwei Jahren.‹ Nur in einem Nebensatz wurde erwähnt, in das Urteil seien auch noch zwei Brandstiftungen mit einbezogen worden. Schnallt ihr es?«

»So ein Scheiß«, sagte Dirk, »der Hansen hat der Presse sicher nicht so einen Mist erzählt. Der weiß doch auch, dass das Mädchen wegen der Bombengeschichte überhaupt nicht verurteilt worden ist.«

Hanne pflichtete ihm bei. »Da hat sicher ein Reporter nur mit dem eilfertigen Staatsanwalt gesprochen, der dann« – die nächsten beiden Worte sprach sie lang gedehnt aus – »ganz objektiv den Sachverhalt geschildert und« – hier legte sie eine Kunstpause ein – »anschließend den missratenen, aber politisch durchaus erwünschten Presseartikel nach Wiesbaden geschickt hat.«

»Genau«, jetzt war Hajo Loh wieder an der Reihe, »so sehe ich das auch. Und der Wiesbadener weiß nichts Besseres, als auf law and order zu machen und zu versuchen, den Richtern zu sagen, was sie zu tun hätten.« Hajo hob die Hand zum Gruße. »So long! Man sollte mal einen Aal angeln!« Dann ging er hinaus.

Leo war zwar dankbar für diese Nachhilfestunde in juristischem Lokalkolorit, aber es drängte ihn zur Arbeit. Von Dirk ließ er sich die Vectraschlüssel über den Tisch zuwerfen, trank seinen Kaffee aus und verließ mit einem »So, dann forscht mal schön; ich fahre jetzt noch einmal nach Leun« das Zimmer.

Im Treppenhaus lief er Jobst Assmann über den Weg. »Morgen! Ich fahr noch mal zu Stolze nach Leun.«

»Und was machen wir mit dem ›Aal‹? Denk dran, heute um zwei.«

»Oh, gut dass du mich erinnerst. Das habe ich glatt vergessen.« Leo überlegte kurz und sagte dann: »Ganz einfach, ich gehe allein zu ihm. Schließlich bin ich der Soko-Leiter, mit mir soll er besprechen, was er auf dem Herzen hat. Wir wären ja blöd, wenn wir da im Entenmarsch antanzen. Ihr anderen habt eben zu tun – und ich kann mir in Ruhe überlegen, was ich gegenwärtig schon rauslasse und was nicht. Ich komme aber auf jeden Fall noch mal vorbei, ehe ich zu ihm rüberfahre. Tschüs!«

Jobst erwiderte den Gruß.

Die Fahrt nach Leun nutzte Leo für eine obligatorische Zwischenmahlzeit. Er futterte eine Wurststulle.

50.

Stolze war anscheinend allein zu Hause. Er sah immer noch recht mitgenommen aus. Auch heute lag wieder die Tageszeitung auf dem Glastisch.

Leo nickte mit dem Kopf in Richtung Zeitung. »Was schreiben die denn heute? Ich habe es noch gar nicht gelesen.« Staatsanwalt Koslowski hatte wohl am Vortag bereits seinen großen Auftritt bei der Presse.

»Tragischer Unfall und so weiter. Derzeit keine Anhaltspunkte für ein Verbrechen. Sie kennen so etwas doch.«

»Anhaltspunkte haben wir inzwischen schon, Herr Stolze.«

Der Angesprochene hob die Augenbrauen und schaute Trinkaus mit einer Mischung von Erwartung und Verunsicherung an.

»Herr Stolze, ich will gleich ganz direkt fragen: Wo waren Sie am Freitagabend vorletzter Woche und wo nach Herrn Wühlers Beerdigungsfeier?«

Stolze war ja nicht dumm. Er erkannte sofort, worauf Leo hinauswollte. »Na hören Sie mal. Sind Sie allen Ernstes der Auffassung ...«

Leo unterbrach ihn. »Beantworten Sie doch einfach meine Frage, dann erkläre ich es Ihnen schon.«

»Na gut, aber eine Zumutung ist es trotzdem.« Stolze stand auf und holte seinen Terminplaner. »Freitag vorletzter Woche«, murmelte er. »Ach, da haben wir es ja. Freitagabend, 20.00 Uhr, Jahreshauptversammlung der Freiwilligen Feuerwehr Leun. Ich bin so ab halb acht dort gewesen. Gegangen bin ich wieder – lassen Sie mich überlegen – nach elf Uhr. Zeugen gibt es jede Menge, angefangen von unserem Bürgermeister.«

»Gut. Und was haben Sie nach Herrn Wühlers Beerdigung gemacht?«

»Da brauche ich nicht nachzuschauen. Zuerst bin ich noch mit in die ›Linde‹ – so bis etwa 16.00 Uhr oder 16.30 Uhr. Ich war schon derart malade, dass ich anschließend gleich nach

Hause bin und mich hingelegt habe. Sie wissen ja, meine Grippe.«

»Wer ...«, fing Leo seine nächste Frage an, doch Stolze unterbrach den Kriminalbeamten mit einer unwirschen Handbewegung.

»Ist ja gut! Sie wollen ein Alibi. Damit kann ich wahrscheinlich nicht dienen, denn ich bin mit meinem eigenen Wagen und allein gefahren. Wann ich zu Hause angekommen bin, kann auch niemand bezeugen, denn meine Frau ist nämlich seit Montag zur Kur weg. Gegen sechs oder halb sieben hat unsere Haushälterin noch einmal vorbeigeschaut, aber das hilft Ihnen sicher nicht weiter, Herr Trinkaus. Abends hat mich meine Frau noch einmal angerufen, aber dazu fällt Ihnen als Kriminalist sicher auch gleich was ein. Da hätte ich ja eine Rufweiterleitung zu meinem Handy schalten können.«

Er war wirklich aufgebracht.

»Sachte, Herr Stolze, das ist schon okay. Ich will Ihnen jetzt sagen, wie ich auf diese Frage gekommen bin. Wir haben an beiden Tatorten jeweils eine Zigarettenkippe mit Goldfiltermundstück gefunden. Ihre Marke übrigens.«

Leo zeigte auf die Zigarettenschachtel auf dem Tisch, automatisch griff Stolze zur Packung, fingerte sich eine Zigarette heraus und steckte sie an. Er hatte jetzt einen völlig verständnislosen Blick.

»Bei unserem gestrigen Besuch habe ich mir dann erlaubt, eine Kippe aus Ihrem Aschenbecher einzustecken.«

»Und?«

»Die Speichelproben stimmen überein.«

»So ein Quatsch, da will mir doch einer was in die Schuhe schieben!«

Aber wer, das war die Frage. Nachdem Stolze den Eindruck gewonnen hatte, dass Leo Trinkaus ihn wohl nicht für den Täter hielt, wurde er merklich ruhiger.

Das nachfolgende Gespräch konnte deshalb in recht sachlicher Atmosphäre geführt werden, ab und zu allerdings unterbrochen durch das Naseschneuzen des grippigen Herrn Stolze. Der Fund von jeweils einer Stolze-Kippe sowohl bei Wühler als auch bei

Prock konnte kein Zufall sein, also kamen nur ein gemeinsamer Täter oder gemeinsame Täter in Betracht. Wo aber war die Verbindungslinie?

»Es kann allerdings alles auch nur ein Zufall sein«, warf Stolze ein. »Zwar bin ich auch schon mit Gerhard und seinem Hund oben in dem Blasbacher Wald spazieren gegangen, ohne dass ich noch weiß, wann das zum letzten Mal war. Wenn wir manchmal in Ruhe was ungestört unter vier Augen besprechen wollten, haben wir das Angenehme mit dem Nützlichen verbunden. Aber mir fällt ein, dass ich noch am« – er nahm wieder seinen Terminplaner zur Hand – »Donnerstag vor der Beerdigung mit Albert, also Prock, gemeinsam zu einer Vorstandssitzung gefahren bin. Albert hatte mich mitgenommen. Da habe ich sicher auch im Wagen geraucht. Vielleicht ist ein Stummel aus dem Aschenbecher gefallen.«

»Vielleicht, vielleicht. Aber bedenken Sie, dass die Kippe nicht im Wagen, sondern davor gefunden worden ist.«

»Vielleicht – entschuldigen Sie, aber ich kann es natürlich nicht mit Sicherheit sagen – hat der Stummel dem Albert am Fuß geklebt. Dann war sein Tod möglicherweise doch ein Unfall. Ich hoffe es jedenfalls.«

Es war müßig, weiter zu spekulieren. Leo interessierte vielmehr, ob ihm heute Stolze nicht doch weiterhelfen konnte, Personen zu finden, die zumindest ein Motiv haben könnten. Stolze erschien ihm jetzt ganz anders als am Tag zuvor, kooperativer.

Nach einem weiteren Naseschneuzen musste Stolze kräftig husten. Das lange Gespräch verbesserte seinen Gesundheitszustand nicht, sollte dem Kriminalbeamten aber zu einer unerwarteten Wohltat verhelfen.

»Ich muss was trinken, ich habe einen ganz trockenen Hals«, sagte Stolze und erhob sich. Ich auch, dachte Leo. »Darf ich Ihnen was anbieten? Wasser? Fruchtsaft? Tee? Kaffee?«

Diese Frage hatte sich Leo ersehnt, trotzdem überraschte sie ihn nach seinen Erfahrungen vom Vortag.

»Hmm!« Leo nickte mit dem Kopf. »Kaffee wäre gut. Bitte mit Milch ohne Zucker!«

Stolze verschwand aus dem Zimmer, Leo hörte ihn in der Küche hantieren. »Was fällt Ihnen, Herr Stolze, zu möglichen Tätern aus dem politischen Bereich ein?« Leo hatte jetzt etwas lauter gesprochen, damit Stolze ihn auch noch in der Küche hören konnte, erhob sich und fuhr fort: »Da haben Sie doch sicher den besten Einblick.«

Als Stolze mit seiner Antwort begann, stand Leo schon in der Küchentür. »Also, Herr Trinkaus, wenn Sie der Meinung sind, es käme jemand aus der Partei in Frage, so kann ich dies ruhigen Gewissens verneinen. Kennen Sie sich mit unserer Partei aus?«

Leo kam ob dieser Frage etwas aus dem Konzept. »Nein. Nein. Nicht intensiv jedenfalls. Eben nur so, wie man dies als ordentlicher Staatsbürger aus Presse, Funk und Fernsehen kennt. Hier vor Ort weiß ich fast noch gar nichts, dazu bin ich zu kurz in Wetzlar.«

»Lieber Herr Trinkaus«, begann nun der Ex-Landrat zu dozieren, »das hat mit den örtlichen Verhältnissen hier in unserem schönen Lahn-Dill-Kreis überhaupt nichts zu tun. Sehen Sie, meine Partei ist insoweit überall in Deutschland gleich. Für uns steht nun einmal die Solidarität, ja Parteifreundschaft, an oberster Stelle, was das Verhältnis der Parteimitglieder untereinander angeht. Gut, ich will nicht verhehlen, dass nicht alle Parteimitglieder in allen politischen Sachfragen einer Meinung sind. Da gibt es natürlich unterschiedliche ...«, hier legte er eine kurze Überlegenspause ein, »ich will mal sagen: Strömungen. Aber die gibt es doch in allen Parteien!«

Während dieses kurzen Monologes hatte der Hausherr Wasser in die Kaffeemaschine gefüllt, beim dritten Versuch die richtige Schranktür gefunden, hinter der sich Filtertüten und Kaffeemehl befanden, dann unter Leos tätiger Hilfe das richtige Maß für sechs Tassen ausgewählt und schließlich die Maschine angestellt. Danach drückte er Leo zwei Tassen und zwei Untertassen in die Hand und nahm selbst noch ein Glas und eine Flasche Mineralwasser mit. Sie gingen wieder ins Wohnzimmer.

Nach Leos Einwurf »Milch fehlt noch, Entschuldigung ... Löffel brauche ich nicht, ich mache die Milch zuerst rein« setzte Stolze seinen Vortrag fort:

»Wir waren bei den Strömungen: Also gerade wir im Lahn-

Dill-Kreis haben in den letzten Jahren alle wichtigen Sachentscheidungen mit großer Einmütigkeit getroffen. Das kann ich Ihnen versichern.«

»Was meinen Sie mit ›großer Einmütigkeit‹?«

»Hach, Sie sind ja spitzfindig!«

»Nun, Herr Stolze, darunter kann man viel verstehen. Da ist die Spanne von – sagen wir einmal – 65 Prozent Zustimmung bis zu 100 Prozent.«

»Also, auf die Kommastelle genau will ich mich da nicht festlegen, Herr Trinkaus, aber es sind wohl im Schnitt so 90 bis 95 Prozent gewesen. Und was das Entscheidende ist: Aus dieser verschwindend kleinen Minderheit heraus gab es niemals so etwas wie eine Fundamentalopposition. Nein, bei uns ist es sogar üblich, dass die Wortführer der Mindermeinung nach einer Abstimmung dann sogar betonen, sie würden jetzt solidarisch die beschlossene Linie mit tragen und auch nach außen vertreten. Wenn es da harte Widersacher gegeben hätte, müsste ich das ja schließlich wissen!«

Mit diesem Satz erhob er sich und holte die Kaffeekanne und die Milch. Leo übernahm das Eingießen.

»Die letzte große Debatte hatten wir wegen der Erhöhung der Müllgebühren, bei der meine Partei und die Fraktion eine harte Position gegenüber meinem Nachfolger, dem Kollegen Seidelmann, einnehmen wollten. Und meine Argumente haben letztlich alle überzeugt. Also, wie gesagt, Herr Trinkaus, innerhalb meiner Partei brauchen Sie da gar nicht zu suchen.«

Beide tranken einen Schluck Kaffee, Stolze griff mal wieder zur Zigarettenpackung. Leo zog nicht ungern etwas von dem Rauch ein.

»Und außerhalb?« Diese Frage hatte sich für Leo geradezu aufgedrängt.

»Sie meinen bei anderen Parteien? Bei denen sieht das natürlich anders aus. Da gibt es schon harte Auseinandersetzungen. Aber Gerhard hat sich da meines Erachtens keine Feinde gemacht. Er war ja schließlich nicht Kreistagsabgeordneter, sondern Kreisausschussmitglied. Da waren wir eher wie eine große Familie – und die Sitzungen sind ja nicht öffentlich. Da brauchte es keine Schaukämpfe zu geben, es konnte ja eh keiner darüber berichten. Bei Albert war dies anders, der stand als Fraktionsvorsitzender quasi an der Front. Aber ich bitte Sie, soll ich hier etwa seine Kollegen Fraktionsvorsitzende in Verdacht bringen? Das geht mir doch zu weit, ich bitte um Verständnis.«

Die Unterhaltung setzte sich zwar noch eine Weile fort, aber eigentlich war alles gesagt.

Beim Abschied brachte Stolze seine Einschätzung noch einmal auf den Punkt: »Mein lieber Herr Trinkaus, seien Sie mir nicht böse, aber es spricht doch alles dafür, dass Gerhard Wühler von irgendeinem Irren umgebracht worden ist, dem er zufällig über den Weg lief. Und Albert Prock ist durch einen tragischen Unfall ums Leben gekommen.«

Während der gesamten Rückfahrt grübelte Leo über ihr Gespräch nach. Ihm fiel mit einer Ausnahme wirklich nichts ein, mit dem er Stolzes Theorie hätte erschüttern können. Da waren lediglich die Zigarettenkippen, aber das war womöglich doch nur ein großer Zufall.

Allerdings war da auch noch der große Unbekannte, der in Procks Auto eingestiegen war ...

51.

Gegen 11.30 Uhr traf Leo wieder bei seinen Kollegen in der Polizeistation ein und berichtete über sein Gespräch und seine Einschätzung. Trotz Kaffee und B.A.s Plätzchen herrschte eine betretene Stimmung. Hatten sie sich verrannt? Wie sollten die Ermittlungen weitergehen?

Leo wurde ungeduldig. Selbst die dritte Tasse Kaffee half ihm nicht weiter, im wahrsten Sinne des Wortes aber doch »auf die Sprünge«, denn Kaffee treibt.

Auf der Toilette stand er neben einem uniformierten Kollegen am Pissoir, der Leo als den neuen Soko-Chef erkannte und dadurch wohl noch ganz in Gedanken den sensationellen Todesfällen nachhing.

Jedenfalls sagte dieser Kollege unvermittelt, weiter versonnen geradeaus an die Wandkacheln schauend, aber doch Leo ansprechend: »Wenn jetzt auch noch der Stolze ins Gras beißt, ist die Partei ihr Triumvirat los.«

Leo zuckte zusammen und ganz gegen seine Gewohnheit schaute er den neben ihm Pinkelnden an. »Was ist das für ein Dreimännerkollegium?«

Mit aller Kraft musste er sich auf den Abschluss seines »Geschäfts« konzentrieren. Beim Händewaschen erfuhr er dann, dass Stolze, Prock und Wühler den informellen »Dreier-Ausschuss«, so eine Art Findungskommission der Partei, gebildet hatten, der alle wichtigen inhaltlichen und vor allen Dingen personellen Entscheidungen vorbereitete und anschließend nominell dem Kreisparteivorstand und dem Kreisparteitag vorschlug. Faktisch wurde die Entscheidung des Triumvirates jedoch dann nur noch abgesegnet.

Er vermutete, sein Pinkelpartner hatte die Tragweite des soeben beiläufig Eingeworfenen nicht erkannt. Hatte Leo damit den Schlüssel zur Lösung des Falles in die Hand gedrückt bekommen?

Wenn dem so wäre, bedeutete dies höchste Alarmstufe für Stolze, schließlich war hier nicht ein Täter am Werk, der seinen Gesamtplan über Monate hinweg ausführte. An mehrere Täter mochte er gar nicht mehr denken. Vielmehr sah es so aus, dass jemand dem Triumvirat eine Quittung in drei Raten präsentierte.

Trinkaus rannte über den Flur zu seiner Besprechung zurück, höchst verärgert darüber, dass ihn keiner der sogenannten alten Hasen bisher auf diesen Aspekt aufmerksam gemacht hatte. Thomas Helmer hatte wohl seine über viele Jahre eingestanzte kommunalpolitische Denkschablone nicht verlassen können.

Vor der Tür hielt er allerdings inne, machte kehrt und schritt im Gang zunächst auf und ab, um seine Gedanken zu ordnen. Nur jetzt keinen Schnellschuss loslassen!

Er kramte in seinen Taschen nach dem Zettel mit Stolzes Telefonnummer, fand ihn und rief bei Stolze an. »Ich habe zur Klarstellung noch eine Frage und eine Bitte an Sie. Sie haben doch gesagt, Sie würden bis zum Wochenende zu Hause sein.«

»Ja, wieso?«

»Ich möchte Sie bitten, bis zum Montag auf gar keinen Fall das Haus zu verlassen.«

Man merkte richtig, wie bei Stolze die Alarmglocken klingelten. »Was hat das zu bedeuten? Bin ich in Gefahr?«

»Ich weiß es noch nicht, Herr Stolze, es ist zunächst nur eine Vorsichtsmaßnahme. Morgen weiß ich vielleicht schon mehr und melde mich.«

»Was ist denn, was haben Sie da für eine Spur? Lassen Sie mich doch nicht so hängen!«

An seiner Stelle hätte ich auch Angst, dachte Leo, versuchte ihn aber zu beruhigen. »Also, Herr Stolze, jetzt ist erst einmal wichtig, dass Sie im Hause bleiben. Geht das in Ordnung? Ich melde mich morgen wieder.«

Noch mehrmals insistierte Stolze und wollte nun wirklich wissen, was ihm bevorstand, aber letztlich antwortete er dann doch niedergeschlagen: »Ja gut, aber morgen lasse ich mich nicht mehr so abspeisen.«

»Versprochen!«

Jetzt hatten sie auf jeden Fall Zeit bis Montag. Solange Stolze zu Hause blieb, dürfte ihm eigentlich nichts geschehen können, wenn er die Nummer drei auf der Opferliste sein sollte. Leo hatte sich entschlossen, seine Kollegen zunächst nicht in seine Gedanken einzuweihen. Das Zeitungsarchiv konnte ihm eventuell weiterhelfen. Er wollte sich nicht mehr allein auf sogenannte Insider verlassen, sondern sich selbst ein Bild der letzten wichtigen Entscheidungen des Triumvirates machen.

Mit einem Blick auf seine Uhr begann er, den heutigen Arbeitstag neu zu ordnen. Um 14 Uhr musste er beim »Aal« sein. Das würde er kurz halten; anschließend wollte er dann zum Zeitungsarchiv. Bis 17 Uhr müsste das alles zu schaffen sein.

So ein Mist, dachte er. Hoffentlich dauert es heute Abend nicht zu lange, sonst trage ich meine Leckerlis wieder umsonst spazieren.

Er ging zu seinen Kollegen zurück. »Leute, es gibt vielleicht eine neue Entwicklung! Ihr könnt jetzt erst einmal Pause machen, weil wir erst später darüber sprechen können. Ich gehe um zwei zu Koslowski und muss dann noch was überprüfen. Deshalb werde ich nicht vor vier Uhr heute Nachmittag zurück sein, vielleicht wird es auch fünf. Dann brauche ich euch wieder. Für wie lange, weiß ich noch nicht. Geht das bei euch, Hanne?«

Er blickte sie direkt an, weil sie am ehesten ein »Problemkind« sein konnte. Während die Männer mit einem »Wenn's denn sein muss« ihre Zustimmung signalisierten, verzog Hanne ihr Gesicht.

Sie hob aber gleich entschuldigend die Hand. »Ich müsste eigentlich heute früher weg, Sven abholen. Wir haben da einen Termin nicht anders auf die Reihe bekommen.«

Leo nickte. Er wusste schließlich genug über seine eigenen Fehler, die er früher bei seinem Stephan gemacht hatte, da war er der Letzte, der kein Verständnis für die junge Mutter aufbrachte.

»Aber ich versuche das irgendwie zu regeln, Leo. Reicht es dir, wenn ich dir heute Nachmittag Bescheid gebe?«

»Ist okay. Wenn nicht, ruf mich an.«

Alle spürten, dass jetzt nicht die Zeit für weitere Nachfragen war.

52.

Noch knappe eineinhalb Stunden hatte Leo Trinkaus Zeit, bis er Herrn Staatsanwalt Koslowski kennenlernen sollte. Nach Mittagessen stand ihm nicht der Sinn. Er war viel zu wütend auf sich selbst. Er spürte, dass er Stolze auf den Leim gegangen war. Dieser Hund, dachte er, erzählt er mir doch was vom Pferd! Von wegen »große Einmütigkeit in den Entscheidungen«. Von den Sachfragen hat er gesprochen, aber nicht von den Personalentscheidungen. Den würde er sich vorknöpfen.

Jetzt fuhr er nach Hause, um noch etwas die Füße hochzulegen und sich auf das bevorstehende Gespräch zu konzentrieren.

Ganz bewusst stand er dann erst um 14.10 Uhr vor dem Gebäude der Staatsanwaltschaft und begab sich in den zweiten Stock. Staatsanwalt Koslowski hatte für sein Alter ein noch sehr jungenhaftes glattrasiertes Gesicht, tiefschwarzes kurzes Haar und war höchstens knappe ein Meter sechzig groß. Gekleidet war er mit einem dunkelgrauen Anzug mit gleichfarbiger Weste, einem hellgrauen Hemd und einer bordeauxroten Krawatte.

Der »Aal« erinnerte Leo an den schwarzen Seidelmann, den neuen Landrat, den er bei Wühlers Beerdigung gesehen hatte. Hier saß dann aber die zu klein geratene Ausgabe von Seidelmanns jüngerem Bruder.

Koslowski blickte nach einem kurzen Gruß missbilligend auf seine Armbanduhr. »Ja gut, dass Sie schon da sind. Wo bleibt der Rest Ihrer Truppe?«

Mit der rechten Hand wies er dabei auf einen der beiden vor dem Schreibtisch stehenden Stühle. Während Leo Platz nahm, wuchtete Koslowski zwei vor sich liegende Aktenstapel hoch und ließ sie neben sich auf den Fußboden fallen, damit er seinen Gegenüber während des Gespräches überhaupt sehen konnte.

»Ich komme allein, Herr Koslowski. Ich verteile ohnehin die Aufgaben in der Sonderkommission, die Kollegen sind wegen wichtiger Ermittlungen unabkömmlich. Wir wollen doch alle diese Sache so schnell als möglich aufgeklärt haben.«

»Ja gut. Ich hatte mir das anders vorgestellt. Aber vielleicht haben Sie Recht, Herr Trinkaus. Also setzen Sie mich ins Bild!«

Da Leo über die Person und die Aufgabe Koslowskis vorinformiert war, erstattete er dementsprechend seinen Bericht in einer Lightversion. Durch die Ermittlungen der Sonderkommission würde derzeit versucht, die Unfalltheorie hinsichtlich Prock zu erhärten. Bei Wühler hätte es keine verwertbaren Tatspuren gegeben, ein beruflicher Hintergrund über die Senio sei auszuschließen. Ob ein politisches Motiv vorliege, sei noch nicht geklärt, da müssten sie sich noch reinknien.

»Politisches Motiv« war das Stichwort für den »Aal«: »Ja gut, langsam, langsam! Wie kommen Sie denn auf ein politisches Motiv?«

Nachdem Leo nun zum dritten Mal die Eingangsfloskel seines Gesprächspartners gehört hatte, fragte er sich, ob dieser vielleicht früher einmal Sportler gewesen war. In den vergangenen Jahren war ihm nämlich in Radio und Fernsehen aufgefallen, dass in rund 98 Prozent der Sportlerinterviews die Antworten der Athleten mit »Ja gut« begannen. Vielleicht waren es aber auch nur 96 Prozent.

Trinkaus konnte sich nicht verkneifen, auch einmal diesen Satzanfang zu benutzen. Er wollte wissen, wie Koslowski darauf reagieren würde. »Ja gut. Solange wir keine Beweise haben, sind wir auf die Motivsuche angewiesen, da könnte doch auch das politische Umfeld eine Rolle spielen. Wir wissen ja selbst noch nichts, aber ausblenden dürfen wir diesen Bereich nicht.«

An seinem Gegenüber ließ sich keine besondere Reaktion feststellen. Vielmehr antwortete dieser mit: »Ja gut, aber das ist höchst sensibel, Herr Trinkaus! Seien Sie ja vorsichtig, da darf niemand durch unbewiesene Vermutungen vor den Kopf gestoßen werden! Ehe Sie da in was rühren, will ich informiert werden. Auch mir hängt schon das Ministerium im Nacken. Meine Aufgabe ist wahrlich nicht leicht.«

»Das glaube ich Ihnen, Sie haben es wirklich schwer.«

War das zu offensichtlich? Nein, Koslowski fand dieses Mitgefühl normal.

»Ich will morgen noch mal mit dem Kreisvorsitzenden der Partei, Herrn Vorstandsvorsitzenden Stolze sprechen, dem Ex-Landrat. Ich hoffe, er kann das Dunkel aufhellen.«

»Ja gut, wie meinen Sie das?«

»Na ja, hinterher können wir vielleicht ein politisches Motiv ausschließen.«

Erleichtert nickte der »Aal« und vergaß sogar sein »Ja gut«. »Aber vorsichtig, ich will mir nicht die Hölle heiß machen lassen! Und nicht dass Sie anfangen, nun alle Teilnehmer der Beerdigung in Blasbach nach ihren Beobachtungen zu befragen! Das produziert nur Unruhe, Gerüchte und Verwicklungen, ohne dass sich Verwertbares erzielen ließe, zumal die Todesursache Unfall bei Herrn Prock ja wohl weiterhin die wahrscheinlichste ist.«

Trotz der langjährigen Berufserfahrung als Kriminalbeamter konnte und wollte Leo immer noch nicht fassen, wie ein Staatsanwalt lieber Ermittlungen ins Leere laufen ließ, als vermeintliche persönliche Nachteile in Kauf zu nehmen. Er wollte jedenfalls beim gegenwärtigen Stand der Ermittlungen und vor allen Dingen dem seiner Vermutungen das weitere Vorgehen auf die eigene Kappe nehmen. Sollte sich die Verbindung vom Triumvirat zum Täter bestätigen, so war es wichtig für den Fahndungserfolg, den Kreis der Eingeweihten so klein wie möglich zu halten. Undichtigkeiten über das Parteinetz konnten alles vermasseln.

Nach etlichen weiteren »Ja gut« und anderen Belanglosigkeiten sowie der Anweisung des Staatsanwaltes, zukünftig halte er Pressekonferenzen zum Fall beziehungsweise zu den Fällen allein ab, blickte Koslowski auf seine Uhr. Es war 14.40 Uhr und damit wohl Zeit, seinen staatsanwaltlichen Feierabend einzuläuten. Vorher musste er aber noch verdeutlichen, welch guten Kontakt er zur heimischen Presse und insbesondere deren Gerichtsreporter hatte. »Wir sehen da immer gut aus!«

Leo hatte jedoch noch etwas auf dem Herzen. »Herr Koslowski, ist die Leiche Prock schon freigegeben?«

»Ja gut, meines Wissens noch nicht. Ich habe es jedenfalls nicht verfügt. Vielleicht noch der Kollege Zimmermann.«

Er griff zum Telefonhörer. Auch Hubsi hatte die Freigabe während der Zeit seiner Zuständigkeit nicht verfügt.

»Dann darf ich Sie bitten, dies noch nicht und auch nur nach Rücksprache mit mir zu tun.«

Koslowski war verblüfft. Aber er verstand dann doch, dass Leo und seine Soko-Kollegen nicht schon wieder eine Beerdigung »überwachen« wollten. Außerdem konnte hier ein neuer Anschlag drohen. So etwas durfte man nicht riskieren, ehe nicht der politische Hintergrund völlig ausgeschlossen war.

»Ja gut, ja gut. Nur kein politischer Hintergrund! Wir machen das so!«

Trinkaus verabschiedete sich und fragte sich beim Hinausgehen, ob man bei der angeblich »objektivsten Behörde« eher über mehr juristische Fähigkeiten oder eine ordentliche Portion Opportunismus verfügen musste, aber er wollte nicht pauschalieren.

Leo ging einen Stock tiefer, um kurz bei Hubsi Zimmermann vorbeizuschauen. Er roch schon im Flur den Pfeifentabakrauch.

Wenigstens diesen sympathischen Menschen wollte er über seine echten Vermutungen auf dem Laufenden halten. Vielleicht hatte er im entscheidenden Moment Glück und Koslowski wäre nicht greifbar, wenn Maßnahmen mit der Staatsanwaltschaft abzustimmen waren. Dann könnte er mit Fug und Recht auf Hubsi Zimmermann zurückgreifen. Vorsorglich fragte er Hubsi nach den Sitzungstagen des »Aals«. Auf jeden Fall immer freitags beim Landgericht in Limburg und montags in Wetzlar.

»Wenn er Sitzung hat und nicht erreichbar ist, darf ich doch dich anrufen, wenn was abzustimmen ist, oder?«

»Mit dem größten Vergnügen«, war die Antwort Zimmermanns. Sie gaben sich die Hand.

Leo hätte gern länger mit seinem Gegenüber geplauscht, die Zeit lief ihm jedoch davon. Er musste noch ins Zeitungsarchiv.

53.

Von der Staatsanwaltschaft aus fuhr Leo Trinkaus direkt zum Zeitungsverlag.

Als sich die Drehtür automatisch beim Näherkommen in Bewegung setzte, spürte Leo, wie sein Magen rebellierte. Es lag nicht etwa am fehlenden Mittagessen; er wusste, wovor ihm mulmig war: Wie würden die Zeitungen archiviert sein, auf Mikrofilm oder sogar im Computer? Blamieren würde er sich bis auf die Knochen, wenn er allein damit umgehen sollte. Und er konnte schlecht offenbaren, was er warum suchte.

Vom Empfang wurde Leo in den Keller geschickt. Na klar, dachte er, im Archiv sitzen die Kellerasseln. Auf der breiten Treppe nach unten flehte er noch einmal ein höheres Wesen an, es möge dafür sorgen, dass er gleich in echten Zeitungen blättern konnte.

Gegenüber der Treppe befand sich das Büro des Archivs, er wurde von einer jungen Frau freundlich begrüßt. Als sie in die Richtung eines kleinen Nebenraumes zeigte und Leo quasi vor sich herschob, erblickte er dort etwas, was seinen Puls in die Höhe schießen ließ: einen Mikrofilmbetrachter.

»Den Großteil der Jahrgänge haben wir hier auf Mikrofilm. Wenn Sie allerdings etwas aus den letzten zwei Jahren suchen, so sind wir hier falsch. Da haben wir die Zeitungsexemplare hier gegenüber.«

Die freundliche Dame konnte nicht hören, welcher Stein von Leos Brust zu Boden fiel. Natürlich brauchte er zunächst nur die letzten beiden Jahre. So konnte er sich in einen Archivraum gegenüber dem Büro setzen und in den gebundenen Zeitungen stöbern. Zwischen Daumen und Zeigerfinger rieb er die Ecke einer Zeitungsseite und dachte, wie schön sich doch so eine echte Zeitung anfühlte.

Gegen Viertel nach vier hatte Trinkaus genug gelesen und sich Notizen gemacht, um zu erkennen, welchen strategischen Fehler er begangen hatte. Pflichtbewusst ordnete er sich diesen Fehler selbst zu, obwohl er ja auch jeweils ein Fünftel auf Jobst, Dirk, Thomas und Hanne hätte abwälzen können.

Zunächst hatte er jede Menge an Informationen aufgeschrieben, weil er natürlich sich von den Presseleuten keine Kopien anfertigen lassen wollte. Dann wagte er dennoch die Frage, ob er selber sich Kopien machen könnte. Die freundliche junge Frau bot sich sofort an, dies für ihn zu erledigen. Leo lehnte aber dankend ab, er wolle sie damit nicht behelligen.

Sie zeigte ihm dann, wie der Kopierer funktionierte, damit er das selbst erledigen konnte. Er entschuldigte sich noch bei der jungen Frau und gab seiner Hoffnung Ausdruck, dass sie hoffentlich seinetwegen nicht länger bleiben musste.

»Ich werde mich schon melden, wenn es so weit ist«, antwortete sie lachend.

So stand er dann noch eine Weile am Fotokopierer, ohne dass sich jemand dafür interessierte, was aus dem Archiv so wichtig für ihn war. Bei den Fotos musste er mehrere Kopierversuche unternehmen, bis er die richtige Helligkeit und einen relativ scharfen Kontrast erzielen konnte. Die Fotos einer Person kopierte er dann gleich mehrmals.

Er ordnete seine Unterlagen, bezahlte die Kopien und war sich beim Hinausgehen seines Kriminalistengespürs sicher, aufgrund der heutigen Erkenntnisse auf dem richtigen Weg zu sein. Stinksauer dachte er daran, daß Stolze wohl schon am Vortag oder spätestens seit diesem Morgen eins und eins zusammengezählt hatte. Wenn der sich einigelte, konnten sie dem Täter schwerlich die Gelegenheit zum Versuch der dritten Abrechnung geben.

54.

Es war kurz vor fünf geworden, als Leo wieder in seiner Dienststelle eintraf. Die Kollegen waren schon um einen Teller voller Mettbrötchen im Zimmer ihres Dienststellenleiters versammelt, als Leo Trinkaus eintrat. Jobst war nicht da, aber sein Zimmer war so schön geräumig, und außerdem war B.A. nicht weit.

Er berichtete seinen Kollegen von seinem Ausflug ins Zeitungsarchiv und dessen Anlass, dem Pinkelgespräch vom Vormittag.

»Ich habe also einfach mal auf die Listenaufstellung zur letzten Kommunalwahl und die Landratswahl als Motive getippt, irgendwo müssen wir ja weitersuchen. Im Zusammenhang mit der letzten Listenaufstellung habe ich nichts Ungewöhnliches gefunden. Wenn da mal jemand von Platz 25 nach Platz 19 will, so ist das ja wohl eher das übliche Gerangel. Sollte so etwas ein Tötungsmotiv sein, so müsste es quer durch die Republik nur noch Mord und Totschlag geben.«

Hier legte Leo eine kleine Pause ein, ehe er sich dem Komplex der letzten Landratswahl zuwendete. »Aber keiner von euch hat mir den Anlass zur letzten Landratswahl richtig erzählt. Ich hatte aufgrund deiner Erzählungen von vorgestern bei der Beerdigung« – dabei blickte er den Ex-Kommunalpolitiker der Wählergemeinschaft an – »geglaubt, Stolze hätte die Wahl gegen Seidelmann verloren.«

Durch ein mehrkehliges »Neeee!« wurde er unterbrochen.

»Danach hast du mich doch gar nicht gefragt«, warf Helmer kleinlaut ein. »Ich habe nur erzählt, dass der Seidelmann überraschend die Wahl gewonnen hat.«

»Das weiß ich jetzt auch«, entgegnete Trinkaus mit einem

Anflug von Beleidigtsein. »Wilhelm Stolze war ja als Landrat ausgeschieden, deshalb hat es ja überhaupt die Neuwahl gegeben!«

Ein Jahr vor Ablauf seiner regulären Wahlzeit als Landrat hatte sich Stolze beruflich umorientiert. Mit der Einführung der Direktwahlen der Bürgermeister, Oberbürgermeister und Landräte in Hessen bestimmte nun nicht mehr die jeweilige Parlamentsmehrheit den Chef der kommunalen Verwaltung, vielmehr konnte man sich nicht mehr sicher sein, ob das Wahlvolk auch »richtig« entscheiden würde.

Alle Kommentatoren gingen davon aus, Stolze sei sich seiner Wiederwahl nicht mehr sicher gewesen, zumal der Partei seit der letzten Parlamentswahl wegen einiger »Vorkommnisse« – von der Partei »Verleumdungen«, von den politischen Gegnern »Skandale« genannt – der Wind heftig ins Gesicht wehte.

Stolze selbst stellte das natürlich anders dar. Da war von der Herausforderung einer neuen Aufgabe und der gesamtgesellschaftlichen Verpflichtung die Rede, für das Gemeinwohl – und natürlich auch gerade für die Menschen an Lahn und Dill – in schwerer Zeit nach der Öffnung des Energiemarktes dem Ruf der mihevag zu folgen.

Die Mehrheit der im Aufsichtsrat sitzenden Landräte waren immer noch Mitglieder der Partei. Stolze hatte die stärkste Position, als der bisherige Vorstandvorsitzende, auch ein früherer Landrat – und vormaliger Landtagsabgeordneter – in den Ruhestand ging.

»Welche Besoldungsgruppe hat hier der Landrat, Thomas?«

Der musste nur kurz überlegen, ehe er »B 7« antwortete.

»Na, ihr Leute, nun hat er als Vorstandsvorsitzender mindestens so viel wie B 9. Und das nennt sich dann ›gesamtgesellschaftliche Verpflichtung zum Gemeinwohl‹, das verstehen wir doch alle, oder?«

Heftiges Grinsen und Kopfnicken war zu vernehmen.

»Ich folge dem Ruf des Staates oder besser der Gesellschaft für das Gemeinwohl allerdings nur für A 10«, meinte Dirk doch ganz traurig einflechten zu müssen.

Da es etwas lauter und fröhlicher geworden war, zumal Hanne

nun auch noch Trost für ihre geringeren A9-Bezüge haben wollte, lugte aus dem Vorzimmer B.A. kurz herein und hörte die Aufzählung der Besoldungsgruppen mit.

»Regt ihr Beamte euch nur mit euren fetten A-Besoldungen auf, wer denkt denn an mich als Angestellte mit meinen kümmerlichen BAT VII«, war ihr trockener Kommentar. »Ich will gar nicht B6, ein VI b würde mir schon genügen.« Damit zog sie sich lachend wieder zurück.

Als die Kriminalbeamten wieder unter sich waren, kam Roß eine Frage über die Lippen, wie sie so spontan eigentlich nur einem Beamten einfallen konnte: »Hat der Stolze durch seinen frühen Abgang beim Kreis nicht seine Pension aufs Spiel gesetzt?«

»Ja, lest ihr denn alle keine Zeitung?«, ärgerte sich Trinkaus. »Darüber wurde doch letztes Jahr haarklein berichtet. Muss ich dazu erst ins Archiv fahren? Natürlich hat er seine Pension hier verloren, aber die mihevag hat das mehr als großzügig mit einer Pensionsregelung ausgeglichen. Dem Lahn-Dill-Kreis konnte es nur recht sein. In einem der Nachbarkreise hatte man bei ähnlicher Gelegenheit ein solches Pensionsproblem eleganter gelöst. Der Hauptamtliche wurde für den Rest seiner Wahlzeit beurlaubt und behielt dadurch seine Pensionsansprüche. Sein Stellvertreter hat derweil bis zum Ende der Wahlzeit die Geschäfte geführt.«

»Das wäre dann ja einer von uns gewesen«, entgegnete Helmer spontan.

»Genau, und dann hätte der die besten Chancen bei der Neuwahl gehabt. Das wollte die Partei natürlich auch nicht.«

Man war sich also einig. Stolze hatte den Absprung nach oben kurz vor dem alters- oder vielleicht auch wählerbedingten Abschluss seines Berufslebens noch geschafft und sei für langjährigen Einsatz für die Partei belohnt worden.

Das war eben so in einem Staat, in dem die Parteien nach dem Grundgesetz zwar an der politischen Willensbildung nur »mitwirken« und nicht allein wirken sollten. Inzwischen hatte sich aber das Parteiensystem weitgehend verselbstständigt – und das betraf alle Parteien. Diese Ausformung des Parteienstaates hatte unter anderem die Politikverdrossenheit der Bevölkerung hervorgerufen oder zumindest beschleunigt.

Weil jetzt so negativ über einen Karrieristen gesprochen wurde, der doch nur das gemacht hatte, was viele andere genau so angestrebt hatten, wurde der Ex-Kommunalpolitiker ihrer Runde richtig verunsichert. »Ja, verdächtigst du denn plötzlich den Stolze, Leo?«

»Quatsch, für mich ist er das nächste potentielle Opfer! Aber zumindest diese Woche dürfte ihm nichts passieren, weil er zu Hause seine Grippe auskuriert.«

Er beugte sich vor, angelte sich noch ein Mettbrötchen vom Tisch, ehe Dirk seinen langen Arm ausfahren konnte, und fuhr fort: »Ich sehe, ihr lieben Leute, in dem Verlierer der Wahl momentan den Täter! Schließlich ist der vor und nach der Wahl von seinen eigenen Leuten ganz schön verarscht worden, um es mal so drastisch zu sagen.«

Es war für einen Moment mucksmäuschenstill im Raum. In diese Stille hinein vervollständigte Trinkaus seinen Gedanken: »Bloß beweisen werde ich es ihm nicht können, wenn wir ihn nicht beim Anschlag auf Stolze in flagranti erwischen.«

Der Chor seiner Kollegen ließ erstaunt ein gemeinschaftliches »Distelkötter?« zu Gehör bringen, was Leo Trinkaus zunächst zu einem breiten Grinsen und dann zu einem zweimaligen langsamen Kopfnicken verleitete.

»Ja, Lutz Distelkötter!« Er betonte langgezogen: »Ell – Deh – Kah! Oder wie es blödsinnigerweise im Wahlkampf auch hieß: LDK für LDK. Lutz Distelkötter für den Lahn-Dill-Kreis!«

Es war fast wie früher, vor seiner Krankheit. Er musste aufpassen, nicht (wieder) in die Rolle des »lonesome rider« zu kommen, aber auch die Kollegen in Wetzlar sollten sich an die Art seiner Gedankengänge gewöhnen. Gleichzeitig musste sich jedoch zeigen, ob sie tatsächlich ein Team waren oder zumindest auf dem besten Wege dazu, eines zu werden.

Jetzt lief Hanne zu großer Form auf. »Lasst uns das doch mal durchdenken. Wenn du Recht hast, Leo, und wir den Zigarettenraucher Stolze ausschließen, dann fragen wir uns, wie Distelkötter es angestellt haben könnte, Prock vom Steg zu stürzen.«

Sie wirkte jetzt sehr konzentriert, ihre Zuhörer waren so aufmerksam, dass sogar Dirk sein Kauen unterbrach. »LDK ist der Hutträger, der Prock an den Blasbach gefahren hat. Aber wie können wir ihm dies beweisen? Faserspuren oder Haare von ihm werden wir sicher finden können; aber das reicht wohl nicht aus. Wenn er beweisen kann, dass er vor dem Abend schon bei Prock im Wagen war, sehen wir alt aus.«

»Aber wenn sich die Spuren auf der Fahrerseite befinden?« Dirk warf diese Frage ein. Zu seiner Enttäuschung meinte aber Hanne, auch dafür könne sich immer noch eine entlastende Erklärung finden lassen.

Dann schlug sich plötzlich Leo die flache Hand an die Stirn. »Jetzt ist der Groschen gefallen. Schon gestern spürte ich etwas im Zusammenhang mit diesem Aspekt. Aber ich habe es nicht gleich auf die Reihe bekommen. Jetzt weiß ich es wieder. Leute, als wir vorgestern von der Beerdigung zur Kneipe gegangen sind, da ist doch zu Prock jemand in den Wagen gestiegen. Da sind doch noch Witzchen gerissen worden. Fiel dabei nicht der Name Lutz?«

Er blickte durchdringend Thomas Helmer an. »War das etwa Lutz Distelkötter?«

»Ja, ja, jetzt, wo du es sagst. Ich glaube schon, aber ich kenne ihn auch nur aus der Zeitung. Von uns war doch damals kein Kandidat dabei, deshalb hat mich das nicht so interessiert.«

Trinkaus musste sich beherrschen – und schaffte das auch.

Leos Kollegen verbreiteten immer noch eine ordentliche Portion Skepsis, was seinen neuen »Täter« anging. Aber im Moment gingen sie ja lediglich eine Theorie durch, welche man noch mit weiteren Fakten zu füttern hatte, ehe man sich auf konkrete Schritte gegenüber Distelkötter verständigen konnte.

»Wir bewegen uns hier auf politischem Glatteis«, erinnerte Leo. »Das hat mir auch Koslowski sehr deutlich gemacht. Deshalb dürfen wir nicht offen ermitteln und anfangen, alle zu befragen, die auf Wühlers Beerdigung waren, um eventuelle Beobachtungen auszuwerten. Wir müssen da anders vorgehen – ohne allerdings Distelkötter vom Haken zu lassen!«

Er ließ diesen Aspekt einen Augenblick wirken, dann fuhr er

fort: »Also, das wäre doch was für dich, Hanne. Überprüf doch mal vorsorglich und diskret die Beerdigungsgäste aus der Partei. Wer hat Prock nach der Beerdigung bis zum Ende der Feier in der Kneipe mit wem zusammen gesehen? Versuch bitte diskret dabei auf Distelkötter zu kommen. Traust du dir das zu?«

Hanne nickte sofort.

Wenn jemand Distelkötter sowohl auf dem Beifahrer- als auch dem Fahrersitz von Procks Wagen gesehen hatte, ehe dieser als letzter die Feier verließ, würden die Polizisten ganz schlechte Karten haben.

Die Kollegen hatten Leos Hinweis auf »in flagranti« bislang nicht kommentiert. Leos neue Theorie hatte sie so überrascht, dass sein Hinweis auf die einzig logische Folge irgendwie untergegangen war. Aber für Leo Trinkaus stand fest: Sie würden dann wohl oder übel den Täter, der so geschickt schon zweimal zugeschlagen hatte, nur in flagranti beim dritten Anschlag überführen können. Wohlbemerkt: Falls die Vermutung stimmen sollte.

»Lasst euch das mal durch den Kopf gehen«, fuhr Leo fort. »Ich will euch momentan noch nicht mehr erzählen und kein Wort darüber außerhalb unserer Soko! Wir wollen doch möglichst ausschließen, dass die Parteibuschtrommeln etwas Neues zu vermelden haben und den Ex-Kandidaten warnen.«

Alle nickten; jeder von ihnen spürte, wie sie jetzt in einen hochsensiblen Bereich eindrangen.

Leo wollte die Spannung etwas auflockern. »Überlegt mal, wie Distelkötter als Kandidat vom SPW-Triumvirat aufgestellt worden ist und wie mit ihm die lieben Parteifreunde umgegangen sind.«

Was denn SPW bedeute, wollte Thomas Helmer wissen.

»Na, ist doch klar: Stolze-Prock-Wühler!«

Dirk bekam den Auftrag, bezüglich der Person Distelkötter zu recherchieren; Hanne sollte ihm helfen. Dirk hatte jedoch noch etwas anderes zu vermelden: Er würde morgen zumindest eine gewisse Zeit ausfallen. »Ich muss wieder nach Limburg. Die Brandstiftersache geht weiter.«

»Reicht es nicht, dass du auf Abruf zur Verfügung stehst?«

Das hatte Dirk dem Kammervorsitzenden auch schon vorgeschlagen, allerdings ohne Erfolg.

»Also dann! Dirk, du machst dann heute schon mal die Vorarbeiten, was du so zusammenstellen kannst. Grunddaten, Adresse, Arbeitsplatz und so weiter. Tut mir Leid, aber die Zeit läuft uns davon.«

Glücklicherweise war Dirk einsichtig, anscheinend war er heute nicht mit seiner Elke verabredet. Leo traute sich aber nicht, vor den anderen nachzufragen.

»Hanne, du versuchst dann morgen, etwas über eine Fahrgemeinschaft Prock-Distelkötter herauszubekommen, wie ich vorhin gesagt habe. »Tut mir Leid, Hanne, das mit dem längeren Dienst heute. Hast du es noch auf die Reihe bekommen?«

»Ich habe noch etwas Zeit«, antwortete die Kollegin.

Zu Dirk gewandt hängte er noch an, er solle sich Kopien von Leos Unterlagen aus dem Zeitungsarchiv anfertigen. Fotokopien eines Distelkötter-Fotos gab er jeweils an alle drei Kollegen weiter. Er blätterte seinen Stapel durch, behielt ein paar Seiten für sich und drückte den Rest seinem Kollegen Roß in die Hand. »Beeil dich bitte, ich will meine Unterlagen gleich mitnehmen.«

Dirk verschwand nickend und brummend.

Für Thomas hatte er beim gegenwärtigen Stand seiner Vermutungen nichts zu tun, deshalb sprach Leo ihn direkt gar nicht an. Thomas fragte aber auch nicht nach.

Jetzt war es schon halb sieben. Leo eilte nach Hause, vielleicht hätte er doch noch Glück.

55.

Derweil hatten sich Kriminalkommissarin Hanne Ziegler und Kriminaloberkommissar Dirk Roß im Hinblick auf die ihnen übertragenen Recherchen in der Polizeistation schnell arrangiert. Sie sollten der Sonderkommission helfen, zwei Fragen zu beantworten: Wer war Lutz Distelkötter und warum wurde gerade er zum Landratskandidaten gekürt?

Sie wollten am Abend noch weitermachen. Schließlich fiel

Dirk am nächsten Morgen aus, deshalb musste Hanne ihm bei etwas »Computerkram« helfen, damit er es leichter hatte.

Dirk versuchte Ordnung in die Kopien der Zeitungsartikel und in Leos Notizen zu bringen und legte auf seinem Schreibtisch mehrere Stapel an.

Den Stapel »Stolze« hatte er schnell gesichtet, waren doch die meisten Informationen von ihnen schon angesprochen oder vermutet worden. Nachdem sich Wilhelm Stolze entschlossen hatte, sein Amt als Landrat des Lahn-Dill-Kreises zugunsten des Postens als Vorstandsvorsitzender der mihevag aufzugeben, musste zunächst ein Weg gefunden werden, seine Altersversorgung abzusichern. Dies wurde elegant zu Gunsten des Kreises und zu Lasten der mihevag gelöst. Sodann begab sich die Partei auf die Suche nach einem Nachfolger. Zumindest war das die damalige Sichtweise, man konnte und wollte sich wohl einfach nicht vorstellen, dass die Wähler einem von der Partei ausgesuchten Kandidaten das Vertrauen verweigern würden.

Sodann nahm sich Dirk den Stapel vor, den er für sich »Triumvirat« genannt hatte. Die Presse hatte natürlich sofort heftig spekuliert, wer denn nominiert werden würde. Aus »gewöhnlich gut unterrichteten Kreisen« wurden Namen genannt. Angeblich waren sowohl die Vorsitzende des Haupt- und Finanzausschusses des Kreistages als auch der stellvertretende Parteivorsitzende und – mit kleinen Abstrichen – ein junger, dynamisch aufstrebender Kreistagsabgeordneter und Vorsitzender der Partei-Jugendorganisation als heiße Anwärter gehandelt worden. Auf diese Spekulationen hin ließ die Partei in einer Presseerklärung lediglich verlauten, man habe für solche Fälle eine Findungskommission, die den Parteigremien einen Personalvorschlag unterbreiten sollte. Diese Findungskommission setzte sich aus den Herren Stolze, Prock und Wühler zusammen, eben dem Triumvirat.

Hannes Finger flogen während Dirks »Lesungen« flink über die Tastatur ihres Computers. Sie surfte zunächst im Internet, musste ihre Arbeit jedoch unterbrechen, weil ihr Kollege während der Sichtung des Pressematerials seinem Unmut Luft verschaffen musste. Dirk Roß hatte nämlich die Kopie eines weiteren Presseartikels hervorgezogen. Schon zwei Wochen später wurde unter der Überschrift »Überraschung: Lutz Distelkötter heißt der Landratskandidat!« vom Ergebnis der Kandidatenfindung des Triumvirates berichtet. Einstimmig hatte sich die Findungskommission für ihn entschieden.

Selbst Dirk, dessen kommunalpolitisches Interesse bisher eher gegen Null strebte, wurde stutzig. »Hanne, hör mal zu. Hier wurde in der Zeitung von dem Triumvirat der gefundene Kandidat bereits bekannt gegeben; muss so einer nicht erst noch von einem Parteitag oder so gewählt werden?«

Seine Kollegin schaute kurz von ihren eigenen Studien auf und antwortete lapidar: »Das ist eben so bei denen. Wird doch dann eh abgenickt.«

Dirk schüttelte den Kopf.

Hanne beugte sich wieder vor ihren Monitor und fragte einige Dateien ab.

Sogar Dirk, den Parteistrategen »den einfachen Mann von der Straße« nennen würden, wurde klar, dass dieses Verfahren einem Parteitag gar keine andere Entscheidungsmöglichkeit mehr ließ. »Ist das nicht undemokratisch, Hanne?«

Die Kollegin musste wieder ihre Arbeit unterbrechen. »Hmm?« Sie brummte fragend ohne den Kopf zu heben und wollte weiterarbeiten.

»Was soll denn ein Parteitag nach einer solchen Festlegung machen? Stell dir mal vor, die sagen: Nee, den LDK wollen wir nicht. Wir halten den oder die XY für besser. Was meinst du, was die Wähler dann sagen: Donnerwetter, bei denen herrscht aber noch innerparteiliche Demokratie oder wie das heißt?«

»Schön wär's«, antwortete Hanne, »aber vielleicht würden die auch denken: Was für ein Chaos! Das wäre dann eine große Blamage für die Partei.«

»Eben!« Dirk wunderte sich über sich selbst. Was für Gedanken machte er sich über ein Thema, das er bisher eigentlich nur am Ende wahrgenommen hatte. Doch jetzt blühte er richtig auf. »Und mit solchen Befürchtungen wird wohl Personalpolitik gemacht. Also muss doch jemand ein Interesse daran gehabt haben, gerade diesen Kandidaten Distelkötter durchzuboxen.«

Hanne legte zu Dirk gewandt den Zeigefinger der linken Hand vor ihre Lippen, um ihn zum Schweigen anzuhalten, griff mit der rechten Hand zum Telefon und führte ein kurzes Telefonat mit ihrem Schwiegervater. Sie kündigte an, mit ihm über die Procksche Beerdigung sprechen zu müssen. Er war schließlich auch dort gewesen und hatte vielleicht auch Distelkötter gesehen. Sie wollte sich später von zu Hause aus noch einmal melden.

Dann schrieb sie ihren Vermerk, der allerdings durch das Klingeln des Telefons unterbrochen wurde.

»Mama, holst du mich ab? Ich will hier nicht schlafen.«

»Ja, mein Schatz. Mama ist gleich fertig und kommt dann zu dir. Es geht ganz fix!«

Dann wechselte ihr Gesprächspartner und sie antwortete: »Ist es dem Kleinen doch zu unheimlich geworden. Ich komme gleich!«

Sie schrieb noch schnell die restlichen Zeilen, warf den Vermerk zu Dirk hinüber, schnappte sich mit einem »Du, ich muss jetzt aber, tschüs!« ihre Handtasche und eilte aus dem Zimmer. Es war immerhin schon halb acht.

Die dahingemurmelte Grußerwiderung hörte sie schon nicht mehr, denn Dirk hatte mit Verzögerung reagiert. Er hielt nämlich immer noch dieselbe Fotokopie in den Händen. Neben dem redaktionellen Bericht war nämlich noch ein Kommentar abgedruckt. Daraus ergab sich die redaktionelle Überraschung über die Auswahl eines (kommunal)politischen Nobodys.

Lutz Distelkötter war bis dahin in Wetzlar und Umgebung einem begrenzten Kreis lediglich als »Assistent der Geschäftsführung« der ASCEND BAU GMBH, einem Wetzlarer mittelständischen Hoch- und Tiefbauunternehmen, bekannt gewesen. Dirk konnte einfach nicht verstehen, warum die drei sich gerade für den Außenseiter Distelkötter entschieden hatten, wo doch im Vorfeld wohl auch Kommunalpolitiker im Rennen gewesen waren.

Bei der Landratswahl folgte dann die Katastrophe für die Partei. Der Konkurrent Seidelmann erhielt bereits im ersten Wahlgang über fünfzig Prozent der Stimmen und war damit gewählt.

Distelkötter folgte weit abgeschlagen, zwar vor den anderen Mitbewerbern, aber mit einem für seine Partei jämmerlichen Ergebnis von 21 Prozent. Die Bürgerinnen und Bürger hatten nach einer Pressemitteilung der Partei angeblich Distelkötters Programm nicht richtig verstanden.

So wurde es nach der Wahl um ihn wieder so ruhig wie vor seiner Nominierung.

Aus Hannes Vermerk konnte Dirk das Ergebnis der Einwohnermeldeabfrage entnehmen. Distelkötter wohnte derzeit in Limburg.

Schluss für heute, sagte er sich, steckte noch die Handakte als Gedankenstütze für seine Limburger Zeugenaussage ein, legte sodann seine gesammelten Werke Hanne auf den Schreibtisch und ging.

56.

Hanne war schneller als sonst unterwegs, ihr Sohnemann Sven wollte nach Hause. Die Eltern eines Freundes, bei dem er heute Nachmittag ohnehin zu Besuch gewesen war, hatten sich kurzfristig bereiterklärt, Sven bei sich übernachten zu lassen. Doch nun wollte Svenny einfach nicht einschlafen und bereits wieder nach Hause.

Als Hanne am Haus vorfuhr, kam Sven schon zum Auto gelaufen, während die Familie seines Freundes in der offenen Haustür stand und Hanne zuwinkte. Sie rief ihnen noch ein »Dankeschön, ich revanchiere mich!« zu, ehe Sven auf der Rückbank den Kindersitz im wahrsten Sinne des Wortes erklomm.

Es war gut, Freunde und Bekannte zu haben, die einem bei Engpässen halfen. Trotzdem hatte Hanne ein schlechtes Gewissen ihrem Sven gegenüber.

»Na, mein Schatz. Papa kommt heut spät nach Hause. Wir sind also allein. Willst du gleich ins Bett oder passt noch was ins Bäuchlein?«

Sven strahlte: »Es passt noch.«

»Hamburger oder Eis?«

»Hamburger!«

Also fuhren die beiden noch mal von Steindorf aus in Richtung Wetzlar zurück, um im Westend ein amerikanisches Schnellrestaurant aufzusuchen. Bei den letzten Bissen seines Hamburgers wäre der Junge allerdings beinahe schon eingeschlafen. Seinen Erdbeershake musste Mama sogar mitnehmen

Nachdem Sven ins Bett gebracht und sofort eingeschlafen war, nahm Hanne Block und Stift zur Hand und führte nun ein langes und aufschlussreiches Telefonat mit ihrem Schwiegervater.

57.

Leo flog quasi den Brückenborn in der Dämmerung entlang. Verdammt spät war es heute geworden. Aber er hatte wirklich Glück! Kurz vor dem Friedhof sah er schemenhaft eine Person, sein Puls stieg an. Und dann kam auch schon ein champagnerfarbener Briard-Mix auf ihn zugelaufen. Die schemenhafte Person rief »Leo« und kurz danach nochmals »Leo«, weil der Hund nicht reagierte.

Stattdessen winkte ihr Leo Trinkaus zu und rief: »Sie haben Recht. Ich bin es!«

Daraufhin musste Carola lachen, denn erst dadurch erkannte sie den Spaziergänger.

Leo-Hund stellte sich schwanzwedelnd an Leo-Mensch hoch, stützte sich mit seinen Vorderpfoten auf dessen Knie ab und schnüffelte interessiert an der Hosentasche. »Du bist aber clever! Schau mal, was ich für dich habe!« Leo griff in seine Hosentasche und holte zwei Leckerlis heraus. Er fand einen dankbaren Abnehmer.

Inzwischen war auch Carola zu den beiden gestoßen. »Jetzt sind Sie für immer Leos bester Freund«, meinte sie lachend.

»Das bin ich sehr gern«, antwortete er und fuhr fort: »Sie sind ja auch so spät dran, Carola.«

»Ich habe länger arbeiten müssen, dafür bekommt Leo heute einen extra langen Spaziergang, weil er so tapfer ausgehalten hat.«

»Werde ich auch belohnt? Darf ich mich Ihnen anschließen? Ich habe auch länger arbeiten müssen!«

So gingen sie noch über eine Stunde zusammen durch den Abend. Die Sympathie bestand wechselseitig zwischen allen drei Lebewesen. Aber Leo spürte, dass es von ihm zu Carola mehr war als bloße Sympathie.

Er hatte ein solches Gefühl schon lange nicht mehr gehabt, jetzt war es jedoch da und ließ sich nicht mehr verleugnen. Verdammt noch mal, er hatte Schmetterlinge im Bauch!

Über den Hund und die Namensgleichheit leitete das Gespräch relativ schnell auf den persönlichen Bereich über. Denn eine Frage drängte sich ja in beide Richtungen auf: Wie konnten erwachsene Menschen abends spontan einfach mal eine Stunde an einen Spaziergang anhängen? Wartete auf die denn zu Hause kein Partner?

Nicht nur Leo war unbeweibt, sondern auch Carola lebte allein. Sie war 42 Jahre alt, drei Jahre jünger als Leo, aber Carola war bereits Witwe, nachdem ihr Mann vor zwei Jahren bei einem Verkehrsunfall ums Leben gekommen war. Kinder hatte sie keine. Nun arbeitete sie nachmittags als Fachangestellte in einem Notariat. Zusammen mit der Witwenrente reichte ihr das auf jeden Fall, zumindest so lange, bis eine sogenannte Rentenreform ihr nicht das Arbeitseinkommen anrechnete.

Außerdem wollte sie ihren Hunde-Leo nicht so lange alleinlassen. Ihr Chef mochte nämlich keine Hunde in seinem Büro.

Und weil ihr Gespräch so gut lief und man ja nicht auf Lebenspartner Rücksicht nehmen musste, brachte Leo sogar noch eine Einladung für den Freitagabend unter Dach und Fach.

»Welches Lokal schlagen Sie vor, Leo?«

»Ich kenne inzwischen schon einige gute Lokale hier in Wetzlar, aber riesigen Spaß würde es mir machen, Sie in das ›Bei Leo‹ einzuladen. Ich koche gut Pasta!«

»Einverstanden, dann brauchen wir auch nicht weit zu laufen oder gar zu fahren. Dann werde ich mich aber auch mit einer Gegeneinladung revanchieren.«

Leo strahlte.

Und natürlich durfte sie auch ihren Leo mitbringen. Als sie

sich verabschiedeten, gaben sie sich die Hand, hielten diese aber länger, als es hätte sein müssen.

Leo ergriff die Gelegenheit beim Schopf: »Wollen wir nicht diese förmliche Anrede lassen? Du weißt, dass ich der Leo bin, und ich weiß, dass du die Carola bist.«

»Einverstanden! Damit fühle ich mich auch wohler. Also dann, Leo.«

Sie hielten sich immer noch an den Händen, jetzt beugte sich Carola vor und hauchte ihm rechts und links jeweils ein Küsschen auf die Wangen.

Auf Wolke sieben schwebte Leo zu seiner Wohnung zurück.

Dirk hatte ihm auf den Anrufbeantworter gesprochen. Lutz Distelkötter wohnte jetzt in Limburg. Da bot es sich doch an, wenn er sich am nächsten Tag nach dem Gerichtstermin mal in Limburg umschaute. Vielleicht konnte er sich gleich an diesen LDK heften.

Leo rief sofort zurück, lobte seinen Kollegen für den guten Einfall und bat ihn, dann in Limburg zu bleiben, bis er Neues von ihnen aus Wetzlar hören würde.

Zum Einschlafen wählte er heute Claptons »Wonderful Tonight«.

58.

Am nächsten Morgen, inzwischen war es Donnerstag, fuhr Leo zeitig nach Leun. Während seines kleinen Frühstücks hatte er noch kurz die Tageszeitung überflogen, die er inzwischen im Abonnement bekam.

Sein erster Fall in Wetzlar hatte ihm verdeutlicht, dass er auch als Kriminalbeamter wissen musste, was man in der Redaktion für veröffentlichungswürdig hielt.

Da der »Aal« wohl nichts Neues zu berichten wusste, durfte die Bevölkerung des Lahn-Dill-Kreises heute verschiedene Nachrufe auf die beiden Kommunalpolitiker lesen. Freunde, berufliche und politische Weggefährten – natürlich alle auch abgebildet – durften sich auslassen. Das Ganze war als Fortsetzungsgeschichte angelegt. Man wusste ja schließlich nicht, wann es neue Fakten geben würde.

Während seiner Autofahrt nach Leun hatte sich Leo fest vorgenommen, dem Ex-Landrat zunächst den Kopf zu waschen und anschließend für einen Ritt auf der Rasierklinge zu gewinnen.

Als Leo Trinkaus das Wohnzimmer betrat, standen bereits zwei Kaffeetassen, eine Thermoskanne, ein Milchkännchen, eine Flasche Mineralwasser und zwei Gläser auf dem Glastisch.

»Können wir wenigsten heute offen und ehrlich reden?«, fiel Leo mit der Tür ins Haus und fuhr fort: »Ich habe heute Morgen Ihr Statement in der Zeitung gelesen. Derselbe Schmus, den Sie mir bei meinen ersten beiden Besuchen auch angeboten haben. Gestern haben Sie mich ganz schön um den Finger gewickelt!«

Stolze holte währenddessen mehrmals Luft, kam aber erst gar nicht zu Wort. »Jetzt machen Sie mal einen Punkt! Ich verstehe Sie nicht.«

»Herr Stolze, ich glaube Ihnen nichts mehr von dem, was Sie mir gestern erzählt haben. Also schön, Sie konnten sich denken, dass ich in den parteipolitischen Winkelzügen auf der kommunalen Ebene nicht so bewandert bin. Ich bin zwar neu in Wetzlar, aber ich bin kein Neuling! Was eine kriminalistische Recherche ist, habe ich noch nicht verlernt!«

Stolze öffnete den Mund und wollte etwas erwidern, aber Leo hob sofort seine rechte Hand als Stoppzeichen. »Halt! Antworten Sie noch nicht! Vielleicht kommt sonst wieder nur Schmus heraus. Hören Sie mir erst weiter zu und überlegen Sie sich die Antwort gut.«

Mit einem roten Kopf steckte sich Stolze eine Zigarette an.

»Verdammt noch mal, Sie machen es mir aber auch schwer, Herr Stolze. Ach, geben Sie mir auch mal eine.« Leo brauchte jetzt in seiner Anspannung auch eine Zigarette, das sollte aber kein Rückfall werden.

»Als Sie mir gestern Ihre Geschichte von der ›großen Einmütigkeit‹ erzählt haben, ist Ihnen wohl ganz entglitten, mir was zu wichtigen Personalentscheidungen zu sagen und natürlich dazu, wie solche Entscheidungen im Vorfeld – vor der ›großen Einmütigkeit‹ – durchgeboxt werden.«

Wieder musste Leo die Hand erhaben, weil Stolze etwas erwidern wollte. »Moment noch, Sie sind gleich dran! Ich habe also alte Zeitungen durchgestöbert. Ich sage nur: Triumvirat! Landratswahl! Aufstellung des Kandidaten Distelkötter! Oder soll ich es auf ein ganz bescheidenes Schlagwort bringen? LDK für LDK!«

Stolze goss ihnen beiden Kaffee nach, musste sich dabei aber sehr konzentrieren, denn inzwischen zitterte seine Hand ganz ordentlich.

»Also, mein Lieber. Jetzt dürfen Sie mir sagen, ob wir ab jetzt mit offenen Karten spielen können.«

Während Stolze seine Zigarette im Aschenbecher ausdrückte, entstand eine Pause. Er nahm sofort eine neue Zigarette und begann seinen Part nicht mit der erwarteten Antwort, sondern mit einer Gegenfrage: »Bleibt unser Gespräch vertraulich?«

Der hat Sorgen, dachte Leo. Ich will einen zweifachen Mörder fangen und einen dritten Mord verhindern, und der denkt an seine Reputation. Spontan antwortete er: »Natürlich, genauso vertraulich, wie das in Ihrer Partei gepflegt wird.«

»Machen Sie keinen Scheiß, ich meine wirklich echt vertraulich.«

Leo nickte genervt. Da er sich inzwischen ohnehin schon denken konnte, was Stolze zu erzählen hatte, konnte er es auch später – soweit das notwendig werden würde – als eigenes Ermittlungsergebnis oder Ermittlungsthese darstellen.

Im Übrigen hatte er ja nur genickt und nicht etwa »Ja« gesagt. Es war ihm im Moment auch scheißegal; so wie Stolze mit ihm bisher umgesprungen war, konnte Leo mit solch einer Notlüge bestens leben.

Nun schien das Eis gebrochen. »Ja, Herr Trinkaus, damals haben wir uns im Triumvirat wohl nicht richtig verhalten.«

Dieses Mal war es Leo, der seine Stimme erheben wollte, aber Stolze kam ihm zuvor. »Ist schon gut. Noch klarer ausgedrückt: Lutz Distelkötter musste sich ganz schön ...« – hier suchte er wohl noch das richtige Wort.

Leo soufflierte ihm: »... verarscht vorkommen!«

Stolze nickte. »Stimmt; so deutlich muss man es eigentlich sagen.«

»Und jetzt erzählen Sie mir mal, warum das Triumvirat gerade Distelkötter vorgeschlagen hat.«

»Gehört das denn hierher?« Stolze hatte wohl immer noch die Handbremse leicht angezogen.

»Mensch, Herr Stolze, jetzt schiggeds aber bahle!« In seiner Erregung war er kurz in heimatliche Töne verfallen. »Ich habe Ihnen Vertraulichkeit zugesichert und mache mir Sorgen um Sie! Ist Ihnen eigentlich klar, dass Sie das nächste Opfer sein werden?«

Zu Leos Überraschung antwortete Stolze jetzt sofort: »Ich weiß, deshalb habe ich doch solche Angst!«

Nun war es heraus! »Und dann erzählen Sie mir zwei Tage lang so einen Mist? Wie haben Sie das nur geschafft?«

»Eben aus dieser Todesangst. Seit Alberts Tod war mir klar, woher der Wind weht. Aber ich kann doch nicht öffentlich über die damaligen Interna sprechen. Wie man das überdeckt, habe ich in den langen Jahren gelernt.«

»Okay, dann will ich Ihnen auch noch sagen, woher ich weiß, dass Sie den von Ihnen in der Partei und in der Öffentlichkeit so hochgelobten Landratskandidaten eigentlich für eine Null gehalten haben. Ich hoffe, das lockert dann Ihre Zunge endgültig.«

Stolze schaute sehr interessiert, als Leo zwei Fotokopien aus seiner Jackentasche holte. Aber er unternahm keine Anstalten, dieser für den Berufspolitiker eigentlich ungeheuerlichen Behauptung zu widersprechen. Leo wertete dies als weiteren Schritt hin zu Stolzes Einsicht, nun endlich aus eigenem Interesse mit dem Kriminalpolizisten zu kooperieren.

»Die Zeitung hat Sie ein paar Tage vor der Wahl damals interviewt. Nebenbei bemerkt, das war eine ganz schöne Wahlkampfhilfe, aber genutzt hat es doch nichts. Oder hatten Sie genau dieses Ergebnis erreichen wollen?«

Stolze reagierte nicht, so dass Leo fortfuhr: »Überschrift: ›Stolze will Distelkötter als Nachfolger‹. Dann kommt der Text des Interviews: ›Herr Stolze, Sie sind seit etwas über neun Wochen nicht mehr im Amt des Landrates des Lahn-Dill-Kreises. Engagieren Sie sich noch aktiv in der Politik hier vor Ort?‹ Ihre Antwort: ›Selbstverständlich! Ich bin und bleibe ja schließlich Kreisvorsitzender meiner Partei.‹ Nächste Frage: ›Am nächsten Sonntag soll Ihr Nachfolger als Landrat gewählt werden. Sie treten doch sicher für Ihren Parteifreund Distelkötter ein.‹ Und Sie haben geantwortet: ›Ich kann mir Lutz Distelkötter gut als meinen Nachfolger vorstellen.‹ Nächste Frage: ›Ihr Kandidat ist ja bisher kommunalpolitisch noch nicht in Erscheinung getreten. Kann jemand, der quasi als Seiteneinsteiger kommt, ein solches Amt überhaupt ausführen?‹ Und Sie, werter Herr Stolze, haben geantwortet: ›Wem Gott ein Amt gibt, dem gibt er auch Verstand!‹«

Jetzt mischte sich Stolze doch dazwischen. »Das hat doch ohnehin keiner verstanden!«

»Warten Sie es ab. Die nächste Antwort von Ihnen war meines Erachtens die deutlichste, den Rest können wir uns dann schenken. Also, die nächste Frage lautete: ›Herr Stolze, würde Herr Distelkötter ein guter Landrat werden?‹ Und Sie haben geantwortet ...« – und hier machte Leo eine kunstvolle Pause – »... ›Lutz Distelkötter wird ein guter Landrat werden, wenn er die richtigen Berater hat.‹ Klarer kann man kaum jemanden deklassieren.«

Nach einer Pause fragte Stolze resigniert: »Und das lesen Sie alles aus dem Interview?«

»Inzwischen schon. Ich habe ja in den letzten Tagen gelernt, wie man Politikersätze hinterfragen muss. Heute weiß ich, dass bereits Ihre Begründung für die Antwort auf die erste Frage nach dem aktiven Engagement falsch ist.«

Stolze hob fragend seine Augenbrauen.

»Ist doch klar. Die Tatsache, dass jemand Vorsitzender ist, sagt doch noch lange nichts über sein Engagement. Aber noch besser merkt man es bei Ihrer zweiten Antwort. Sie haben nämlich die Frage nicht beantwortet.« Er nahm noch einmal die Kopie zur Hand. »Mit Ihrer Antwort haben Sie weder bestätigt noch verneint, dass Sie für die Wahl Ihres Parteikollegen eintreten. Insofern waren Sie wenigstens ehrlich. Sie haben nur gesagt, dass Sie sich ihn als Landrat vorstellen könnten. Das heißt aber doch nichts anderes, als dass Sie ein gewisses Abstraktionsvermögen haben. Sie konnten sich sicher auch damals schon Herrn Seidelmann oder einen der anderen Kandidaten als Landrat vorstellen.«

»Sie dürfen die Worte eines Politikers nicht auf die Goldwaage legen, Herr Trinkaus. Aber im Grunde genommen haben Sie natürlich Recht.«

»Sag ich doch«, erwiderte dieser. »Und mit den nächsten beiden Antworten haben Sie den Vogel abgeschossen. Sind Sie wirklich so naiv, dass Sie meinen, jede schlichte Gestalt hätte in dem Moment Verstand, wo sie in ein Amt gewählt wird? Und zum Schluss haben Sie dann klipp und klar gesagt, dass es Distelkötter niemals allein oder mit den falschen Beratern schafft, das Amt des Landrates ordentlich auszuüben.«

Leo nahm einen Schluck und beendete sein Statement mit den Worten: »Das Schlimmste ist für mich allerdings, daß der Redakteur nichts verstanden hat, wie man an der Überschrift des Artikels sieht.«

Stolze war am Boden und konnte angezählt werden. Sobald er vollends mit der Sprache herausgerückt war, musste er jedoch für die nächste Runde wieder aufgebaut werden. Schließlich benötigten sie ihn, wenn sie den Täter überführen wollten.

Er erzählte jetzt von den Querelen, die sie schon bei der Kandidatenfindung im Triumvirat gehabt hatten:

Wühler favorisierte die Vorsitzende des Haupt- und Finanzausschusses des Kreistages wegen ihrer unbestrittenen finanzpolitischen Fähigkeiten.

Prock hingegen konnte sich mit einer Frau überhaupt nicht anfreunden und wollte den stellvertretenden Kreisvorsitzenden der Partei haben. Der hatte nämlich nach der letzten Kreistagswahl seine Stimmen dafür gesammelt, dass Prock nochmals Fraktionsvorsitzender werden konnte, obwohl eine starke Gruppe innerhalb der Fraktion eigentlich schon einen Generationswechsel einläuten wollte. Dem war also Prock verpflichtet.

Stolze war das überhaupt nicht recht, weil damit sein derzeitiger Stellvertreter im Parteiamt »zu groß« werden würde. Er selbst wollte nämlich so lange wie möglich an seinem Kreisvorsitz festhalten. Die von Wühler ins Auge gefasste Kandidatin musste er allerdings ebenfalls verhindern, weil er wiederum eine andere – jüngere – Parteifreundin im Auge hatte. Doch für diese war der Wahltermin bestimmt fünf Jahre zu früh.

Also zauberte Stolze einen Kandidaten aus dem Hut, der ihm nicht gefährlich werden konnte und möglichst die Wahl ohnehin verlieren würde.

Leo glaubte aus Stolzes Worten herauszuhören, dass dieser letztlich ganz gut damit leben konnte, auf absehbare Zeit der letzte Landrat im Lahn-Dill-Kreis gewesen zu sein, den seine Partei gestellt hatte. Dieser Mann dachte allem Anschein nach, es könnte ohnehin niemand das Amt des Landrates so gut ausfüllen, wie er es getan hatte. So ein Schwein, dachte Leo, aber er brauchte dieses Schwein noch.

Und dann hatte es Stolze wirklich geschafft, erst Distelkötter Honig ums Maul zu schmieren, damit dieser die Kandidatur annahm und auch noch glaubte, schon im ersten Wahlgang von der Bevölkerung gewählt zu werden. Schließlich hatte er seine Triumviratskollegen auch noch auf seine Seite gebracht. Eine unverbrauchte Kraft sollte neuen Schwung in die Politik bringen. Außerdem würde Lutz ihnen dreien nicht gefährlich werden, weil nur sie die richtigen »Berater« für ihn sein konnten. Das hatte die anderen beiden überzeugt.

Vorsorglich hatte Stolze auch gleich die Presse über ihre Kandidatenfindung informiert, damit der Parteitag auf Linie gebracht wurde.

Für Distelkötter wurde die Wahl eine Katastrophe, er verlor nicht nur diese Wahl, sondern auch noch seine Arbeitsstelle. Unbestritten war ihm übel mitgespielt worden, aber eine Rechtfertigung für zwei Morde und vielleicht noch einen weiteren war das niemals. Dieser Ex-Kandidat rächte sich wohl auch für seine eigene Blauäugigkeit.

Jetzt musste Leo Trinkaus noch einmal nachfragen. »Haben Sie denn nach der Wahlniederlage keinen Weg gefunden, Herrn Distelkötter mit einem anderen Posten abzufinden, um ihn ruhigzustellen? Macht man das nicht so in Ihren Kreisen?«

»Lassen Sie doch diese Spitzen, Herr Trinkaus! Mir ist jetzt wahrlich nicht danach zumute! Natürlich haben wir im Triumvirat versucht, etwas Angemessenes für Lutz zu finden. Es war aber verdammt schwer, weil in der Zeit nichts greifbar war, was annähernd auf ihn gepasst hätte. Mit großer Mühe konnten wir dann die Parteifreunde in einer Stadt in einem Nachbarkreis dazu bringen, eine entsprechende Stelle vorzubereiten. Ich musste wie mit Engelszungen reden, der dortige Bürgermeister hatte sich schließlich auch ein Bild davon gemacht, was Lutz für ein Typ war.«

Stolze griff zu einer nächsten Zigarette, stand auf und ging im Wohnzimmer auf und ab. »Die Freunde in der Stadt führen ihren Betriebshof als Eigenbetrieb. Natürlich gab es dort auch einen eingesessenen Betriebsleiter, an dem nichts auszusetzen war. Aber der Arbeitsanfall war so, dass man auch gut einen zweiten Betriebsleiter begründen konnte. Sie wissen ja, wie das läuft.«

Leo wusste es zwar nicht. Er nickte aber trotzdem, denn er wollte jetzt Stolze nicht in seinem Erzählfluss hemmen.

»Lutz wollte nicht. Es war ihm zu popelig. Er war der Meinung, er müsse einen höher dotierten Posten bekommen. Selbst als wir auf den Titel ›Weiterer gleichberechtigter Betriebsleiter‹ gekommen sind, hat er strikt abgelehnt.«

Nach eine kurzen Pause ergänzte er dann: »Es wäre ohnehin mit der Stelle nichts geworden, denn nach unseren Gesprächen gab es in der besagten Stadt neue politische Mehrheiten.«

»Und sonst war nichts zu finden?«

»Nein, nichts, gar nichts, oberhalb BAT II war nichts zu machen. So gut stehen wir auch nicht mehr da, um jeden irgendwo unterzubringen. Und für ein politisches Amt außerhalb unseres Bereiches war er nicht kompetent genug. Aber selbst wenn trotz der angespannten Haushaltslage irgendwo noch ein Stadtrats- oder Kreisbeigeordnetenposten geschaffen worden wäre, hätten die Parteifreunde aus der jeweiligen Gebietskörperschaft sicher genügend eigene Interessenten gehabt.«

»Wie sind Sie dann mit Distelkötter verblieben?« fragte Leo weiter.

»Er war stinksauer, hat alle Brücken abgebrochen, wollte

nichts mehr mit uns zu tun haben. Er hat sich dann nach Limburg verkrochen.«

»Herr Stolze, trauen Sie Herrn Distelkötter zu, der von uns Gesuchte zu sein?« Leo hatte diese Frage mit Bedacht gewählt, weil sie sich jetzt am Übergang zur nächsten Phase ihres Gespräches befanden. Sie mussten auf die zu ziehenden Konsequenzen zu sprechen kommen. »Könnte er derjenige sein, der Wühler und Prock bereits die Schmach heimgezahlt hat?«

Stolzes Antwort kam spontan. »Wenn einer sich am Triumvirat rächen will, dann ist er es!«

Leo Trinkaus griff nun doch zu einer zweiten Zigarette. Die zweite Runde musste jetzt eingeläutet werden. »Herr Stolze, wir wollen verhindern, dass Sie das dritte Opfer werden – eigentlich das vierte Opfer, denn in gewisser Weise ist natürlich Distelkötter das erste Opfer.«

Leo legte eine kleine Pause ein. Zum einen sollte dieser letzte Satz auf Stolze einwirken, zum anderen nahm er einen kräftigen Zug und ließ den Rauch durch seine Nasenflügel entweichen.

»Wir können Sie nicht bis an Ihr Lebensende bewachen. Wir haben aber auch nichts in der Hand, mit dem wir Distelkötter jetzt schon überführen könnten. Er hat sich sehr geschickt angestellt.«

»Sie wollen mich doch wohl nicht ins offene Messer laufen lassen!« Die Angst stand Stolze wieder im Gesicht; Leo gönnte ihm nach dem, was er heute gehört hatte, diese Angst aus vollem Herzen.

Und so erläuterte Leo ihm seinen Plan: Stolze musste sich als Köder zur Verfügung stellen. Für die Vorbereitungen hatte die Sonderkommission Zeit bis Montagmittag. Dann musste Stolze zur Vorstandssitzung der mihevag um 15.00 Uhr in Ehringshausen erscheinen. Sie würden die Fahrt überwachen und für seinen Schutz sorgen. Wenn er bis zu diesem Termin nicht aus dem Haus gehen würde, gäbe es für Distelkötter erst am Montag die erste Chance, sein Werk zu vollenden.

Mit viel Bauchschmerzen und in einem recht weinerlichen Ton erklärte sich Stolze schließlich bereit.

Da Distelkötter dann auch überwacht würde, hatten sie die

Fäden in der Hand. Stolze durfte nur mit niemandem darüber reden, wirklich mit niemandem. »Ich meine damit nicht die Form von Vertraulichkeit, die Sie sonst so in der Partei pflegen, ist das klar?«

Stolze nickte.

»Meine bisherigen Besuche hier waren sicher nicht auffällig. Ehe ich aber nicht weiß, wo sich Distelkötter aufhält, werde ich Sie nicht wieder aufsuchen. Sobald die Überwachung Distelkötters läuft, werde ich mit Ihnen die nächsten Schritte absprechen.«

Diese letzten Bemerkungen von Leo Trinkaus führten dazu, dass Stolze wieder einknickte. »Ich habe mir das noch mal überlegt, Herr Trinkaus. Das Ganze ist mir doch zu gefährlich; Sie wollen mich ja quasi als Zielscheibe benutzen. Wer gibt mir die Garantie, dass alles gut verläuft?«

»Niemand kann Ihnen diese Garantie geben, das wissen Sie doch selbst. Sogar ich sollte mich Ihnen gegenüber absichern. Es geht nur, wenn Sie freiwillig mitmachen. Aber nennen Sie mir eine Alternative.«

Eine solche, die zur Verhaftung des Täters führte, konnte Stolze natürlich nicht liefern. Letztlich gab dann doch wieder das Argument den Ausschlag, Stolze könne nicht sein Leben lang vor Distelkötter auf der Hut sein, wenn dieser es tatsächlich auf sein Leben abgesehen hatte.

Leo setzte dann ein Schreiben auf, mit dem sich Stolze mit der vorgesehenen Aktion einverstanden erklärte und in dem er zum Ausdruck brachte, dass ihm keiner das Risiko der Angelegenheit abnehmen könne. Welche Bedeutung letztlich diese Erklärung juristisch hatte, war Leo nicht klar. Er wollte einfach eine gewisse Form der Absicherung haben.

Leo verabschiedete sich und ließ einen Ex-Landrat und Vorstandsvorsitzenden zurück, der nun nichts mehr mit der Person zu tun hatte, die er am Vortag noch war.

Leo atmete tief durch, als er wieder draußen auf dem Hermann-Löns-Weg stand.

Heute war Donnerstag, er würde also Staatsanwalt Koslowski erreichen. Heute konnte er ihn noch gefahrlos informieren, er rief also an. »Ich komme gerade von einem sehr informativen und interessanten Gespräch mit Herrn Stolze.«

»Ja gut, Herr Trinkaus. Haben Sie jetzt Beweise?«

»Nicht die Spur von einem Beweis, Herr Koslowski.«

»Ja gut, da bin ich aber erleichtert. Es ist also nichts mit Politik. Dann machen Sie aber auch nicht die Pferde scheu.«

»Nein, natürlich nicht. Ich gehe wie immer ganz behutsam vor. Wie gesagt, für so eine Verbindung gibt es momentan keinen Beweis.« Es stimmte tatsächlich und war nicht gelogen – momentan.

»Ja, gute Arbeit, Herr Trinkaus!«

»Ich halte selbstverständlich die Staatsanwaltschaft auf dem Laufenden.«

Eigentlich hatte er sagen wollen, dass er Koslowski auf dem Laufenden halten würde, hatte sich dann aber doch für die allgemeine Formulierung »die Staatsanwaltschaft« entschieden. Da Koslowski nicht insistierte, er wolle persönlich unterrichtet werden, fühlte sich Leo freier, am »Aal« vorbei zu agieren.

Leo beendete das Gespräch und rief anschließend noch kurz Dirk in Limburg an, ehe er sich auf den Rückweg nach Wetzlar machte.

59.

Dirks Gastspiel im Limburger Landgericht dauerte nicht lange. Nachdem des Starverteidigers neuer Beweisantrag voll in die Hosen gegangen war, hatte sich der Angeklagte doch noch zu einem Geständnis bequemt. Dirks Zeugenaussage wurde nicht mehr benötigt. Schon um 10.15 Uhr wurde er vom Vorsitzenden der Strafkammer entlassen.

Nach Distelkötters Wohnung brauchte er nicht zu suchen. Als er am Abend vorher aus Hannes Unterlagen ersehen hatte, dass dieser in der Ste.-Foy-Straße wohnte, wusste er Bescheid. Immer wenn er zum Landgericht nach Limburg musste, gab es vor und neben dem Gericht Parkplatzprobleme. Deshalb hatte er sich angewöhnt, am Gericht von der Schiede rechts in die Ste.-Foy-

Straße abzubiegen und sich auf den großen Parkplatz vor der Markthalle zu stellen.

So hatte er es auch an diesem Morgen getan. Auf seinem Fußweg zum Gericht war er sogar schon an dem Mietshaus vorbeigegangen, in dem Distelkötter jetzt wohnte. Er musste jetzt nur noch wissen, welches Fahrzeug zu der zu überwachenden Person gehörte. Selbst nachfragen wollte er nicht, schließlich jagte er hier in fremdem Revier.

Eigentlich hätten sie die Limburger Kollegen informieren müssen, aber das hätte wieder undichte Stellen provozieren können. Dirk rief also Hanne in der Polizeistation Wetzlar an, damit sie die benötigten Angaben besorgte. Nach ihrem Rückruf wusste er, wonach er Ausschau zu halten hatte: Nach einem Golf II mit dem amtlichen Kennzeichen LM – LD 123.

Nun lief Dirk die Straße vom Markthallenparkplatz bis zur Tankstelle beiderseits ab, ohne Erfolg. Verärgert ging er zum Parkplatz zurück, da fiel sein Blick auf die Imbissbude neben der Markthalle, die ihn sofort wie ein Magnet anzog. Plötzlich verspürte er einen unbändigen Hunger, der sogleich gestillt werden musste. Nachdem er eine Currywurst mit Pommes und eine Cola erhalten hatte, drehte er sich mit dem Teller vom Tresen aus um und ging auf einen kleinen runden Stehtisch zu. Dabei fiel sein Blick auf einen am ihm zugewandten Ende der zweiten Reihe geparkten grünen Golf.

Bingo! Es war der richtige Wagen – und nur etwa sechs Meter von seinem Standort entfernt. Na prima, überlegte Dirk, da kann ich ja hier stehen bleiben, schön essen und trinken. Wenn der LDK wegfahren will, muss er bei mir vorbei. Doch nach der zweiten Currywurst kam er doch ins Grübeln. Was, wenn er überhaupt nicht zu Hause war? Vielleicht war er mit einem anderen Wagen unterwegs.

Also musste er erst einmal klären, ob LDK in der Wohnung war. Mit seinem Colabecher ging er die paar Meter bis zur Straße vor, da kam ein Junge mit einem Roller angefahren. »Halt mal an! Willst du dir ’nen Fünfziger verdienen?«

»Na immer«, antwortete der Pimpf.

»Dann fahr doch mal da drüben zu dem Haus und klingele

bei Distelkötter. Dann hörst du über die Sprechanlage, ob ein Mann oder eine Frau antwortet, und sagst mir Bescheid. Hast du verstanden?«

Der Junge hielt die Hand auf und sagte: »Klaro, aber Vorkasse!«

Dirk gab ihm den Fünfziger, der Junge rollte mit einem Affenzahn davon, natürlich ohne an dem Haus überhaupt anzuhalten. Dirk fluchte ihm hinterher.

Also musste er es anders anstellen. Er beschloss, zur Telefonzelle am Landgericht zu gehen und von dort aus LDK anzurufen. Vom Handy aus wollte er es nicht wagen. Falls LDK einen ISDN-Anschluss hatte, würde er seine Nummer sehen. Beim Anruf konnte er ja seine Stimme verstellen und fragen: »Waldemar, bist du es?«, oder auch Alexander oder Juri.

Er hatte sich gerade auf den Weg gemacht, da löste sich das Problem von selbst. Die Tür des Mietshauses wurde geöffnet und Lutz Distelkötter kam mit zwei leeren Leinentaschen heraus. Zunächst war Dirk etwas unsicher, weil er das Konterfei von Distelkötter ja nur aus den Zeitungskopien kannte. Aber er musste es sein; Dirk meinte sich sogar wieder an die Zeit des Wahlkampfes zu erinnern. Damals hingen die LDK-Plakate im Großformat überall herum. Der Ex-Kandidat sah jetzt allerdings etwas abgehärmt und leicht verwahrlost aus.

Offensichtlich wollte er einkaufen gehen. Dirk heftete sich an seine Fersen, kam so noch zu einem Morgenspaziergang durch die Innenstadt und lernte auf diese Weise bei Karstadt die Lebensmittelabteilung kennen.

Nachdem LDK wieder in seiner Wohnung war, wollte Dirk nun auch nicht mehr länger herumstehen, ihm taten schon die Füße weh. Er holte also seinen Wagen und parkte schräg vor Distelkötters Wohnung, wobei er allerdings noch eine Viertelstunde an der Straße warten musste, bis ein geeigneter Parkplatz frei wurde.

Gegen Mittag rief Leo an; sie tauschen ihre Ergebnisse der Vormittagsarbeit aus, dann hieß es für Dirk wieder: Warten!

60.

Hannes Telefonat mit ihrem Schwiegervater am Mittwochabend war sehr erfolgreich verlaufen. Er hatte bei Wühlers Beerdigung deshalb mehr gesehen, weil er die meisten Personen und deren Lebensläufe kannte. Einiges ließ sich also schon am Abend aufklären, und die noch offenen Fragen wollte der Schwiegervater am anderen Morgen angehen. Als besonderes Bonbon konnte er aus seinem Fundus noch einige Original-Kandidatenhandzettel aus dem Landratswahlkampf beisteuern. Hanne holte sie sich gleich morgens ab, so dass sie jetzt auch über bessere Fotos von Distelkötter verfügten.

Sie konnte sich auf ihren Schwiegervater verlassen: Er kannte die strikte Trennung von Beruf und persönlicher Verbundenheit, deshalb war sie sicher, dass er sich nicht verplaudern würde. Schon während ihres gemeinsamen Telefonats wurde sie darin bestärkt, denn ihr Schwiegervater stellte selbst keine Fragen in der Richtung, was Hanne damit bezweckte. Er nahm also nur die Aufträge an und würde sich ganz unverdächtig als Privatschnüffler betätigen.

Schon gegen zehn Uhr an diesem Vormittag rief er Hanne in der Polizeistation an und erstattete Vollzugsmeldung.

»Ich will ja nicht in deine Intimsphäre eindringen, Papa, aber wie hast du es angestellt, dich unverfänglich nach Distelkötter zu erkundigen?«

»Ei, ich habe erzählt, ich wollte so ein Nachrufbuch für Albert Prock zusammenstellen, in dem sich alle verewigen sollten, die noch an seinem Todestage mit ihm gesprochen haben. Da musste ich natürlich wissen, ob denn der Lutz bei und nach der Beerdigung auch mit ihm zusammen gesehen wurde. Alle haben diese Geschichte geschluckt.«

»Na prima, ich danke dir. Du bist eine große Hilfe!« Sie machte eine kleine Pause, dann musste sie doch noch eine Bemerkung loswerden: »Und jetzt wirst du also Buchautor oder Herausgeber.«

»Wart es ab, vielleicht mach ich das sogar. Der Albert war ja nun wirklich kein schlechter Mensch!«

Ihr Schwiegervater war schon ein pfiffiger Kerl.

Nun konnte sich Hanne hinsetzen und ihren Bericht schreiben. Einiges war ihr zwar schon bekannt gewesen, doch jetzt wusste sie noch einiges über Distelkötters weiteren beruflichen Werdegang. Soweit es notwendig war, um wegen der Vergabe von Aufträgen bei Gemeinden, Städten und Landkreisen zu antichambrieren, hatte er sich auch »Referent für Öffentlichkeitsarbeit« seiner Firma genannt. Nach dem kurzen und für ihn und seine Partei so erfolglosen Landratswahlkampf war er bei ASCEND BAU ausgeschieden und von der Wetzlarer Bildfläche verschwunden. In der veröffentlichten Meinung wurde gemunkelt, er habe gehen müssen, weil er nach diesem parteipolitischen Outing für die von ihm verlangte Form der Öffentlichkeitsarbeit »verbrannt« gewesen sei. Berücksichtigte man veränderte politische Mehrheiten, wie sie sich gerade bei der Landratswahl gezeigt hatten, so hatte man ihn für eine Lobbyarbeit nicht mehr gebrauchen können.

So hatte ihn das Triumvirat – und natürlich die uneinsichtige Wählerschaft des Kreises – direkt in die Arbeitslosigkeit befördert. Dass er sich deshalb aus Wetzlar verabschiedet hatte und den lieben Parteifreunden nicht täglich über den Weg laufen wollte, war gut nachzuvollziehen.

Hanne widmete sich in ihrem Bericht anschließend den Informationen, die sie über Distelkötters Anwesenheit auf der Beerdigung besaßen. Hanne konnte leicht nachvollziehen, wie Distelkötter im Anschluss an die Beerdigung mit Prock zur »Linde« gefahren und sich dort auch noch in den Fußraum des Fahrersitzes hinabgebeugt hatte. Mehrere Trauergäste hatten ihn gesehen. Da brauchten die Ermittler gar nicht mehr zu überlegen, wie sie an Haare, Hautschuppen oder Blut des Verdächtigen herankommen sollten. Denn er war ja nur wenige Stunden vor dem Mord ganz offen tatsächlich in Procks Auto gewesen. Damit waren alle möglicherweise vorhandenen Spuren perfekt erklärt.

Leo hatte Recht: Wenn sie ihn nicht in flagranti bei dem Versuch erwischten, auch das dritte und letzte Triumviratsmitglied zu töten, schien es aussichtslos, das Opfer der Parteiintrigen als Täter überführen zu wollen. Wenn er denn tatsächlich der Täter war.

Aber wer sollte denn noch solch ein schwerwiegendes Motiv haben?

61.

Hanne Ziegler telefonierte gerade mit Dirk Roß, um ihm anzukündigen, daß er bald von Thomas Helmer abgelöst würde, als Leo das Zimmer betrat. Sie wollte deshalb das Gespräch abbrechen, aber Dirk musste noch eine Warnung loswerden. »Sag dem Thomas aber, er soll seine Uniform auslassen und sich unterstehen, hier mit einem Streifenwagen aufzukreuzen. Dann können wir uns gleich bei LDK zum Kaffee anmelden!«

»Ach, das weiß der doch selbst.«

»Na na, bei unseren Schupos weiß man das nie!«

Leo nahm sich Hannes schriftlichen Bericht und las ihn aufmerksam durch. Dann rief er Jobst an und bat ihn, doch kurz herüberzukommen. »Bring aber Birgits Seelentröster mit!«

»Der darf ihren Bereich nicht verlassen, das weißt du doch. Aber ich habe heute an euch gedacht. Bis gleich!« Und kurze Zeit später stand Jobst mit einigen Hausmacher-Schmalz-Stullen in der Tür. »Unser Nachbar hat geschlachtet. Lasst es euch schmecken!«

Für Leo war das allerdings nichts, da würde sein Magen rebellieren.

Auch Jobst las Hannes Ermittlungsbericht, danach hörten sich Hanne und Jobst gemeinsam Leos Bericht über seinen Besuch bei Stolze und seine Telefonkonferenz mit dem in Limburg weilenden Dirk an.

»Jetzt aber mal grundsätzlich!« Jobst musste nun als Dienststellenleiter mit Hanne und Leo die Problematik ihres beabsichtigten Vorgehens thematisieren. Er nahm sich eine Schmalzstulle und lehnte sich zurück. »Seid ihr euch wirklich bewusst, wie gefährlich das ist? Auch wenn Stolze deinen Schrieb abgezeichnet hat, so sind wir im Moment ohne Rückendeckung von oben.«

Jobst Assmann zeigte nun verschiedene Szenarien auf. Da war zum einen die Möglichkeit, dass Distelkötter mit einem Angriff auf Stolze Erfolg hatte, obwohl dieser Angriff überwacht wurde. Dann hätten sie zwar den Täter, aber auch ein weiteres Opfer. Was wäre, wenn der Ex-Kandidat sich gar nicht den Montag für einen Anschlag auf das letzte lebende Triumviratsmitglied ausgesucht hatte? Wie lange sollte dann die Überwachung mit diesem hohen Personalaufwand laufen? Fragen über Fragen.

Hanne fügte einen weiteren Aspekt hinzu: »Wie wird Stolze mit der psychischen Belastung klarkommen, auf dem Präsentierteller von Leun nach Ehringshausen zu fahren? Ich könnte mir vorstellen, dass der so neben der Kappe ist, dass er noch einen Unfall baut. Auf der anderen Seite sehe ich jedoch derzeit keine andere Möglichkeit, den Täter zu überführen.« Nach einer Pause ergänzte sie noch ihren Gedanken: »Und schließlich ist Stolze ja einverstanden!«

Leo ging zum Telefon. »Wir sollten auch noch die Meinung von Dirk einholen.« Er schaltete die Lautsprecherfunktion ein, damit alle Kollegen den Originalton hören konnten.

Dirk reagierte zunächst emotional. »So, wie ich den Stolze kennengelernt habe, schadet das dem gar nichts, wenn er ins Schwitzen kommt. Schließlich ist er der Hauptverantwortliche! Der hat doch mit einem Menschen gespielt!«

Leo Trinkaus hielt sich als Chef der Sonderkommission zurück, die anderen kannten seine Meinung ohnehin. Er war bereit, das Risiko einzugehen. Ja, er sogar noch am ehesten, weil er in seinen Gesprächen mit Stolze nicht nur an der Nase herumgeführt worden war, sondern auch tiefe Eindrücke in die kommunalpolitischen Niederungen erfahren hatte.

Dirk Roß war dann derjenige, der den Weg zumindest zu einem Zwischenergebnis ebnete: »Also ich meine, ihr Leute, wir müssen zumindest bis zum Montag die Überwachung laufen lassen. Selbst wenn dieser Distelkötter nichts damit zu tun hat, müssen wir einfach aufgrund unserer jetzigen Erkenntnisse so verfahren. Sollte er Montag nicht zu Stolze kommen, können wir immer noch weitersehen.«

Hanne und Leo nickten und Jobst sagte: »Das ist vernünftig, dann halten wir uns immer noch andere Wege offen.«

Es war also klar: Jetzt musste Distelkötter zumindest bis Montag nahtlos überwacht werden. Das würden sie zu viert nicht schaffen, zumal auch noch genügend Vorbereitungen für die Montagsfahrt von Stolze nach Ehringshausen getroffen werden mussten. Ihr Personal musste also aufgestockt werden.

Jobst rechnete kurz durch. Es gab sieben Ermittlungsgruppen in ihrer Polizeistation. Wenn jede Gruppe einen Kollegen oder eine Kollegin abstellte, konnte man relativ kurze Überwachungsintervalle wählen und versuchen, die für alle möglichst in den normalen Dienstplan einzubauen. Bloß nachts mussten sie etwas drehen, und für Hanne sollte ein Nachteinsatz möglichst vermieden werden.

Assmann nahm ein Blatt Papier und begann den Zeitplan aufzuschreiben. »Wenn wir jeweils Vier-Stunden-Schichten nehmen, kann man das allein schaffen. Solange muss man auch mal ein Pinkelbedürfnis unterdrücken können. Ist Thomas schon unterwegs?«

Hanne schüttelte den Kopf. »Ich wollte ihn gerade losschicken.«

Jobst schaute auf seine Armbanduhr. »Also dann beginnen wir heute bei 15.00 Uhr mit Thomas. Von eurer Gruppe 1 nehmen wir den Hajo Loh, bei den anderen Gruppen werde ich junge Kollegen nehmen, die noch nicht so lang in Wetzlar sind. Da ist dann am ehesten gewährleistet, dass sie parteipolitisch zumindest nicht so stark involviert sind. Machen wir weiter: Hajo übernimmt ab 19.00 Uhr die zweite Schicht. Dann kommen die Kollegen aus den Gruppen 2 bis 7 und hängen dann hinten wieder Dirk und dann Thomas an. Und dann geht es wieder von vorn los.« Er führte seine Liste fort. »Halt, Hanne, dich müssen wir ja auch noch einbauen.« Er überprüfte kurz und fragte: »Ist es dir Recht, wenn du jeweils die Schicht von 11.00 bis 15.00 Uhr übernimmst?«

Hanne nickte dankbar, weil sie das gut in ihren Familienplan einbauen konnte. Jobst kritzelte weiter. »So, dann brauchen wir bis Montag 15.00 Uhr insgesamt vierundzwanzig Schichten. Du, Hanne, hast dann die letzte und vielleicht entscheidende Schicht am Montag von 11.00 bis 15.00 Uhr. Ist 15.00 Uhr nicht der Beginn der Vorstandssitzung?«

»Ich glaube ja«, antwortete Hanne.

Leo war da anderer Meinung: »Ich glaube, wir haben überhaupt noch nicht über den Beginn gesprochen. Aber das lässt sich ja leicht klären.«

Jobst schaute seine beiden Kollegen an: »Einverstanden?«

Auch Leo nickte jetzt. Jobst wollte sofort den Schichtplan umsetzen und dafür sorgen, dass auch die jeweiligen Überwachungsfahrzeuge immer wieder gewechselt wurden. Leo würde sich dann um die Organisation der zu überwachenden Fahrt von Leun nach Ehringshausen kümmern, die schon angedacht, aber noch nicht beschlossen war. Da würden ein paar Wagen gleichzeitig benötigt werden.

Zum Schluss ihres Gespräches musste noch ein Punkt geklärt werden. Leo sprach ihn an. »Jobst, ich möchte gern, dass die Limburger Kollegen nicht informiert werden. Ist das auch in deinem Sinne? Du weißt nie, wo es alles undichte Stellen gibt. Ich meine das noch nicht einmal böse, aber die Solidarität in der Partei kann auch von einem Polizeibeamten in seiner Arbeit falsch verstanden werden. Denk mal daran, wie schnell Wiesbaden Bescheid wusste.«

»Du hast Recht, Leo. Als Dienststellenleiter wäre ich zwar auch nicht erfreut, wenn Limburger Kollegen bei uns ermitteln, aber auch ich meine, wir können in diesem Ausnahmefall nichts anderes tun. Ich habe schon wieder einen Anruf vom Polizeipräsidenten gehabt. Also ich verbrenne mir die Schnauze nicht! Ich habe ihn an den ›Aal‹ verwiesen. Das sollen doch die Wiesbadener im Innenministerium mit denen im Justizministerium selbst abklären, wer jetzt was nicht ermittelt haben will. Okay, so machen wir das! Lasst uns vorübergehend in fremden Revieren fischen!«

Das war ein gutes Schlusswort und Jobst ging hinaus. Doch bereits eine Minute später war er wieder da. »Sag mal, Leo. Wie willst du denn eigentlich unsere Überwachungsaktion dem ›Aal‹ verkaufen? Den musst du doch spätestens morgen informieren und dir das Plazet holen.«

Leo setzte den unbedarftesten Gesichtsausdruck auf, den er zur Verfügung hatte. »Herr Erster Kriminalhauptkommissar Assmann, ich habe gerade vorhin mit Herrn Staatsanwalt Koslowski telefoniert und ihm den aktuellen Stand der Ermittlungen mitgeteilt ...« – hier legte er eine Kunstpause ein – »... soweit er ihn verlangt hat.«

»Wieweit hat er ihn denn verlangt?«

»Er wollte wissen, ob wir inzwischen Beweise für eine politisch motivierte Tat haben. Das habe ich ihm wahrheitsgemäß verneint. Oder haben wir Beweise?« Das letzte Wort betonte er noch einmal kräftig und schaute in das grinsende Gesicht seines Chefs. »Im Übrigen konnte ich natürlich nicht von deinem Überwachungsplan berichten, den hast du ja eben erst aufgestellt.«

»Schön und gut«, erwiderte Assmann, »aber morgen ist auch noch ein Tag. Was willst du ihm dann erzählen?«

»Freitag und Montag sind die Sitzungstage des ›Aals‹, da ist er nicht zu erreichen. Hubsi hat gesagt, dann müsste ich mit ihm Vorlieb nehmen.«

»Genial, Leo! Aber ob wir das auch noch durchhalten können, wenn es Montag ernst wird, wage ich zu bezweifeln.«

Jobst verließ nun endgültig das Zimmer.

62.

Für den Rest ihres Arbeitstages hatte jeder der Kollegen seine eigenen Routinearbeiten zu erledigen. Der Dienststellenleiter Jobst Assmann klapperte seine Ermittlungsgruppen ab, um aus jeder einen Kollegen für die Überwachung abzuziehen. Er musste dazu einige Telefonate führen, weil natürlich nicht alle Kollegen zur Zeit Dienst hatten oder nicht im Hause waren. Nach eineinhalb Stunden war sein Schichtplan mit den entsprechenden Namen gefüllt, ohne Murren der Betroffenen übrigens.

Kollegialität unter Jobsts Führung wurde im Hause groß geschrieben.

Leo arbeitete derweil mit Hanne den Überwachungsplan für Stolzes Fahrt zur Vorstandsitzung nach Ehringshausen aus. Wenn sich Distelkötter diesen Anlass für seine dritte Quittung aussuchen würde, wäre Hanne diejenige, die mit ihm aus Limburg nach Leun oder Ehringshausen kommen würde. In und um Leun würden dann in jeweils getrennten Fahrzeugen Dirk, Thomas, Jobst und Leo die Überwachung durchführen.

Auch wenn Jobst als Dienststellenleiter mit recht viel Verwaltungsarbeit eingedeckt war, würde er es sich nicht nehmen lassen, in diesem Fall mal wieder »an der Front« zum Einsatz zu kommen.

»Was macht dich eigentlich so sicher, Leo«, fragte Hanne unvermittelt, »dass tatsächlich Distelkötter unser Mann ist?«

»Meine Nase!«

»Und wenn nicht?«

»Ach, Hanne, ich habe zwar nicht alle Personalentscheidungen des Triumvirates in den letzten Jahren herausbekommen. Aber die Aufstellung des Landratskandidaten ist die jüngste und gleichzeitig die gravierendste gewesen. Das Motiv passt einfach!« Er legte eine kurze Nachdenkenspause ein und fuhr dann fort: »Im Übrigen ist meines Erachtens Stolze nicht in Gefahr, solange er im Hause bleibt. Erst draußen wird es gefährlich, aber ab Montag sind wir ja bei ihm.«

»Klar«, erwiderte Hanne, »und Stolze zwischendurch auch noch rund um die Uhr zu bewachen, schaffen wir ohnehin nicht.«

»Genau! Und nun verlass dich doch mal auf meine Nase.«

63.

Dirk Roß wartete derweil in Limburg dringend auf Ablösung. Er hatte nun wahrlich eine extralange Überwachungsschicht. Und es war erst 14 Uhr, er musste also immer noch eine Stunde warten, bis Thomas Helmer ihn ablösen würde.

Schon seit ungefähr einer halben Stunde war er in seinem Wagen unruhig, er verspürte einen mächtigen Darmdrang. Lange konnte er es nicht mehr halten, musste also dringend ein Örtchen suchen. Bei der Imbissbude ging es nicht, also blieb ihm nur ein zügig, aber kontrolliert angespannter Gang ins Landgerichtsgebäude, um dort die Toilette aufzusuchen. Er wechselte die Straßenseite, um nicht noch einmal direkt auf Distelkötter zu stoßen, falls der gerade das Haus verließ. Er hoffte inständig, dass dies nicht gerade jetzt der Fall war, wenn er mal kurz aus der Hose musste. Aber es ging nicht anders, er musste los.

Doch schon nach ungefähr dreißig Metern kam Dirk an einer Bäckerei vorbei, und siehe da: Mit einem Café. Schnell verschwand er in der Toilette und kam nach fünf Minuten zurück. Die Erleichterung war ihm anzusehen. Durch die großen Fenster des Cafés testete er den Blick auf das Mietwohnhaus schräg gegenüber und stellte fest, dass er von hier aus eine hervorragende Sicht hatte.

Also setzte er sich an einen Fensterplatz und versüßte sich die letzte Stunde seiner Schicht mit jeweils einem Stück Nuss-Sahne und einem Stück Schoko-Sahne sowie einem Kännchen Kaffee. Per Telefon informierte er seinen Kollegen Helmer, wo der ihn finden würde.

Leider hatte Dirk durch seine Sitzung verpasst, wie Distelkötter das Haus verließ, zügigen Schrittes zum Parkplatz ging und wegfuhr.

Die Ablösung kam kurz vor drei; Thomas übernahm Dirks hervorragenden Beobachtungsplatz und legte Distelkötters Wahlkampfhandzettel vor sich, den er von Hanne erhalten hatte.

Zu seiner großen Überraschung sah er dann gegen halb sieben Lutz Distelkötter aus Richtung Parkplatz kommend zum Haus gehen und darin verschwinden.

64.

Kriminalhauptkommissar a.F. (= »auf Freiersfüßen«) Leo Trinkaus war heute früher nach Hause gegangen. Nach seiner Einschätzung war dienstlich alles Absehbare vorbereitet. Morgen musste er dann noch mit Stolze den Ablauf des Montagnachmittag besprechen. Auch wenn seine Kollegen skeptisch waren, so war er doch zuversichtlich, sie noch überzeugen zu können. Der Rest bis zum Montag würde hoffentlich reine Überwachungsroutine sein.

Er brauchte an diesem Abend keinen Hundespaziergang zu machen. Carola hatte ihm erzählt, dass sie zu einer Geburtstagsfeier wollte. So beschäftigte er sich schon einmal damit, welche Pasta er denn am kommenden Abend anbieten sollte. Dazu wollte er selbst noch einmal die Pasta-Speisekarte eines Italieners studieren, um sich Anregungen für die Auswahl der Geschmacksrichtung zu holen.

Vorher musste er allerdings noch einkaufen, da er nicht wusste, ob er am nächsten Tag dafür genügend Zeit haben würde. Vom Goldfischteich aus fuhr er mit dem City-Bus in die Langgasse, stieg an der Hospitalkirche aus und kaufte gegenüber seine kulinarischen Zutaten ein. Er entschied sich für frische Tortelloni und einige Saucen, die Auswahl konnte er dann ja noch zu Hause treffen. Außerdem erstand er eine große Pfandflasche und ließ sich einen staubtrockenen Barbera abfüllen. Schließlich probierte er noch einen samtweichen Grappa und nahm eine Flasche davon mit. Dieser Grappa würde ihr Essen hervorragend abrunden. Ein sehr gutes Vanilleeis hatte er außerdem noch in seinem Tiefkühlfach.

Da er keine Lust hatte, die Sachen zu Fuß nach Hause zu schleppen, nahm er den nächsten City-Bus und fuhr mit ihm die Ehrenrunde über den Bahnhof wieder nach oben.

Kurz nach halb sieben, der Bus fuhr gerade die Haarbachstraße hoch, klingelte Leos Handy. Der Fahrer des City-Busses schaute unwillig zu Leo herüber, obwohl dieser im Moment der einzige Fahrgast war. Thomas Helmer berichtete ihm davon, dass Distelkötter ungefähr viereinhalb Stunden wegen eines menschlichen Bedürfnisses von Dirk unbeobachtet gewesen war. Leo konnte Dirk durchaus verstehen, das hätte ihm genauso passieren können.

Nachdem er ausgestiegen war, rief er trotzdem vorsorglich bei Stolze an und konnte sich selbst die Erleichterung nicht verhehlen, als er Stolzes Stimme hörte. Natürlich behielt er die kleine Panne für sich und beruhigte den Ex-Landrat dadurch, dass er ihm zumindest erklärte, dass Distelkötter durchgängig überwacht werde und für Montag alles vorbereitet sei. Sodann kündigte er für den nächsten Morgen seinen Besuch an und wünschte ihm einen den Umständen entsprechenden schönen Abend.

Leo stellte seine Tasche zu Hause ab, legte die frischen Tortelloni in den Kühlschrank und ließ sich in einen Sessel fallen. Nun musste er erst noch Dirk anrufen und ihm Trost zusprechen. »Hallo, mein Lieber. Das ist ganz schön fies, wenn der Lehm so drückt, was?«

»Ha ha ha! Mach dich nur lustig über mich!«

»Mach ich doch gar nicht. Ich möchte mein Verständnis für deine Situation ausdrücken. Keine Angst, Stolze lebt noch, ich habe gerade mit ihm gesprochen.«

Dann wollte Leo noch von seinem Kollegen dessen Meinung über die örtliche Durchführbarkeit der Überwachung in Limburg wissen. Dirk schätzte diese als recht gut ein und hielt auch die zeitlichen Intervalle für angemessen. »Die Nachtschichten sind zwar blöd, aber wir haben ja glücklicherweise nicht mehr Winter.«

Leo suchte in seiner Jackentasche und holte die Kopie des Schichtplanes hervor. Er suchte mit Hilfe seines Zeigerfingers Dirks nächsten Einsatz. »Du bist in der Nacht zum Samstag leider von 3.00 Uhr bis 7.00 Uhr wieder dran. Und dann von Samstag auf Sonntag von 23.00 Uhr bis 3.00 Uhr.«

Er entschuldigte sich, aber Dirk hatte Verständnis dafür, dass Hanne nachts verschont blieb und sie die einspringenden Kollegen, die nicht zu ihrer Sonderkommission gehörten, nicht über

Gebühr in Beschlag nehmen wollten. Dafür durfte Dirk am nächsten Tag und am Wochenende auf Abruf zu Hause bleiben. Wenn alles glatt liefe, würde es völlig ausreichend sein, Dirk seine Überwachungsschichten absitzen oder abstehen zu lassen.

Leo verabschiedete sich von seinem Kollegen mit einem »Grüß mir unbekannterweise die Elke ganz herzlich!«

Dann machte er sich kurz frisch und ging zum Domplatz hinunter. Er wollte bei Nico, dem »Wirt am Dom«, die Speisekarte studieren und sich bei dieser Gelegenheit auch gleich ein Abendessen genehmigen. Während er sich quer über den Domplatz dem Lokal näherte, musste er sich durch die vielen dort parkenden Fahrzeuge durchschlängeln.

Von außen sah er schon, dass der Nebenraum links vom Eingang rappelvoll war, es sah nach einer geschlossenen Gesellschaft aus. Also wandte er sich nach rechts in den Gastraum. Oh je! Auch hier war jeder Tisch besetzt. Eigentlich doch ein gutes Zeichen für ein Restaurant!

Es kam nur noch der letzte Tisch vor der Theke in Frage, denn dort saß lediglich ein kleines altes Männchen, vor dem lediglich eine Tasse Kaffee stand. Der Mann sah lustig aus; er mochte bestimmt schon über siebzig sein, war höchstens 1,50 m groß und sehr schmal, fast schon ausgemergelt. Sein Haupthaar hatte sich bereits größtenteils verabschiedet, so dass nur noch ein schlohweißer Haarkranz zu sehen war. Leo ging langsam nach vorn und blieb vor dem Männchen stehen.

Noch ehe er etwas fragen konnte, sagte dieser: »Gell, Sie dürfen sich ruhig hier zu mir setzen.«

Leo bedankte sich und nahm Platz.

»Gell, Sie wollen auch was essen, gell? Das ist auch gut hier, gell.«

Nun nickte Leo seinem Gegenüber freundlich zu und dachte, damit sei die Höflichkeitskonversation erst einmal abgeschlossen, zumal er sich jetzt in die Speisekarte vertiefen wollte. Er bestellte ein Mineralwasser und ein Glas Merlot und klappte die Speisekarte auf. Doch noch ehe er die erste Pastaseite erreicht hatte, setzte sein Gegenüber die bisher recht einseitige Konversation fort.

»Gell, Sie rauchen doch nicht, gell? Sonst dürften Sie nämlich nicht hier sitzen, gell. Ich vertrage nämlich den Rauch nicht, gell.«

Zur Verstärkung hustete der Opa dreimal. Leo schüttelte nur den Kopf und schaute sich kurz um. Dies war weder ein Nichtraucherrestaurant, noch saßen sie in einer Nichtraucherecke des Lokals. Aber er wollte sich nicht mit dem Männchen anlegen, wobei ihm in diesem Moment allerdings bewusst wurde, dass er durchaus Lust auf eine Zigarette verspürte.

Er schlug die Seite mit Tortellini/Tortelloni-Gerichten auf. Dann wollen wir mal sehen, dachte er und fing von oben an zu lesen: »Tortellini alla Panna« (mit Formvorderschinken und Sahne), »Tortelloni alla Chef« (gefüllte Teigtaschen mit Formvorderschinken und Sahne), »Tortelloni Broccoli« (gefüllte Teigtaschen mit Tomatensauce und Knoblauch).

Hier wurde seine Aufmerksamkeit wieder abgelenkt. »Gell, die Karte ist schön, gell? Suchen Sie sich nur was Schönes aus, gell?«

In diesem Augenblick wurde er von dem aufmerksamen Wirt von hinten angesprochen. »Scusi, signore. Die Herrschaften dort an Tisch drei« – er zeigte dabei mit der Hand in die entsprechende Richtung – »haben eben bezahlt. Sie können sich gern umsetzen, ich bringe Ihnen die Getränke dann dorthin.«

Leo hätte den Wirt umarmen können, beließ es aber bei einem »Haben Sie vielen Dank, das mache ich gern.« Als er aus den Augenwinkeln sah, dass sich die Gäste am gezeigten Tisch erhoben, leitete er sofort seinen Stellungswechsel ein.

Er nickte dem kleinen Männchen kurz zu und hörte dann beim Weggehen hinter seinem Rücken: »Sie hätten doch ruhig hier bleiben können, gell. Sie stören mich nicht.«

»Du mich aber«, brummte Leo leise vor sich hin.

Nun konnte er in Ruhe sein Studium der Speisekarte fortsetzen. Er war jedoch bereits am Ende der Tortellini/Tortelloni-Seite angelangt. Allerdings fand er noch leckere Pasta-Gerichte auf einer anderen Seite unter der Überschrift »Pasta della Casa«.

Für sein Mahl wählte Leo zunächst eine Minestrone und dann als Hauptgericht »Lunotti ricotta e tartuffo«, was als »mit Ricotta-Käse und Trüffeln gefüllte Teigtaschen in Sahnesauce« beschrieben war. Leo kramte in seinen spärlichen und längst verschütteten Italienischkenntnissen und war der festen Meinung, dass »tartuffo« nur mit einem f geschrieben würde. Aber Nico würde schon wissen, wie es richtig war. Zum Nachtisch gönnte er sich ein Tiramisu. Wenn schon Kalorien, dann richtig.

Abgerundet wurde dieser Restaurantbesuch durch einen Cappuccino und einen von Nico angebotenen Grappa. Als er aufstand, saß das Männchen immer noch am ersten Tisch. Vollends zufrieden über Speis und Trank machte er sich nun auf den Heimweg.

Seine Gedanken wanderten zu Carola, die jetzt noch einen Geburtstag feierte. Irgendwie fehlte sie ihm schon.

Ehe er sich zu Hause hinlegte, nahm er noch einmal die Kopie des Überwachungsplanes zur Hand. Hajo Loh hatte die Schicht 2, er musste für heute noch eine knappe Stunde aushalten. Gerade weil Hajo aus seiner eigenen Ermittlungsgruppe war, rief er ihn kurz an, um sich nach seinem Befinden zu erkundigen.

Es war alles in Ordnung, es gab nichts Außergewöhnliches zu vermelden.

65.

Am Freitag früh rief Leo als erste Diensthandlung des Tages den Kollegen aus der Ermittlungsgruppe 4 an, der in Limburg die fünfte Schicht hatte. Ehe er zu Stolze nach Leun fuhr, musste er wissen, wo sich Distelkötter derzeit aufhielt, damit dieser ihn nicht plötzlich bei Stolze sehen würde. Der Kollege lief gerade mit entsprechendem Abstand hinter Distelkötter durch Limburg, dieser war nämlich auf dem Weg zu seinem Morgeneinkauf. Leo wollte sofort informiert werden, falls Distelkötter Limburg verließ. Der Kollege sollte das auch an Hanne weitergeben, die nämlich die nächste Schicht hatte. Dann fuhr Leo nach Leun.

Stolzes Grippe war höchstens um Nuancen abgeklungen; es schien eher so, als sei er inzwischen wegen der bevorstehenden und für ihn durchaus gefährlichen Aktion »verschnupft«. Die

Spannung knisterte in dem bescheidenen Anwesen im Hermann-Löns-Weg.

Nachdem Leo dem Ex-Landrat, der in der Gefahr schwebte, das nächste Opfer zu werden, den Ablauf der Aktion haarklein erläutert hatte, musste er noch einige »Was ist aber, wenn ...?«-Fragen beantworten. Letztlich blieb Stolze aber keine Wahl, das wusste er auch, da musste er jetzt durch.

Auf der Rückfahrt wählte Leo Trinkaus vorsorglich die Durchwahl von Staatsanwalt Koslowski, es ging aber niemand an den Apparat. Sodann wählte er die Nummer von Hubsi Zimmermann, der meldete sich sofort.

Leo legte eine ernste Stimme auf und begann: »Guten Tag, Herr Staatsanwalt Zimmermann. Hier ist Kriminalhauptkommissar Trinkaus. Ich suche dringend Herrn Staatsanwalt Koslowski, kann ihn aber nicht erreichen.«

Hubsi ging darauf ein: »Das tut mir aber Leid, Herr Trinkaus. Herr Kollege Koslowski weilt in einer Hauptverhandlung beim Landgericht Limburg.« Dann lachte er und schaltete um. »Hallo, Leo! So ein Pech aber auch. Und du brauchst gerade heute das Plazet für eine riskante Aktion, oder?«

»Genau, ich komme gleich bei dir vorbei.«

Die Rückfahrt nach Wetzlar zur Staatsanwaltschaft nutzte er noch für drei weitere Gespräche, nämlich mit Jobst, Hanne und Dirk. Von ihnen würde er hoffentlich vor Montag nichts Dienstliches mehr hören. Auf Jobsts Drängen hin wollten sie erst am Montag die endgültige Entscheidung fällen, ob am Montagnachmittag tatsächlich Stolze in die »Schusslinie« sollte.

Das Gespräch in der Staatsanwaltschaft verlief kollegial und freundlich. Hubsi stellte seinen breiten Rücken zur Verfügung und ließ den Kriminalbeamten freie Hand für ihre Aktion. Auch er sah die Risiken der Aktion. Den letzten Ausschlag für seine Entscheidung gab Stolzes Einverständniserklärung. Zimmermann wollte aber auf jeden Fall noch am Montag – wenn es nötig wäre, auch spät noch zu Hause – über den Ausgang informiert werden.

Es war aber auch zu dumm, dass der »Aal« heute nicht zu erreichen war und dies auch am Montag nicht sein würde.

66.

Ehe Leo nach Hause fuhr, kaufte er noch ein paar weitere Kleinigkeiten für das gemeinsame Abendessen ein.

Carola hatte heute frei, so dass beide ihren Hundespaziergang vorverlegten, um anschließend gemeinsam zu Leo zu gehen. Sie wollte nicht nur das Ergebnis von Leos Kochkünsten genießen, sondern auch schon am handwerklichen Teil teilhaben.

Abends gegen sechs Uhr konnte er dann seine Wohnung präsentieren. Stolz zeigte er auf den festlich geschmückten kleinen Esstisch im Wohnzimmer: Umbrafarbene Tischdecke, große weiße Pastateller, dazu weiße Suppenschalen und das Silberbesteck – übrigens ein Erbe seiner Mutter – sowie ein dreiarmiger Kerzenständer mit Kerzen in der Farbe der Tischdecke. Außerdem hatte er zwei schlichte Rotweingläser und zwei Wassergläser hingestellt. In der Mitte des Tisches stand eine Vase mit einer einzelnen roten Rose. Es war schon lange her, dass er so liebevoll einen Tisch gedeckt hatte, ganz zu schweigen von dem Zeitpunkt, an dem er zum letzten Mal ein ganzes Menü selbst zubereitet hatte.

Carola streichelte ganz zart Leos Unterarm. »Den Tisch hast du lieb zurecht gemacht.«

Leo errötete. Sein tierischer Namensvetter hatte inzwischen allein einen Rundgang gemacht, quasi die Wohnung abgenommen. Als wohlerzogener Hund hatte er aber nirgends das Beinchen gehoben, um als Rüde sein Revier zu markieren. Dann legte er sich unter den Esstisch im Wohnzimmer und rollte sich zusammen. Dort hatte ihm Leo nämlich eine Decke hingelegt – und daneben ein paar Hundebisquits.

Bevor Leo in der Küche den Wein für einen Begrüßungsschluck holte, ging er zu seiner Musikanlage und schaltete sie ein. Kaum waren die ersten Klänge zu hören, wusste Carola schon Bescheid: »Oh toll! ›The Pros and Cons of Hitch Hiking‹! Eric Clapton meets Roger Waters!«

Mit Erleichterung und Freude registrierte Leo ihren auch musikalisch übereinstimmenden Geschmack; da mochte kaum noch etwas schiefgehen.

Nun goss er den Barbera ein und reichte ihr ein Glas. Während sie auf einen schönen Abend anstießen, flüsterte er: »Und die Rose ist für dich!« Nach dem ersten Schluck ließen sie die Gläser noch einmal leicht klingen und umarmten sich. Der erste zarte Kuss war nur die logische Konsequenz.

»Jetzt wollen wir aber erst einmal in die Küche gehen«, meinte Leo, nahm Carola an die Hand und ging voraus. »Es gibt zunächst eine ›Crema di Pomodoro‹, dann ›Tortelloni alla Panna‹ und zum Nachtisch Vanilleeis mit Schokoladensoße. Aber ich habe auch noch Käse da – wenn du magst.«

Er schaute sie fragend an, aber ihrem Gesichtsausdruck nach war das dann vielleicht schon zu viel des Guten. »Das klingt ganz toll, Leo. Gehen wir doch einfach der Reihe nach vor, dann merken wir, wie weit wir kommen.«

Aus ihrem Munde klang das auch nicht zweideutig. Leo band sich eine Schürze um und fing an zu hantieren. Erklärend hielt er Carola eine Konservendose vor die Nase. »Also, die Tomatencremesuppe kommt schon noch aus der Dose, aber ich verfeinere sie natürlich noch auf meine Art.«

»Natürlich«, lachte Carola zur Bestätigung.

In der Zwischenzeit hatten sie sich schon wieder mehrmals kurz gestreift, beide genossen diese spielerischen feinen Körperkontakte. Es war aber klar, dass zunächst ihr Menü im Vordergrund stehen sollte.

Carola wühlte in ihrer Handtasche und fragte, ob sie hier rauchen dürfte. Leo bat sogar darum und zog den von Carola ausgeatmeten Rauch durch die Nase wieder ein, um deutlich zu machen, dass er auf diese Art »mitrauchte«. Er erzählte von seinem »Rückfall«.

Die Suppenkonserve wurde in einen Kochtopf geleert, Leo hatte die Suppe mit einem Schuss Barbera, vier Esslöffeln süße Sahne, Basilikum, wildem Majoran und Petersilie abgewürzt. Dann hatte er etwas Sahne aufgeschlagen, die er aber erst kurz vor dem Servieren auflegen wollte.

Gerade hatte er abgeschmeckt und Carola einen Teelöffel voll vor den Mund gehalten, als sein Handy klingelte. Er überließ mit einem »Nimm mal« Carola den Löffel und ging in den Flur.

Es war 18.50 Uhr. Sein Kollege Hajo Loh rief an, dessen Schicht in zehn Minuten ablief. Seine Ablösung, der Kollege Dieter Wülfing von der Ermittlungsgruppe 2, hatte bereits den Ortseingang von Limburg erreicht. »Ich störe dich ja nur ungern, Leo, aber Distelkötter ist gerade losgefahren. Die B 49 in Richtung Wetzlar! Dieter Wülfing dreht gerade und kommt dann hinter mir her.«

So ein Mist, dachte Leo. Kann denn dieser Idiot von Distelkötter nicht gerade an diesem Abend mit seinem Arsch daheim bleiben! »Danke, Hajo! Denk daran, kein Funkverkehr! Ich will ausschließen, dass die Person mithört.«

Als Vorsichtsmaßnahme hatte Leo dies von Anfang an ausgegeben. Ein Täter, der bisher so geschickt vorgegangen war, konnte auch in der Lage sein, den Funkverkehr abzuhören. »Ruf mich wieder an, wenn ihr ungefähr zwischen Merenberg und Löhnberg seid. Ich muss jetzt die anderen informieren.«

Sofort rief er Dirk an. »Dirk, wo bist du gerade?«

»Bei Elke.«

»Wo ist das?« Leo hatte jetzt keine Zeit sich lange Erklärungen anzuhören.

»Hier in Oberbiel.«

»Das ist gut, dann bist du nahe dran. Schwing dich ins Auto und fahr sofort zu Stolze nach Leun. Distelkötter ist auf dem Weg hierher. Hast du deine Pistole dabei?« Leo selbst hatte sie natürlich nicht mit ins Wochenende genommen.

»Na klar, ich bin ja im Moment immer von zu Hause aus im Einsatz. Ich fahr los, wo treffen wir uns?«

»Bleib irgendwo auf dem langen Zufahrtsweg von der Hauptstraße hoch stehen, das war doch der Hellweg oder so ähnlich. Ich fahre in die Nähe des Hauses und melde mich dann bei dir.«

Carola hatte zwischenzeitlich schon die Herdplatte abgestellt, damit ihr gutes Süppchen nicht verkochte.

Leo versuchte nun, Hanne zu erreichen. Sie meldete sich von einer Einkaufsfahrt mit der Familie und stand gerade vor dem Supermarkt, um den Einkauf in ihren Wagen umzuladen.

»Hanne, es tut mir Leid. Lass Mann und Sohn stehen und komm sofort zu Stolze. Dirk ist auch schon unterwegs und wird im Hellweg warten.«

Dann wandte sich Leo an Carola und nahm sie in den Arm. »Entschuldige, ein Noteinsatz. Lass dir das Essen schmecken und gehe bitte bitte nicht weg.«

Sie gab ihm einen Kuss und sagte: »Ich warte auf dich!« Als er schon die Wohnungstür in der Hand hatte, hörte er sie noch rufen: »So ist das eben, wenn man sich mit einem Kripomenschen einlässt!«

67.

Leo hatte gerade erst die Abfahrt Niederbiel hinter sich gelassen, als Hajo wieder anrief. »Wir fahren gerade das vierspurig ausgebaute Teilstück nach Löhnberg hinunter.«

Leo gab noch mehr Gas, hoffentlich stand Dirk schon an Ort und Stelle, Hanne konnte eigentlich aus dem Westend auch nicht viel schneller sein als er. Er hielt mit Hajo die Telefonverbindung.

»Jetzt fahren wir an der Abfahrt Löhnberg vorbei.« Während Hajo durchgab, sie würden gerade die Abfahrt Biskirchen passieren, bog Leo an der Leuner Abfahrt von der B 49 ab.

Er hatte es doch noch geschafft, sah allerdings im Hellweg weder Hannes noch Dirks Wagen. Erst als er die Höhe fast erreicht hatte, blinkte hinter ihm ein Fahrzeug dreimal kurz auf. Dirk hatte nicht mit seinem Bus lostuckern wollen, er hatte sich deshalb Elkes Wagen ausgeliehen. Den kannte Leo natürlich nicht.

Leo bremste und in diesem Moment meldete sich wieder Hajo Loh: »Wir fahren jetzt an der Abfahrt Leun vorbei.«

»Habe ich richtig gehört, ihr fahrt vorbei?«

»Ja, als weiter Richtung Wetzlar.«

Jetzt war Leo ganz durcheinander. Wo wollte Distelkötter wohl hin? Er stieg aus und ging auf Dirk zu, der ebenfalls ausgestiegen war. Jetzt kam auch Hanne angefahren. Zu dritt warteten sie gespannt auf neue Nachrichten von der Fahrtstrecke.

Nachdem Distelkötter auch noch die Abfahrt Niederbiel hinter sich gelassen hatte, entspannte sich die Situation im Leuner Hellweg etwas. Auf Hannes Vorschlag hin fuhren die drei mit ihren Pkws auf die Hauptstraße, die Wetzlarer Straße, zurück und parkten dort. Sodann stiegen Hanne und Dirk zu Leo in den Wagen. Ihr Stehkonvent im Hellweg wäre auf Dauer zu auffällig gewesen.

Lutz Distelkötter hatte in Wetzlar die B 49 nicht verlassen, fuhr vielmehr weiter, jetzt in Richtung Gießen. Hajo Loh hatte seine Fahrt in Wetzlar abgebrochen und die Überwachung an seinen Kollegen Wülfing übergeben. Die drei in Leun waren sich einig: Diese Ausfahrt galt nicht Stolze. Hoffentlich war nicht der Wunsch der Vater des Gedankens.

Leo wollte aus verständlichen Gründen so schnell wie möglich wieder nach Hause, aber wie sollte er das seinen Kollegen erklären? Nicht nur für ihn galt heute, dass ein lieber Mensch auf ihn wartete, auf Hanne warteten sogar zwei.

Also blieb Leo.

Nach einer Weile klingelte sein Telefon wieder. »Dieter Wülfing hier. Ich stehe jetzt vor dem Gießener Kinocenter. Unser Freund hat sich gerade eine Karte gekauft. Den Film muss ich mir jetzt sicher auch anschauen.«

»Na klar. Was wird denn gespielt?«

»Hier läuft wohl eine Woche mit Filmen mit George C. Scott, und heute gibt es ›The Rage‹ – der deutsche Titel ist ›Die Rache ist mein‹. Ist das nicht schön?«

Leo bestätigte ihm das. »Wenn der Typ nach dem Film noch ein wenig ausgeht und dann wieder nach Limburg fährt, ist es okay. Sag auch dem Kollegen von der nächsten Schicht Bescheid, wo er dich ablösen soll. Ich will auf jeden Fall Bescheid wissen, wenn der Typ sich auf den Rückweg macht.«

Zuerst dachten die Kriminalbeamten in Leun, sie könnten jetzt wieder nach Hause. Aber Hanne holte ihre Kollegen auf den Boden der Tatsachen zurück. Distelkötter könnte sich ja auch etwas für den Nachhauseweg aufgehoben haben. Um die nächsten zwei Stunden zu überbrücken lohnte es sich nicht, nach Wetzlar zurückzufahren. Es bestand außerdem die Möglichkeit, dass Distelkötter nach zehn Minuten das Kino wieder verließ, weil er sich dort nur ein Alibi verschaffen wollte.

»Von so etwas habe ich auch schon gehört«, meinte Dirk resignierend.

Leo traf eine Entscheidung: »Hanne, fahr du ruhig nach Hause. Dirk, wir beide beißen in den sauren Apfel und bleiben hier, bis der Distelkötter wieder Richtung Limburg durch ist. Tut mir ja leid, aber zu zweit stehen wir das besser durch.«

Dirk ergab sich in sein Schicksal, musste aber noch loswerden, er habe sich den Verlauf des Abends eigentlich anders vorgestellt. Damit war er nicht allein.

Nachdem Hanne nach Hause gefahren war, überlegten Dirk und Leo, wo sie am gemütlichsten die hoffentlich ruhigen nächsten zwei Stunden verbringen konnten. Zu Stolze wollten sie wirklich nicht fahren, also hielten sie nach einer Kneipe Ausschau. Leo spielte mit dem Gedanken, Carola anzurufen, er wollte jedoch nicht sein Handy blockieren. Er war jetzt im Dienst und sollte sich eigentlich voll auf Stolzes Sicherheit konzentrieren.

Doch seine Liebesgefühle gewannen die Oberhand. »Gibst du mir bitte mal dein Handy?« Dirk blickte ihn fragend an. »Na ja, zu Hause wartet jemand auf mich.«

»Was heißt hier ›jemand‹, mein Freund? Gibt es da etwas, was ich wissen sollte?«

Und dann erzählte Leo von Carola, von seinen Gefühlen und der Situation, als er gerade beim Abschmecken der Tomatensuppe wegmusste.

Dirks Reaktion überraschte ihn. »Mensch, Leo, bist du verrückt? Mach dich sofort nach Hause, das packe ich hier doch allein. Der erste gemeinsame Abend, und du turnst hier in der Landschaft herum!« Falls es tatsächlich ernst werden würde, konnte er ja Leo immer noch aus dem Bett holen.

»So weit sind wir noch nicht.«

Dirk lachte und gab seinem Kollegen einen Klaps, damit er endlich verschwand. Dirk war ein Pfundskerl, unter seiner groben Schale hatte er ein feines Gespür für die Situation seines Kollegen, der inzwischen längst sein Freund geworden war.

Während der Rückfahrt nach Wetzlar rief Leo den Festanschluss in seiner Wohnung an. Nach dem zweiten Klingeln meldete sich Carola: »Hier bei Trinkaus.«

Leo durchlief ein wohliges Gefühl, als er ihre Stimme vernahm. »Bist du sauer?« Er fragte vorsorglich noch einmal nach.

»Ach wo, ich habe doch vorhin schon gesagt, dass ich mit so etwas rechnen muss, wenn ich mich mit einem Kriminalen einlasse. Weißt du schon, wann du kommen kannst?«

Carola war eine fantastische Frau; Leo hatte sehr wohl vernommen, dass sie nicht gefragt hatte, wann er kommen würde. Ein »Wann kommst du?« hätte viel härter geklungen und zudem außer Acht gelassen, dass dies bei Ermittlungen nicht unbedingt voraussehbar war.

Glücklich konnte Leo antworten: »Ich bin schon auf dem Rückweg auf der Höhe von Niederbiel. Ein Kollege und guter Freund schiebt für mich allein Wache. Ich erzähle es dir gleich. Ich beeile mich!«

»Fahr vorsichtig«, mahnte Carola noch, ehe sie auflegte.

68.

Carola war begeistert von der Reaktion des guten Freundes. Sie musste Dirk unbedingt kennenlernen. Leo versprach, sobald ihre jetzige Aktion abgeschlossen war, ein Treffen zu arrangieren. Er erzählte von der Parallelität der Ereignisse, auch Dirk hatte ja wohl gerade seine Elke kennengelernt und war entflammt.

»Bist du auch entflammt, Leo?«

Er beantwortete die Frage mit einem innigen Kuss.

Dadurch fühlte sich allerdings das dritte Lebewesen im Raum arg zurückgesetzt und machte sich bemerkbar. Klein-Leo fühlte sich zumindest durch die Nennung seines Namens angesprochen. Also fiepste er die beiden umschlungenen Körper kurz an und setzte wieder eine Vorderpfote ein, um auf sich aufmerksam zu machen. Sowohl Carola als auch Groß-Leo beugten sich zu ihm hinunter und streichelten seinen Kopf. »Ja. Du bist doch unser Bester, ein braves Hundi!«

Obwohl es sie jetzt eigentlich in Leos Schlafzimmer zog, sollte ein anderer Genuss nicht vergessen werden. »Nachdem du angerufen hast, habe ich dein Süppchen noch einmal aufgewärmt. Ich musste mich allerdings zwischendurch schon an das Baguette halten. Ich hatte so einen Hunger.«

»Du bist verrückt, du hättest doch schon was essen können!« Erst jetzt merkte Leo, dass sich auch sein eigener Magen deutlich meldete. Die Pasta würden sie dann eben am nächsten Tag zu sich nehmen. Er steckte die Kerzen wieder an, sie holte die Suppe aus der Küche. Es schmeckte vorzüglich.

Nach dem Essen gab es kein Halten mehr. Eng umschlungen zogen sie sich gegenseitig zum Schlafzimmer. Es was schon eine Zeit her, dass Leo einen Büstenhalterverschluss geöffnet hatte.

Ausgerechnet jetzt klingelte wieder sein Handy. Sein Feuer wurde schlagartig auf Sparflamme gestutzt.

Es war Dieter Wülfing. »Hallo, Leo. Der Film war Scheiße, aber was ertragen wir nicht alles für die Sicherheit unserer Bevölkerung. Der Typ hat hinterher noch ein Bierchen in Gießen getrunken, jetzt sind wir wieder auf dem Weg nach Hause.«

»Wo bist du jetzt?«

»Zwischen Garbenheim und Wetzlar.«

»Gut.« Leo blickte auf die Uhr, es war inzwischen fast 23.00 Uhr geworden, also stand der nächste Schichtwechsel bevor. »Hast du mit deiner Ablösung schon Kontakt aufgenommen?«

»Klar«, antwortete Dieter, »der Kollege wartet auf mich an der Auffahrt Dalheim hinter dem Tunnel.«

»Prima, dann soll der sich vor dich setzen. Du fährst bitte noch bis zur Abfahrt Löhnberg mit. Ruf bitte an, wenn er dort durch ist, dann kannst du nach Hause. Sollte er vorher abbiegen, melde dich sofort.«

Carola hatte sich während des Telefonates ausgezogen und in sein Bett gekuschelt. Klein-Leo war hocherfreut mit einem Satz neben sein Frauchen gesprungen und hatte es sich dort bequem gemacht. Groß-Leo schaute irritiert zur Seite. So weit sollte die Tierliebe eigentlich nicht gehen, aber er musste zur Kenntnis nehmen, dass dieser Satz ins Bett für Carola etwas ganz Selbstverständliches war. Wenn ich Carola will, muss ich auch den

Hund nehmen, dachte Leo, die beiden waren nur im Paket zu haben. Carola streichelte ihren vierbeinigen Liebling; der zweibeinige Liebling musste noch warten. Sie hatte ja mitbekommen, dass gleich noch ein weiterer Anruf kommen sollte.

Nach einer knappen Viertelstunde war es dann so weit: »Der Typ ist durch, Leo. Er fährt wohl wieder heim.«

»Danke, Dieter, dann mach dich auch heim. Ich wünsche dir eine gute Nacht.« Gleich anschließend erlöste Leo seinen Freund, der die Zeit in einer Leuner Kneipe abgesessen hatte und nun endlich zu seiner Elke zurückfahren konnte. Leo bedankte sich noch einmal bei Dirk für seine Großzügigkeit; in Gedanken umarmte er ihn heftig.

»Nun komm ins Bett!« Carola breitete auffordernd einen Arm aus. »Deine Anspannung muss sich doch jetzt lösen. Sei froh, dass alles gutgegangen ist.«

Sie machte keine Anstalten, etwas inhaltlich über Leos Einsatz zu erfahren. Aber Leo meinte doch, zumindest grob eine Erklärung abgeben zu müssen, warum selbst an einem solchen Abend der Einsatz Priorität hatte und er sich nicht vertreten lassen konnte. »Weißt du, die Sache ist einfach zu wichtig, als dass ich sie dem Dirk hätte allein aufhalsen dürfen. Wir müssen schließlich die Tötung eines weiteren Menschen verhindern. Es scheint so, als wollte sich jemand rächen für eine parteipolitische Schweinerei, die man ihm angetan hat.« Er kuschelte sich in ihren Arm.

»Ich habe in der Zeitung von den zwei Todesfällen gelesen. Aber der eine soll doch ein Unfall gewesen sein.«

Leo wiegte seinen Kopf hin und her und antwortete: »So sieht es aus, wir glauben es aber nicht.«

»Meinem Bruder Lutz ist mal so eine gemeine Sache widerfahren, da könnte ich es sehr gut verstehen, wenn er auf Rache sinnen würde. Dem haben sie bei einer Personalentscheidung so übel mitgespielt, dass er sich aus der Politik ganz zurückgezogen hat.«

Leo wurde mit einem Schlag stocksteif und hörte ein ganzes Alarmglockenspiel klingen. Verflixt noch mal, was passierte da? Wie sollte er jetzt reagieren, ohne sich zu verraten?

Doch Carola sprach einfach unbefangen weiter. »So, wie Lutz mir das erzählt hat, ist er damals von seinen Parteikollegen nominiert worden, obwohl denen klar war, dass er ohnehin nur verheizt wird. Stell dir vor, alle haben das gewusst, nur mein Bruder nicht!«

»So was kommt in der Politik sicher häufig vor«, brummte Leo, immer noch voller Anspannung.

»Aber die müssen doch sehen, was sie da mit einem Menschen anstellen!« Carola redete sich richtig in Rage.

Jetzt stellte Leo die entscheidende Frage, unverbindlich und doch direkt: »Sag mal, wohnt dein Bruder auch hier in der Gegend?«

Carola schüttelte den Kopf. »Nee, nee, der ist weit weg. Der lebt in Passau.«

Mit einem riesigen Krachen fiel Leo ein zentnerschwerer Stein vom Herzen, aber außer ihm bekam das niemand mit.

Anschließend konnten die beiden ihr Liebespiel beginnen, aber zu einer körperlichen Vereinigung sollte es nicht mehr kommen. Beide Leos mussten sich nämlich an eine solche Situation erst noch gewöhnen. Der Hund versuchte sich zwar nicht zwischen die beiden Menschen zu drängen, hatte aber eine große Freude daran, alle diejenigen Körperteile seines neuen Herrchens abzuschlecken, die sich, wenn auch nur kurz, außerhalb der Bettdecke zeigten. Und dem Abgeschleckten war das so fremd, dass die Ablenkung für heute einfach zu groß war.

Aber Carola und Leo nahmen es von der humorigen Seite. »Das lernst du auch noch!« Ein schöner Trost für Leo. Arm in Arm schliefen sie ein.

69.

Carola verlebte mit ihren beiden Leos einen herrlichen Samstag und blieb noch bis zum späten Sonntagvormittag. Inzwischen hatten die beiden Leos auch miteinander geklärt, wer wo im Bett zu liegen hatte und wer wann und wo nicht abgeschleckt werden wollte.

Gegen halb zwölf meldete sich Hanne, die ihre obligatorische Schicht von 11.00 Uhr bis 15.00 Uhr begonnen hatte. Lutz Distelkötter war zu einer Ausfahrt Richtung Wetzlar aufgebrochen.

»Hoffentlich ist das wieder blinder Alarm, Hanne. Was muss der auch heute durch die Gegend fahren. Wo ist er jetzt?«

»Wir sind gerade in Limburg auf die B 49 gefahren.«

Leo überlegte, ob er gleich zu Stolze fahren sollte. Sollte er auch Dirk wieder rausjagen? Nein, erst einmal wollte er es allein versuchen. »Okay, Hanne, bleib schön an ihm dran. Ich fahre vorsorglich nach Leun.«

Heute nahm er allerdings den Umweg über die Polizeistation. Schließlich war noch soviel Zeit, sich die Pistole zu holen, auch wenn er die nicht gern bei sich hatte. Als er wieder in den Wagen steigen wollte, rief Hanne abermals an. »So eine Scheiße, Leo! Ich habe ihn verloren. Ich wollte nicht zu dicht auffahren und hatte Abstand gehalten. Dann waren da plötzlich auf dem vierspurigen Stück ein paar Lieferwagen dazwischen, und weg war er. Er muss schon hier von der B 49 abgebogen sein. Entschuldigung!«

»Ich muss erst einmal nachdenken, Hanne, ich melde mich gleich wieder.«

Leo versuchte, die Risiken abzuwägen. Eine Fahndung nach Distelkötters Wagen war ihm deutlich zu riskant, ganz gleich in welcher Größenordnung sie erfolgen würde. Auch wenn er sich sicher war, dass Distelkötter derjenige war, vor dem Stolze geschützt werden musste, so konnte er sich doch irren. Vielleicht wollte Distelkötter auch noch gar nicht am Montag zuschlagen, wenn Stolze zu seiner Vorstandssitzung fuhr. Mit den Kollegen der anderen Ermittlungsgruppen, die derzeit Überwachungsschichten für die Sonderkommission schoben, waren sie bereits an die Grenze dessen gelangt, was eine Vertraulichkeit noch zuließ. Gerade im Dunstkreis der Politik konnte man nicht vorsichtig genug sein.

Er stellte sich bildlich vor, wie ein Streifenpolizist als guter Parteifreund den guten Lutz anhauen würde, warum denn nach seinem Wagen gefahndet wurde. Dann konnten sie alles vergessen.

Er traf eine Entscheidung und rief Hanne wieder an. »Fahr zurück nach Limburg und stell dich vor das Haus. Ich fahre zu Stolze.« Dann stockte er einen Moment und hängte noch einen Satz an: »Und drück die Daumen, dass der Typ nur eine Sonntagsausfahrt macht.«

Der Herr Vorstandsvorsitzende Stolze schaute doch sehr überrascht, als der Kriminalhauptkommissar Trinkaus zu einem unangemeldeten Sonntagsbesuch in der Tür stand. Natürlich sagte ihm Leo nichts von ihrem Überwachungsmalheur. Er wollte vielmehr einfach mal nachsehen, wie das Befinden des Herrn Ex-Landrates wäre und noch einmal die Fahrt nach Ehringshausen mit ihm durchgehen. Stolze hatte zwar inzwischen seine Grippe im Griff, doch war ihm seine Nervosität deutlich anzumerken. Leo versuchte ihn zu beruhigen.

Nach ungefähr einer Stunde klingelte es an der Tür. »Erwarten Sie jemanden?«, fragte Leo sofort.

»Nein, ich schau mal nach.«

Noch ehe sich Stolze erhoben hatte, war Leo aufgesprungen. Er ging auf Zehenspitzen zum Fenster, konnte von dort aus aber niemand an der Gartenpforte sehen. Zur Haustür war sein Blick verstellt. Leise ging er auf Stolze zu und flüsterte: »Fragen Sie, wer da ist.« Dann ging er zügig neben die Haustür, stellte sich mit dem Rücken an die Wand und zog seine Waffe.

Inzwischen stand auch Stolze an der noch immer geschlossenen Haustür und rief: »Wer ist da?«

»Ich bin es, Herr Stolze.« Eine weibliche Stimme war zu hören. »Ich wollte nur mal nach Ihnen sehen. Brauchen Sie was?« Es war Stolzes Haushälterin.

Leo atmete tief durch und steckte seine Waffe wieder ein.

Stolze öffnete die Tür, begrüßte seine Haushälterin und bedankte sich. Er brauche aber ihre Hilfe nicht, sagte er ihr, und hätte im Moment auch Besuch.

Stolze bemerkte natürlich Leos Nervosität und fragte: »Wer hätte denn Ihrer Meinung nach vor der Tür stehen können? Lutz doch nicht, den bewachen Sie doch auf Schritt und Tritt, oder?«

»Natürlich«, log Leo, »aber man weiß ja nie, wer vielleicht

noch seine Hände im Spiel hat.« Kaum hatte er diesen Satz gesagt, bereute er ihn auch schon.

Damit hatte er zugegeben, doch nicht genau zu wissen, wer möglicherweise einen Anschlag auf Stolze vorhatte. Diese Aussage würde sicher nicht helfen, Stolzes Unruhe abzubauen. Also bemühte er sich um Schadensbegrenzung. »Wissen Sie, Herr Stolze, wir hören eben als Polizisten manchmal die Flöhe husten. Es ist alles nur eine Vorsichtsmaßnahme. Da sind wir uns doch einig: Lieber etwas mehr Vorsicht als zu wenig. Ich bin mir sicher, dass wir morgen Abend das Problem gelöst haben und Sie dann nicht mehr behelligt werden.«

Das Gelbe vom Ei war Leos Erklärungsversuch wirklich nicht, aber Stolze fragte nicht nach und gab sich damit zufrieden.

Der Nachmittag zog sich hin, Leo suchte immer wieder krampfhaft nach anderen Themen. Gegen 17.00 Uhr wurde er erlöst. Der Kollege, der Hanne abgelöst hatte, meldete Entwarnung. Lutz Distelkötter war wieder zu Hause angekommen.

Leo verabschiedete sich sofort von Stolze. Ein Kollege brauche ihn dringend in einer anderen Sache.

70.

Am Montagmorgen musste eine endgültige Entscheidung getroffen werden. Die ganze Sonderkommission saß zusammen mit Jobst in der Polizeistation, auch Hanne war noch gekommen, ehe sie zu ihrer Überwachungsschicht nach Limburg musste. Außerdem hatten sie Staatsanwalt Zimmermann gebeten, wegen der Brisanz der zu treffenden Entscheidung dazu zu kommen.

Sie nahmen den Argumentationsstrang vom Donnerstag wieder auf. Die Kernfrage war immer noch, ob es zu vertreten war, Stolze als Zielscheibe selbst fahren zu lassen.

Jobst eröffnete die Diskussion: »Ich habe am Wochenende eingehend darüber nachgedacht, ob wir vielleicht einen Doppelgänger für Stolze einsetzen sollten, bin aber dann zu dem Ergebnis gekommen, dass uns das nicht weiterhilft. Wenn Distelkötter das Spiel erkennt, ist er gewarnt. Wenn nicht, riskieren wir ein Menschenleben.«

»Genau, Jobst«, warf Hubsi Zimmermann ein. »Und es bringt auch nichts, wenn sich einer von euch zu Stolze mit in den Wagen setzt. Der Täter wird warten, bis er ihn allein erwischt.«

Für Hanne war immer noch das Hauptproblem, wie Stolze die Fahrt überhaupt durchstehen würde.

»Natürlich geht ihm der Arsch auf Grundeis«, antwortete Leo. »Aber er hat zumindest rational verstanden, dass es eine schnelle Lösung geben muss. Auf Dauer hält er die Anspannung nicht aus. Und Leute – er ist doch einverstanden. Er ist sich quasi sicher, für ihn kommt nur Distelkötter in Frage.«

Dirk schaltete sich ein. »Aber denkt mal daran: Was, wenn es nun nicht dieser LDK ist? Vielleicht war das mit Prock tatsächlich ein dummer Unfall, und wir müssten doch nur einen Mörder von Wühler suchen. Dann hätte es eben nichts mit dem Triumvirat zu tun, vielleicht sogar nix mit Politik! Theoretisch ist es zumindest möglich! Dann müssten wir noch mal von vorn anfangen.« Er überlegte und fügte dann noch an: »Aber das werden wir erst sicher wissen, wenn jemand versucht, Stolze um die Ecke zu bringen.«

»Vergesst bitte eine Tatsache nicht«, warf Leo ein. »In Blasbach ist jemand zu Prock in den Wagen gestiegen. Also kann Procks Tod kein Unfall gewesen sein.«

Hanne hatte sich in der Zwischenzeit verabschiedet, um nach Limburg loszufahren. Die Argumente wurden zwar noch eine Weile weiter ausgetauscht, doch letztlich entschieden sie sich zur Durchführung der Aktion. Wenn sie nichts unternahmen, würde das die Lebensgefahr für Stolze kaum vermindern, sondern nur auf einen anderen Tag verschieben.

Helmers einziger Beitrag zur Diskussion war das abschließende Kopfnicken.

Als Katalysator für ihre Entscheidung wirkte letztlich Hannes Anruf gegen halb zwölf. Distelkötters Fahrt von Limburg in Richtung Wetzlar hatte begonnen.

»Ich fahre bei dir mit, Jobst!« Staatsanwalt Zimmermann hatte eine spontane Entscheidung getroffen; er wollte die heikle Aktion begleiten. Die Kriminalbeamten hatten sich bei ihm abgesichert, also gehörte er jetzt dazu. Nachdem er zu Jobst Assmann in dessen Wagen gestiegen war, versuchte er, seinen Kollegen Koslowski über Handy zu erreichen. Das war jedoch abgestellt.

Er sprach ihm auf die Mailbox, erläuterte die Situation in groben Zügen. »Die Kollegen der Sonderkommission und ich sind der Auffassung, es könne nicht schaden, Herrn Stolze heute bei seiner ersten Fahrt zur mihevag zu begleiten. Er wird heute zum ersten Mal nach dem Tode von Herrn Prock das Haus verlassen. Sollte es tatsächlich eine politische Verbindung geben, für die uns immer noch kein Beweis vorliegt, so könnte jetzt ein Angriff auf das letzte lebende Mitglied des Triumvirates der Partei stattfinden.« Zimmermann legte Wert darauf, dass sich Stolze mit der Aktion einverstanden erklärt hatte. Er, Zimmermann, hätte deshalb in Vertretung des Kollegen die Zustimmung zur Aktion gegeben.

Davon, dass sich ihr Verdächtigter gerade auf der Anfahrt nach Leun befand, sagte er jedoch nichts. Er kannte seinen Kollegen zu gut, um jetzt schon den Namen Distelkötter zu offenbaren.

71.

Bereits um 12.00 Uhr postierte sich Stolzes Geleitschutz in Leun, obwohl Stolze erst um 14.20 Uhr losfahren wollte. Jobst mit Hubsi, Dirk, Thomas und Leo stellten sich jeweils mit ihren Fahrzeugen in den Bereich zwischen dem Hermann-Löns-Weg und der Wetzlarer Straße.

Kurz nach zwölf verließ Distelkötter in Leun die B 49 und fuhr in den Ort hinein. An der Kreuzung bog er allerdings nicht nach rechts in die Wetzlarer Straße ein. Vielmehr nahm er die andere Richtung. Ein kurzes Stück später suchte er sich rechts einen Parkplatz und stieg aus. Hanne war mit ihren Kollegen in einer Konferenzschaltung verbunden. »Leute, er geht jetzt in die ›Sonnenblume‹.«

»Ist das eine Kneipe?« Dirk wollte das wissen.

»Nein, das ist ›Der Blumenladen mit Pep‹.«

Tatsächlich kaufte der Ex-Kandidat einen großen Blumenstrauß und ging damit zu seinem Wagen zurück. Sodann wendete er und fuhr in Richtung Wetzlar, also auch in Richtung des Anwesens Stolze, ab. Doch schon kurz hinter der Abzweigung zur B 49 hielt er wieder an, parkte sein Fahrzeug vor einer Apotheke und stieg aus, allerdings ohne den Blumenstrauß mitzunehmen.

Hanne hielt ihre Kollegen auf dem Laufenden. »Der will Eis essen, ich glaub es nicht!«

Ihr Überwachungssubjekt ging in das Eiscafé hinein, kam aber gleich mit einer Tageszeitung unter dem Arm wieder heraus und setzte sich an einen Tisch direkt zur Wetzlarer Straße hin. Das Aprilwetter meinte es heute gut, er hatte sich also ein schönes Plätzchen in der Sonne ausgesucht. Der Kellner kam hinter ihm her und nahm die Bestellung auf. Hanne hatte von ihrem Standort aus einen guten Blick auf das Eiscafé, mit ihrem Fernglas konnte sie sehen, wie ein Latte Macchiato an den Tisch gebracht wurde. Herrlich, wie die geschäumte Milch in dem Glas auf dem Kaffee stand. Hanne musste schlucken, darauf bekam sie jetzt auch Lust.

»Soll ich mich dazusetzen, dann könnte ich auch was trinken?« Lutz Distelkötter schlug derweil die Zeitung auf und begann mit der Lektüre.

»Von wegen«, sagte Dirk. »Wenn einer Kaffeetrinken geht, bin ich das.«

Leo mischte sich ein. »Quatsch! Jeder bleibt auf seinem Posten!« Doch dann wechselte er seine Meinung. Hanne sollte sich an einen anderen Tisch setzen, er würde später dazukommen. Zeit genug war ja ohnehin noch. Den anderen erklärte Leo, er wolle sehen, ob Distelkötter nicht vielleicht noch telefoniere.

Das war natürlich Nonsens. Er würde ein solches Gespräch, wenn es denn geführt wurde, sicher nicht belauschen können. Und wenn es doch möglich war, dann würde Hanne dazu auch ausreichen. Der wahre Grund für seine Fahrt zum Eiscafé war ein ganz anderer: Er hatte auch einfach Lust auf einen Latte Macchiato bekommen.

Er parkte gegenüber an der Wetzlarer Straße in Richtung Ehringshausen und ging über die Straße. Er winkte der dort bereits sitzenden Hanne zu. Mit den Worten: »Mensch, was machst du denn hier?«, begrüßten sie sich.

Leo schnorrte eine Zigarette von Hanne. In dieser Anspannung war ihm danach. Hanne schaute natürlich sehr verwundert, ihn zum ersten Mal rauchen zu sehen. Dann begann Leo ein Gespräch mit ihr darüber, wie sie das Wochenende verlebt hatte. Über irgendetwas Unverfängliches mussten sie ja sprechen.

Die Zeit verging. Distelkötter bestellte noch einen zweiten Latte Macchiato und studierte seelenruhig weiter die Zeitung. Ab und zu blickte er auf und verfolgte mit seinem Blick das eine oder andere Fahrzeug, welches die Straße entlang fuhr. Insbesondere wurde er vom Zeitungsstudium abgelenkt, wenn ein großvolumiges Motorrad mit dem entsprechenden Sound vorbeiraste. Die begonnene Bikersaison zeigte sich auch hier.

Um kurz nach zwei verabschiedete sich Leo von Hanne, er müsse jetzt wieder los. Sie erzählte ihm, bei ihr wäre es auch gleich so weit. Leo wendete seinen Wagen und fuhr ungefähr 150 Meter in Richtung Wetzlar zurück. Als Hanne etwas später den Anruf mit der Mitteilung bekam, dass Stolze losfahren würde, stand auch sie auf und ging zu ihrem Wagen.

Auch Distelkötter bezahlte jetzt, stand aber erst in dem Moment auf, als Stolze an dem Eiscafé vorbeifuhr. Sein Wagen war nicht zu übersehen, dieser Mann war ein Oldtimerfan und steuerte heute seinen Daimler-Heckflosse in schwarz.

Verabredungsgemäß fuhr vor ihm, ein ganzes Stück voraus, Thomas Helmer. Hinter Stolze fuhr ein fremdes Fahrzeug, das sich beim Einbiegen vom Hellweg in die Wetzlarer Straße zwischen sie geschoben hatte. Dann kam Dirk, dann eine Weile nichts, dann Jobst mit Hubsi, die aber soeben auch von einem nachfolgenden Fahrzeug überholt wurden.

Jetzt fädelte sich Distelkötter mit seinem Golf ein. Er musste ja noch auf der Wetzlarer Straße drehen.

Dies war das Zeichen für Leo, sich anzuhängen. Den Schluss bildete Hanne. Sie hatten verabredet, während der Fahrt, wenn es der Verkehr zuließe, ihre Positionen zu wechseln, damit nicht immer derselbe vor und hinter Distelkötter fuhr.

Hubsi Zimmermann versuchte noch einmal, den »Aal« zu erreichen. Inzwischen stand auch er unter Hochspannung. Koslowskis Handy war immer noch nicht eingeschaltet, so sprach er wieder auf die Mailbox. »Hier ist noch einmal Zimmermann, Herr Kollege! Ich bin mit raus gefahren, um mir selbst ein Bild zu machen. Sie können mich ja mal anrufen, wenn Sie dies abhören.« Er nannte noch vorsichtshalber seine Handynummer, dann beendete er das Telefonat.

Sie verließen Leun in Richtung Ehringshausen und mussten sich den Berg hinaufschlängeln. An ein Überholen war hier nicht zu denken, dazu waren die Straße zu eng und die Abstände zwischen den Kurven zu knapp. Auf diesem Stück würde Distelkötter weit hinter Stolze bleiben. Selbst wenn die Fahrzeuge dicht auffahren würden, wären immer noch drei Fahrzeuge zwischen ihnen. Also bestand erst einmal keine Gefahr.

Von hinten näherte sich ein Motorradfahrer. Leo sah im Rückspiegel eine schwere Maschine, der Fahrer war in seiner schwarzen Kombi und dem schwarzen Helm mit getöntem Visier komplett vermummt. Es schien aber ein vernünftiger Fahrer zu sein. Einem Vorurteil nach müsste dieser Motorradfahrer nämlich jetzt links ausscheren und auf Teufel komm raus die ganze Kolonne überholen, auch wenn dies einem potentiellen Selbstmord nahekam. Dieser Fahrer war jedoch anders, er nahm sich immer nur einen Wagen vor und scherte dann sofort wieder ein. Die Kurven waren wegen des Gegenverkehrs einfach zu gefährlich. Fast auf der Höhe im Wald hatte der Motorradfahrer es bis direkt hinter die Heckflosse von Stolzes Wagen geschafft.

Schon drei Überholvorgänge lang hatte Stolze den Motorradfahrer skeptisch sowohl im Außen- als auch im Innenspiegel beäugt. Sein Puls begann zu rasen, wobei das nur noch eine geringe Steigerung gegenüber der Frequenz war, die er hatte, seit die Fahrt begann. Dieser Profi, der bisher bei allen möglichen Schwierigkeiten in der Politik und im Beruf kühl reagieren konnte, war nun völlig neben der Spur. Diesmal ging es eben um seine Haut.

Und nun war der Typ direkt hinter ihm! Stolze war schon so auf das Motorrad fixiert, dass er nicht immer die gerade Linie durch jede Kurve halten konnte.

Die Höhe im Wald war jetzt erreicht, nun sollte es in weiteren Kurven bergab nach Ehringshausen gehen. Der Motorradfahrer scherte aus, das Stück bis zur nächsten scharfen Linkskurve bergab würde locker genügen, den Oldtimer zu überholen. Doch dieser zog plötzlich auch nach links, wollte ihn offensichtlich nicht vorbeilassen. Der Motorradfahrer ballte die Faust und reckte sie in die Höhe. Stolze lenkte wieder nach rechts, sah die erhobene Hand des Vermummten und drehte nun vollends durch. Das konnte nur Distelkötter sein, der versuchte, ihn hier von der Straße abzudrängen! Hatte er nicht sogar eine Waffe in der Hand?

Der zweite Überholversuch folgte sofort, wieder riss Stolze das Lenkrad nach links und dann nach rechts, aber das Motorrad war mit seiner überragenden Motorleistung zu schnell und schaffte den Überholvorgang noch rechtzeitig vor der Kurve. Stolze jedoch hatte plötzlich die Kontrolle über seinen Oldtimer verloren. Die Straßenlage dieses wertvollen Stückes war bauartbedingt noch nicht so, dass es die ruckhaften Richtungswechsel einfach wegstecken konnte.

Mit Entsetzen sah Dirk, wie vor ihm die Heckflosse nach rechts und links schleudernd der Kurve immer näher kam. Dann walzte das Fahrzeug völlig außer Kontrolle ein paar Büsche nieder und prallte geradeaus frontal gegen einen Baum. Blech knickte weg und Glas zersplitterte, mit seinem Kopf durchbohrte Stolze die Windschutzscheibe. Er war stilecht gefahren; wie früher eben, ohne Gurte. Ihm war nicht mehr zu helfen.

Der fremde Wagen vor Dirk bremste noch rechtzeitig ab, auch dessen Fahrer hatte wohl die Katastrophe kommen sehen, die dem Motorradfahrer wirklich nicht zuzuschreiben war. Dirk hielt ebenso an wie die nachfolgenden Fahrzeuge. Als Leo die Höhe genommen hatte, sah er gerade eine Stichflamme aus dem Oldtimer aufsteigen, der eine Explosion folgte. Jobst war der letzte, der anhielt; Distelkötter zog links vorbei.

Jetzt beendete Leo die Funkstille: »Thomas, komm zurück, ein Unfall! Dirk, sichere du die Unfallstelle!« Die restlichen Anweisungen gab er vorsichtshalber über Telefon, Hanne und Jobst sollten die Unfallstelle sofort verlassen und ihm mit Abstand nachkommen.

Im Kopf hatte Leo nämlich kurzfristig umgeschaltet. Jetzt musste nur noch ein Pressefritze den Polizeifunk mithören und kommen. Welch eine Sensation: Der Ex-Landrat wurde von vier Polizeiwagen eskortiert und verunglückte trotzdem. Was würde sich daraus entwickeln?

Doch zunächst musste Leo hinter Distelkötter her. Natürlich wusste er, dass er dem Ex-Kandidaten keinen Vorwurf daraus machen konnte, dass er trotz des Unfalles weitergefahren war. Die Fahrer von vier Fahrzeugen hatten schon angehalten, da brauchte sich der Fünfte nicht auch noch dazu zu stellen. Sonst schimpften die Polizeibeamten doch immer über die Gaffer, die nur ihre Arbeit behinderten.

Aber er wollte natürlich wissen, wohin dieser Mensch jetzt fuhr, nachdem sich sein drittes »Problem« von selbst gelöst hatte.

Hinter der Kurve kam ihm der Motorradfahrer wieder entgegen. Der hatte offenbar noch mitbekommen, was geschehen war und hatte gedreht. Kurz danach kam auch Thomas aus Richtung Ehringshausen zurück.

Distelkötter fuhr in sachtem Tempo die restlichen Kurven nach Ehringshausen hinunter. Gleich am Ortseingang bog er nach rechts in die Straße Auf den Gärten ein. Vor einem der Einfamilienhäuser hielt er an, stellte seinen Wagen ab und stieg aus. Während er sich auf den Rücksitz beugte, um dort den Blumenstrauß aufzunehmen, hatte Leo sein Fahrzeug bereits verlassen und befand sich höchstens noch zehn Meter hinter ihm. Distelkötter ging durch das offene Gartentörchen auf die Haustür zu. Diese wurde geöffnet, als Leo gerade das Törchen erreicht hatte.

Er sah eine Frau, die strahlend ihren Besuch erwartete und rief: »Mensch, Lutz, wie schön, dass du schon da bist!«

Und dieser antwortete recht laut: »Alles Liebe und Gute zu

deinem Geburtstag, Schwesterherz!« Er umarmte die Dame und überreichte den Blumenstrauß.

Was sollte Leo ihn jetzt noch fragen? Er blieb konsterniert in dem offenen Gartentörchen stehen. Distelkötter drehte sich zu Leo um, hob fast unmerklich kurz beide Schultern und ging hinter seiner Schwester ins Haus.

Wie hatte doch Leo gestern noch zu Stolze gesagt? »Ich bin mir sicher, dass wir morgen Abend das Problem gelöst haben und Sie dann nicht mehr behelligt werden.« Er hatte Recht behalten, auch wenn sich dieser Satz auf andere Weise bewahrheitet hatte, als Leo dies am Tag zuvor ahnen konnte.

72.

Der »Aal« meldete sich ungefähr eine halbe Stunde später bei Zimmermann, nachdem er nach Abschluss seiner Verhandlung seine Mailbox abgehört hatte. Als er die Nachricht vom Tod des dritten Politikers vernahm, musste er zunächst schlucken. Doch dann zeigte er recht schnell sein Verständnis für die staatsanwaltliche Tätigkeit: »Ja gut, Herr Kollege. Aber wie soll ich das nach oben verkaufen?« Er überlegte noch kurz. »Ja gut! Ich bin jetzt auf der Rückfahrt von Limburg. Wir treffen uns dann gleich bei mir in der Dienststelle – und bringen Sie Trinkaus mit!«

Leo und Hubsi waren sich einig, Distelkötter würden sie wohl nicht mehr überführen können. Außer wenn sich plötzlich noch ein nächtlicher Jogger vom Buchenhardt oder dem Blasbach melden würde. Beide waren stinksauer, auf Stolze, auf Distelkötter, auf sich selbst und eigentlich auf alles. So sollte ihr Fall nun wirklich nicht enden!

Auf ihrer Fahrt zur Staatsanwaltschaft differenzierte sich aber ihre jeweilige Einschätzung. Während Hubsi Zimmermann zwar den Tod von Stolze bedauerte, jedoch meinte, man müsse eben in der Ermittlungstätigkeit mit solchen Rückschlägen leben, konnte sich Leo Trinkaus damit nicht abfinden. Er hatte Distelkötter festnageln wollen; doch der zeigte ihm gleich im ersten

Fall nach seiner langen Pause die Grenzen eines rechtsstaatlichen Verfahrens auf. Die Kriminalpolizei hatte immer noch keine Beweise gefunden, selbst die Indizien waren nicht stichhaltig.

Aber auch Leos Wut wurde relativiert: In den letzten Tagen war sein Kontakt zu Stolze so intensiv gewesen, dass er die Persönlichkeit dieses Menschen verabscheuen gelernt hatte. Er ertappte sich bei dem Gedanken, ob es dieser Typ wirklich wert war, um ihn zu trauern.

Im Philosophenweg gab es anschließend ein langes Gespräch zwischen den beiden Staatsanwälten und dem Kriminalpolizisten.

Trinkaus und Zimmermann warteten unruhig auf eine Art Gardinenpredigt, weil sie doch am »Aal« vorbei auf der »politischen Schiene« weiter ermittelt hatten. Von Distelkötter redeten sie jedoch immer noch nicht. Koslowski hob allerdings nur ein großes Gejammere an. Nicht wegen des neuen Toten; der »Aal« malte vielmehr aus, was alles an ihnen hängenbleiben würde.

Seinen beiden Gesprächspartnern wurde schnell deutlich, dass die Bedenken sich nur darauf bezogen, was dieser Fall für die Karriere Koslowskis bedeuten konnte. Erst als der den Wortlaut von Stolzes schriftlicher Einverständniserklärung gelesen hatte, hellte sich sein Gesicht wieder auf. »Ganz hervorragend, Herr Trinkaus!« Er war so euphorisch, dass er sogar sein »Ja gut« vergessen hatte. »Damit sind wir auf der sicheren Seite. Das hat der Stolze selbst so gewollt! Da kann an der Staatsanwaltschaft nichts hängenbleiben.«

Es war bezeichnend, wie schnell er von dem »wir«, was auch die Polizeikollegen mit einschloss, allein zur »Staatsanwaltschaft« – also zu Koslowski – überwechseln konnte. Hauptsache, er blieb unbehelligt. Wie die Kriminalpolizei dastehen würde, war für ihn nachrangig.

Er hatte sich rasch entschlossen, den Vorgesetzten und der Öffentlichkeit zwei unglückliche Todesfälle als tödliche Unglücksfälle zu präsentieren. Diese beiden Akten konnte man schließen. Die Akte Wühler würde natürlich fortgeführt, als einer der unerledigten Fälle. Die Sache mit der Einverständniserklärung war allerdings nicht für die Öffentlichkeit bestimmt.

So wie die drei mit unterschiedlichen Einschätzungen gekommen waren, so gingen sie auch mit unterschiedlichen Bewertungen ihrer eigenen Arbeit auseinander.

73.

Zur Presse hatte Koslowski wirklich einen guten Draht. Der zweite Unfall eines Politikers nach dem Mord an einem Politiker ließ der redaktionellen Fantasie keinen freien Lauf. Er schaffte es, seine Version zu verkaufen, die zwar nur Tatsachen enthielt, aber eben nicht alle. Von einer Eskorte von Leun nach Ehringshausen war mit keinem Wort die Rede.

Aber die Rechnung war ohne die Leserschaft gemacht worden. Die ersten Leserbriefe der üblichen Bedenkenträger und Meinungsbekunder waren noch unproblematisch. Dem einen war der immer noch ungeklärte Mord an Wühler wieder ein Beleg für die Unfähigkeit der Polizei, dem anderen ein solcher für die Richtigkeit der Forderung nach einer besseren Ausstattung der Polizei. Selbst die Meinung, irgendetwas sei schon dran an dem politischen Sumpf, war noch im üblichen Bereich.

Erst als die allseits bekannten Leserbriefschreiber der unterschiedlichen Parteien das Triumvirat in die Debatte brachten, wurde es gefährlich.

Der Fraktionsvorsitzende einer Oppositionspartei nutzte seine guten Kontakte. Er kannte einen Rettungssanitäter, der bei Stolzes »Unfall« im Einsatz gewesen war. Daraufhin formulierte er eine mündliche Anfrage für die Fragestunde der nächsten Kreistagssitzung: »Welche Informationen hat der Kreisausschuss im Zusammenhang mit dem Tode des ehemaligen Landrates Stolze dazu, dass sich schon vor dem Unfall mehrere Polizeifahrzeuge in unmittelbarer Nähe zum Fahrzeug von Herrn Stolze befunden haben?« Und vorsorglich wurde gleich die Zusatzfrage nachgeschoben: »Was gedenkt der Kreisausschuss zu tun, um eine lückenlose Aufklärung der Beteiligung der Polizeibehörden an diesem Vorfall zu erreichen?«

Es war völlig klar, dass der Kreisausschuss nicht inhaltlich auf diese Fragen eingehen konnte und würde, weil dieser Sachverhalt nicht in die Kompetenz der Kreisgremien gehörte. Aber für den Fragesteller ließ sich aus der Anfrage gut eine Pressemitteilung zimmern.

Nun musste auch die Zeitung reagieren, denn die Leserbriefe bekamen durch die Pressemitteilung eine andere Richtung. Anscheinend war die Polizei Stolze auf der Spur. Da war der Schritt zu einer neuen Schlussfolgerung nicht weit: Stolze erkannte die Ausweglosigkeit seiner Situation und wählte den Freitod, als er die Überwachung bemerkte.

74.

Staatsanwalt Koslowski beschäftigte sich in seinem Dienstzimmer mit der Morgenlektüre. Die Zeitung mit den großen Buchstaben hatte er schon nach zehn Minuten durch, und so wendete er sich jetzt dem Lokalteil der Wetzlarer Zeitung zu. Sofort stach ihm die Überschrift »Wurde der Ex-Landrat als Verdächtiger überwacht?« ins Auge. Er konnte den Artikel nicht ungestört zu Ende lesen, denn zunächst meldete sich der Leitende Oberstaatsanwalt aus Limburg und kurz danach der Staatssekretär aus dem Ministerium am Telefon.

»Mensch, Koslowski, was ist denn in Wetzlar los? Ich habe den Zeitungsartikel bekommen. Pass nur auf, dass uns da nichts aus dem Ruder läuft!«

»Ja gut, Herr Staatssekretär, ich lese es auch gerade. Da ist nichts dran!« Er traute sich nicht, den Staatssekretär zurückzuduzen, obwohl er schon einmal kurz am Rande eines Parteitages mit ihm gesprochen hatte. Dann fuhr er fort: »Niemals wurde Herr Stolze als Beschuldigter geführt. Das hätte ich auch nicht ohne Rücksprache mit Ihnen zugelassen. Ich bin auch nicht vor der Maßnahme informiert worden. Ja gut, die Schutzmaßnahme hat der Kollege Zimmermann bewilligt. Ich habe erst hinterher davon erfahren.«

»Das sehe ich ja dann aus deinem Bericht, aber dalli! Dann werde ich mich auch mit Zimmermann beschäftigen.«

»Jawoll!«
»War das mit Stolze nun ein Unfall oder nicht?«
»Ja gut, es war eindeutig ein Unfall. Oder sagen wir so: Uns trifft keine Schuld. Stolze hat sich sogar vorher schriftlich«, und dies betonte der »Aal« ganz heftig, »mit der Eskorte einverstanden erklärt!«
»Na bitte, das ist doch gut für uns. Koslowski, was ist denn an dem Freitod-Gerücht dran?«
»Ja gut, Herr Staatssekretär. Beweisen lässt sich da wohl nichts. Ich kann mir auch nicht vorstellen, dass Herr Stolze etwas mit den vorherigen Todesfällen zu tun hatte.«
»Hmm. Dann erkläre das doch mal schnellstens der Presse und der Öffentlichkeit. Da muss ein Schlussstrich gezogen werden!«
Das zweite »Jawoll« hörte der Staatssekretär nicht mehr, denn er hatte schon aufgelegt.
Für denselben Nachmittag lud Koslowski zu einer Pressekonferenz ein. Inzwischen interessierten sich auch überregionale Medienvertreter für diese Sache. Die Sensationsreporter machten sich nach Wetzlar auf.
Koslowski erläuterte lang und breit den für die Öffentlichkeit bestimmten Sachverhalt. Die Ermittlungen hinsichtlich des Todes von Herrn Wühler seien keinesfalls abgeschlossen. Hier würde man nochmals alle Spuren auswerten, die Öffentlichkeit zur Mithilfe auffordern und mit aller zur Verfügung stehenden Kraft versuchen, dieses Verbrechen aufzuklären. Die Herren Prock und Stolze seien tragischen Unglücksfällen zum Opfer gefallen. Es gäbe keinerlei gerichtsverwertbare Erkenntnisse für eine Verbindung dieser Todesfälle oder gar Anhaltspunkte für Verbrechen.
Natürlich stürzten sich die Reporter sofort auf die »gerichtsverwertbaren Erkenntnisse«, aber Koslowski zog sich im folgenden überraschend gut aus der Affäre: »Ja gut, meine Herren, Sie wollen mich nun sicher dazu verleiten, jetzt irgendwelche nicht beweisbaren Vermutungen aufzutischen, aber das werde ich natürlich nicht tun. Es ist nicht Aufgabe der Staatsanwaltschaft, in der Öffentlichkeit im Nebel zu stochern. Wir ermitteln in unse-

rem Rechtsstaat auf der Grundlage der gesetzlichen Bestimmungen.«

»Man kann sich des Eindrucks nicht erwehren«, meldete sich nun der Vertreter eines der bunten Blätter zu Wort, »hier werde die Mordbeteiligung und der Freitod eines Provinzpolitikers gedeckt.«

Daraufhin folgte zustimmendes Gemurmel im Raum. Ein weiterer Vertreter dieser Sparte rief dazwischen: »Die Kripo soll ihn doch schon bei der Fahrt verfolgt haben!«

»Ja gut, meine Herren! Ich will mich ja nicht wiederholen. Aber wir haben keine gerichtsverwertbaren Erkenntnisse über eine irgendwie gelagerte Beteiligung von Herrn Stolze und auch nicht für einen Freitod.« Durch diese Formulierung hatte er formal Stolzes Ehre gerettet, gleichzeitig den Pressevertretern aber alle Spekulationsmöglichkeiten in jede Richtung offengelassen.

Dann zeigte er noch mit dem ausgestreckten Arm direkt auf den Zwischenrufer und ergänzte: »Und Ihnen will ich noch Folgendes sagen: Die Kriminalpolizei hat Herrn Stolze eben gerade nicht verfolgt, denn er stand ja nicht unter Verdacht! Vielmehr hatte meines Wissens Herr Stolze eigens darum gebeten, bei seiner Fahrt zur Arbeitsstätte begleitet zu werden. Und er hat selbst die Verantwortung für alle Folgen im Zusammenhang dieser Maßnahme übernommen und dies schriftlich bestätigt. Daraus kann also den Ermittlungsbehörden kein Vorwurf gemacht werden.«

Die Wortwahl »meines Wissens« wurde nicht mehr hinterfragt. Letztlich konnte er diese Pressekonferenz mit einer Art Ehrenerklärung beenden. »Ja gut. Alle Ihre vagen Vermutungen kann und darf ich nicht bestätigen. Ich habe Ihnen Fakten geliefert, dabei bleibt es. Uns allen verbietet der Respekt vor den Persönlichkeiten der Getöteten und deren Angehörigen, weiter unbewiesene Behauptungen aufzustellen. Darum möchte ich herzlich bitten.«

75.

Am nächsten Morgen fertigte der »Aal« seinen Bericht an, den er auf dem Dienstweg nach oben gab. Mit Akribie und Wohlgefallen schnitt er die greifbaren Artikel aus den jeweiligen Zeitungen aus und klebte sie auf, um sie seinem Bericht anzufügen. Er war ganz gut weggekommen.

In den folgenden Tagen kristallisierte sich heraus, dass der Polizei kein Vorwurf mehr gemacht wurde. Von der politischen Ebene hatte sich die veröffentlichte Meinung unterschwellig eher zu einer persönlichen »Tragödie Stolze« verlagert, die diesen wahrscheinlich in den Freitod getrieben habe.

Nach ungefähr vier Wochen konnte die Partei aufatmen, denn ein für sie glücklicher Umstand verdrängte das Ableben des Triumvirates aus den Schlagzeilen und den Leserbriefspalten. Das Interesse der Medienvertreter richtete sich auf einen neuen »Vorfall«: Landrat Seidelmann, also der Vertreter einer anderen Partei, geriet in den Verdacht, bei einer unkorrekten Ausschreibung für den Neubau eines Schulgebäudes die Hände im Spiel gehabt zu haben. Es war nur ein vager Verdacht, aber er genügte. Der Kreistag beschloss die Einrichtung eines Akteneinsichtsausschusses. Damit ließ sich dieser neue »Skandal« mindestens ein halbes Jahr aufkochen, selbst wenn sich die Vorwürfe als unhaltbar erweisen sollten; irgend etwas würde schon hängenbleiben.

Die Sonderkommission Wühler wurde aufgelöst. Leo und Dirk sollten neben ihrer anderen Arbeit weiter für diesen Fall zuständig sein. Sie fingen noch einmal von vorn mit der Auswertung an, auch wenn ihnen deren abzusehende Erfolglosigkeit den eigentlichen Eifer nahm.

Innerbehördlich wurde ein Schuldiger gefunden, weil das Land zeigen musste, dass es in der Lage war, Konsequenzen zu ziehen. Das alte Schlachtross, Staatsanwalt Hubert Zimmermann, erhielt am Ende eines Disziplinarverfahrens einen Verweis, weil er den zuständigen Kollegen in einer derart wichtigen

Angelegenheit übergangen hatte. Mit diesem schriftlichen Tadel wurde die geringst mögliche Disziplinarmaßnahme verhängt. Hubsi empfand dies in Ansehung der Umstände nicht als Tadel, sondern als Bestätigung seiner Arbeit.

76.

Kurze Zeit später fand Leo Trinkaus neben der üblichen Werbung noch einen Brief des Generalstaatsanwaltes in seinem Briefkasten. In seiner Überraschung riss er den Umschlag gleich an Ort und Stelle auf und setzte sich auf die Treppenstufe vor der Haustür.

Im ersten Moment ging ihm das Wort »Disziplinarverfahren« durch den Kopf, aber das konnte nicht vom General kommen! Es war eine Einladung.

Der Generalstaatsanwalt lud Leo wie auch die übrigen Mitglieder der Sonderkommission, die inzwischen ihre Arbeit eingestellt hatte, zu einer kleinen Feierstunde anlässlich der Beförderung von Herrn Staatsanwalt Koslowski zum Oberstaatsanwalt ein. Unter dessen erfolgreicher Führung – und natürlich in gewisser Weise auch durch die intensive Arbeit der Polizei – war es gelungen, alle Versuche abzuwehren, den beiden unglücklichen Todesfällen der Herren Prock und Stolze einen politischen Hintergrund anzudichten.

Die Tatsache, dass der Todesfall Wühler derzeit nicht aufzuklären war, sollte niemanden enttäuschen. So etwas gehörte schließlich auch zum Ermittlungsalltag. Da konnte nur noch Kommissar Zufall helfen.

Oberstaatsanwalt Koslowski würde zukünftig als Abteilungsleiter bei der Staatsanwaltschaft in Gießen tätig sein.